Die mechanische Frau

Der Autor

Ingvar Ambjörnsen, geb. 1956 in Tonsberg, Südnorwegen, genießt als Autor in Norwegen Kultstatus. Er lebt seit 1985 zusammen mit seiner Frau und Übersetzerin Gabriele Haefs in Hamburg. Die vier Romane, in denen er das Leben seines Helden Elling beschreibt, «Ausblick auf das Paradies» (1995), «Ententanz» (1996), «Blutsbrüder» (1997) und «Lieb mich morgen» (1999) brachten ihm eine große Fangemeinde. Das Leben Ellings ist mittlerweile sehr erfolgreich verfilmt worden.
Sein neuster Roman «Die Königin schläft» erschien 2002.

Ingvar Ambjörnsen

Die mechanische Frau

Roman

Aus dem Norwegischen
von Gabriele Haefs

Scherz

Besuchen Sie uns im Internet:
www.scherzverlag.de

Die Originalausgabe erschien 1990 unter dem Titel
«Den mekaniske kvinnen» bei Cappelens Forlag, Oslo

Taschenbuchausgabe Scherz Verlag, Bern, München, Wien, 2002

ISBN 3-502-51846-7
Umschlaggestaltung: ja DESIGN, Bern:
Julie Ting & Andreas Rufer
Umschlagbild: Robert C. Benson/Getty-Images, Stone, München
Gesamtherstellung: Ebner & Spiegel, Ulm

1

Der Welt unendliche Tristesse.

Banal. Wie der Auftakt der meisten Gedichte meines Feindes Gregor. Die vier Wörter waren ebenso jählings aus meinem Unterbewusstsein entsprungen wie die verdreckten Tauben, die vor meinen Bürofenstern um die Hausecken gefegt kamen. Ich ließ diesen blöden Spruch immer wieder über meine Lippen gleiten, während ich Gedanken in verschiedenen Grautönen dachte.

Ich betrachtete das Telefon vor mir auf dem Schreibtisch. Ein weißer Plastikgegenstand, Dutzendware, Millionenware, ein verdammtes *Dings* aus zusammengequetschten Neutronen und Protonen. Vor kurzer Zeit hatte ich den Hörer in der Hand gehabt und gegen mein rechtes Ohr gepresst. *Der Welt unendliche Tristesse* war von hinten über mich hergefallen, als ich ihn wieder auf die Gabel gelegt hatte.

Ich hatte meinen Depri. Ich gerate so leicht aus der Fassung, wenn ich in regelmäßigen Abständen ängstlichen Eltern erzählen muss, dass ihre Befürchtungen durchaus begründet und nicht einer mehr oder weniger schmutzigen Phantasie entsprungen sind. Die Person am anderen Ende der Leitung brach durchaus nicht immer in Tränen aus, wenn ich erzählte, dass der Erbe wohl kaum, wie erhofft, Anwalt oder Tierarzt werden könnte, weil man einfach schrecklich wenig Zeit für so etwas hat, wenn man in einer Stadt wie Hamburg als Straßenfixer tätig ist.

Aber Herr Henckel hatte geweint. Ein wehes, schlimmes Weinen, das irgendwo in unangenehmer Nähe der Herzwurzeln entstanden sein musste. Ein Weinen von der Sorte, wo es eine Frechheit wäre, diese Tränen mit tröstenden Worten besänftigen zu wollen, weil es in Wirklichkeit keinen Trost gibt, nicht in diesem Leben.

Deshalb hatte ich einfach nur aufgelegt. Und hatte danach mit vier leeren Wörtern gespielt, während mich ein vertrautes Gefühl von Unzulänglichkeit in der Brust juckte.

Nein, es war wirklich kein Geheimnis, warum diese vier Wörter nach dem Gespräch mit Herrn Henckel meine Hirnrinde heimgesucht hatten. Eine Frage, die ich mir jedoch dringend stellen sollte, war die, warum ich Privatdetektiv geworden war.

Oft konnte ich laut zu meinem eigenen Spiegelbild sagen: Deine Haut ist nicht dick genug für dieses Metier, mein Junge. Steig aus. Such dir was anderes. Geh Würstchen verkaufen. Oder Fenster putzen. Egal was. Und jedes Mal kehrte ich meinem Spiegelbild den Rücken und machte mich an den nächsten Fall ohne so recht zu wissen warum.

Und das war das große Mysterium in meinem Leben.

Ich stand auf und ging ans Fenster. Schüttelte eine Roth Händle aus der halb vollen Packung auf der Fensterbank und zündete sie an. Und als ich den herben Rauch einsog, ließ ich meinen Blick auf die Straße und das Pflaster vier Stock unter mir fallen. Es war ein Freitagabend im November, zwischen sieben und acht. Ein leichter Regen fiel vom finsteren Himmel, und die bunten Neonlichter der Bars und Nachtclubs der Bremer Reihe ließen die feuchten Pflastersteine glitzern und glänzen, als ob sie ihr eigenes inneres Licht hätten. Gelb. Rot. Grün. Auf der anderen Straßenseite stand Betty in der Tür des *Kunterbunt* und kratzte sich mit dem linken hohen Pfennigabsatz am rechten Nylonbein und rückte dabei diskret ihre neue Blondinenperücke zurecht. «170 Eier im Sonderangebot, Vic! Gut angelegtes Geld!» Jetzt warf sie einen gleichgültigen Blick in Richtung Bahnhof, zog sich die

Angorajacke fester über dem Busen zusammen und glitt rückwärts in die Finsternis und zu den anderen wartenden Frauen. Unten beim Hansaplatz standen vier oder fünf von den ganz Jungen, alle in den leuchtfarbenen Stretchhosen, die aus unerfindlichen Gründen im letzten Jahr bei den Nutten solche Beliebtheit erlangt hatten. Filterzigaretten. Handtaschen. Warten, angelehnt an Geländer und parkende Autos. Ein Hund von unbestimmbarer Rasse wackelte in Gegenfahrtrichtung mitten auf der Straße herum, überquerte sie dann schräg in Richtung *Swing Time* und erleichterte sich dort vor der Tür um einen halben Liter. Freitag, früher Abend, dachte ich. Wartezeit in St. Georg.

Ich wartete auch. Ich weiß nicht worauf, aber ich wartete. Darauf, dass irgendwer anrief und eine gute Nachricht für mein müdes Ohr hätte, vielleicht. Es braucht nichts Großes zu sein, dachte ich und steckte mir an der Kippe der alten eine neue Zigarette an. Braucht nicht unbedingt was mit plötzlichem Reichtum und bedingungsloser Liebe zu tun zu haben. Reicht absolut, wenn Kurt anruft und erzählen kann, dass er es geschafft hat ein paar Tage lang nüchtern zu bleiben. Oder dass eine unbekannte Frau mit tiefer Whiskystimme die falsche Nummer wählt und für einen kurzen, verwirrten Augenblick in meinem Ohr landet. An einem Tag wie diesem war ich bereit, das Glück in Sekunden zu messen.

Aber nichts geschah. Es gab nur den Regen vor dem Fenster und die lautlosen grauen Drachen, die durch das Zimmer und meine wunde Lunge schwammen.

Ich zog meine Jacke an und ging.

Ich wollte eigentlich zu *Nagel* in der Kirchenallee, aber ich hatte gerade zwanzig Meter hinter mich gebracht, als der letzte Regen von einer Sintflut der Sorte abgelöst wurde, in der Hamburgs Wettergötter die absoluten Experten sind. Es regnete kleine Teufelchen und sie waren allesamt eiskalt. Ich rannte über die Straße und rettete mich in den Keller unter dem Hotel Merkur, in den *Astra Pott*, der nie auf meiner Hitliste der Kneipen dieser Stadt gestanden hatte. Der *Pott* ist eine Kneipe von der Sorte, die man vergisst, noch ehe man bestellt hat.

In diesem Kellerlokal saß ganz allein eine Frau in Jeans und roter Strickjacke, deren Aufgabe es war hier unten nasse Ware zu verkaufen. Durch meinen stürmischen Einzug sah sie sich dazu gezwungen, aber die Aussicht auf ein paar Extramark in der Kasse schien sie nicht sonderlich zu erfreuen. Zwei blassgraue Augen in einem ganz und gar ausdruckslosen Gesicht musterten mich, ein Taschenbuch wurde umgedreht auf den Tresen gelegt und zwei Finger zogen die Filterzigarette aus dem Loch, damit es fragen konnte, was der Herr wünsche.

Der Herr wünschte ein Bier.

Der Herr setzte sich auf einen Barhocker und wühlte in seinen Taschen nach Zigaretten.

Sie brachte die Flasche und ich schüttelte den Kopf, als sie ihre linke Hand auf den Gläsern ruhen ließ. Damit war klargestellt, dass ich kein Tourist und auch sonst nicht so verdammt anspruchsvoll war und das schien ihr ein kurzes Lächeln wert zu sein.

Ich lächelte auch und als sie sich wieder in «Liebe in Weiß» vertiefte, dachte ich an die kurzen Sekunden des Glücks und daran, dass ich mir geschworen hatte mich mit dem zufrieden zu geben, was sich an diesem Abend bieten würde. Das Lächeln einer müden Frau, während draußen die Welt ertrinkt. Ein kühles Bier und eine frisch angezündete Zigarette. Großartig und prachtvoll war das Leben zwar nicht, aber es war mit mir und manchen anderen schon sehr viel übler umgesprungen.

Und als ich bei diesem Gedanken angelangt war, fiel mir auch Herr Henckel wieder ein. Seine abgrundtiefe Verzweiflung und seine sinnlosen Fragen nach dem Warum, Warum, Warum. Ich hätte ihm so viele Darum sagen können, dass ihm davon schlecht geworden wäre, aber ich hatte lieber die Klappe gehalten und aufgelegt. Schließlich drehte sich die Sache im Grunde nicht um Herrn Henckel, sondern um Iselin Henckel. Und sie hatte kein Jahr mehr zu leben, egal, ob ich nun einen klugen Spruch brachte oder nicht.

Ich bat lieber gleich um noch ein Bier, da platzte Kurt Dobler zur Tür herein.

Kurt war immer einer meiner Lieblingsschurken hier in St. Georg gewesen. Im Laufe der sieben Jahre, in denen ich in meiner Wohnung in der Bremer Reihe nun schon als Privatdetektiv tätig war, hatte er mir tausendmal Grund gegeben tausend Dank zu sagen. Und adrett zusammengefaltete Hunderter in seine Brusttasche zu schieben. Er war ein unzuverlässiger Flegel von der Sorte, die für zwei Halbe ihre eigene Mutter verkaufen würde, aber das war mir weniger wichtig. Das Einzige, was eine Rolle spielte, war, dass Kurt für mich ab und zu einen Scheißjob übernahm, wenn ich viel zu viel dafür hinlegte, und dass er mir ab und zu dies und jenes erzählte, was ein Privatdetektiv sonst nicht zu hören bekommt. Manchmal linkte er mich und manchmal linkte ich ihn und bisweilen ließen wir uns gemeinsam voll laufen und taten so, als wären wir die besten Freunde.

Er schob seinen mageren Körper neben meinen und schüttelte seine Lockenpracht, dass das Wasser nur so spritzte. Dann bestellte er ein Bier und einen Korn und sagte mir Guten Tag.

«Wie läuft der Laden?» Seine verdammte Ironie lag in

seinem blauen Blick und in der alkoholgeschädigten Stimme.

«Gut», antwortete ich. «Solange Rotzgören aus dem ganzen Land durchbrennen und hier in Hamburg auf die Fresse fallen, reicht's für die Butter auf dem Brot. Reich werd ich nicht, aber offenbar hab ich mir eine sichere Branche ausgesucht.»

«Hast du die Kleine gefunden, nach der du neulich gesucht hast?»

«Sie liegt unten im *Fortuna* und reißt den Schnabel auf. Sie ist so fertig, dass ihre Freundin für zwei ficken und ihr sogar noch den Schuss drücken muss.»

Er trank einen Schluck Bier. «Dann ist sie fällig, wenn das nächste Mal Ware mit etwas mehr Schwung kommt.»

«Ja.»

«Und Susanne?»

«Wir haben uns zerstritten. Jedenfalls habe ich mich mit ihr zerstritten.»

«Treibt sie sich immer noch mit diesem Exilrussen rum?»

«Sieht so aus. Sie hat mich vor zwei Wochen angerufen und wollte zu Kaviar und Wodka einladen.»

«Die kommt schon zurück. Warte nur ab.»

«Reden wir von was anderem», sagte ich.

Kurt zuckte die Schultern und fing an hoffnungslose Frauengeschichten zusammenzuschwindeln, während er gleichzeitig immer vier Bier auf einmal bestellte und ich konnte Papa Henckel und sein Töchterlein endlich in ein Fach in meinem Bewusstsein schieben, wo sie mir etwas weniger zu schaffen machten. Mir war das ganze Dasein schließlich so gleichgültig, dass ich dieses kleine Rattennest auch dann nicht schlagartig verließ, als ich hörte, dass die Springflut draußen vorbei war. Ja, ich hörte jetzt nur noch Kurts monotones Gefasel über feuchte Genitalien und knackige Hintern und vereinzelte Autos, die die Straße hinunterglitten und das trübe Wasser aufspritzen ließen.

Und etwas anderes, das ich nicht einordnen konnte. Eine Art metallisches Scheppern, ein fremdes Geräusch. Es war nicht leicht zu sagen, ob es von weit her kam oder aus nächster Nähe. Ich spitzte die Ohren, aber da verstummte das Geräusch. Dann war es plötzlich wieder da, während Kurt sich über den Menstruationszyklus seiner neuen Ramme verbreitete. Als hinter uns etwas gegen die Fensterscheibe schlug, fuhren Kurt und ich gleichzeitig herum.

«Ach», murmelte Kurt. «Ist sie hierher umgezogen!»

Ich konnte kein Wort herausbringen. Was ich sah, kam mir geradezu grotesk vor. Die Fenster zur Bremer Reihe ragten etwa anderthalb Meter über dem Asphalt auf. Wenn man unten im *Pott* saß, konnte man die kopflosen Körper der Vorübergehenden betrachten. Im Moment ging draußen zwar niemand vorbei, es waren jedoch zwei Beinpaare dicht vor den kleinen Fensterscheiben postiert. Das Paar gehörte zu der Sorte, von der in diesem Stadtteil dreizehn aufs Dutzend gehen. Unter einem hautengen Minirock aus schwarzem Leder schauten zwei wohl geformte Jungmädchenbeine hervor, deren wenig glückliche Besitzerin von einem hochhackigen Schuh auf den anderen trat, um bei diesem Scheißwetter ein wenig Wärme zu gewinnen. Zwischen zwei Fingern mit rosa Nägeln wippte eine angezündete Zigarette hin und her.

Aber ich hatte hier und anderswo schon manche Frauenbeine gesehen. Nicht der Anblick der jungen Nutte, die da draußen im Regen stand und sich um Leib und Leben fror, warf mich vom Stängel. Es war ihre Freundin, bei deren Anblick mir in den Handflächen der Schweiß ausbrach, während ich mir nach einer passenden Bemerkung den Kopf zerbrach. Ihr linkes Bein bestand ganz und gar aus Plastik und Stahl. Aus fleischfarbenem Plastik, geschützt von einer sinnreichen Konstruktion aus Stahlschienen. Ihr rechtes Bein war echt, allerdings nur bis zur Mitte der Wade. Darunter gab es auch auf dieser Seite nur Technik. Beide Beine endeten in einem Paar unförmiger Schuhe, die aus massivem Gummi oder etwas ähnlichem zu bestehen schienen. Zwei Krücken standen auf ihrer rechten Seite, sie lehnte sich über dem Fenster an die Wand und presste einen roten Minirock gegen die Scheiben. Ich hatte in dieser Straße schon sehr viel schlechtes Karma gesehen, aber das hier war wirklich der Gipfel.

«‹Die mechanische Frau›», sagte Kurt und klaute mir eine Zigarette. «Ernst hat sie so getauft. Sie stand sonst immer an der Ecke bei *Frau Möller.* Himmel, Vic, die haben sich doch auf der falschen Mauerseite montiert!»

Ich schüttelte den Kopf. «Bei Frau Möller? Da kann sie aber nicht besonders lange gestanden haben. Das wüsste ich doch. Ich lass in der Kneipe immerhin mein halbes Monatsgehalt.»

«Ist vor ’ner Woche oder so aufgetaucht. Hatte den Eindruck, die anderen Mädels da unten waren sauer auf sie.»

«Sag mal, spinn ich?», fragte ich. «Oder hab ich einfach keine Ahnung von meinem eigenen Geschlecht?»

Kurt widmete sich wieder seinem Bier. «Gibt doch haufenweise Typen, die noch immer für technisches Spielzeug schwärmen. Und bei ihr können sie schließlich beide Hobbys kombinieren. Ficken und Basteln. Bei der hat wirklich die Kasse geklingelt, soweit ich sehen konnte.»

Ich sagte nichts. Ich hatte nichts zu sagen.

Kurt wandte sich wieder dem Fenster zu und blickte

aus zusammengekniffenen Augen ins Scheißwetter hinaus. «Und da haben wir auch ihren Schmierer.»

Auf der anderen Straßenseite, in der Dunkelheit halb versteckt, konnte ich einen Mann sehen. Er trug einen brauen, parkaähnlichen Mantel mit Gürtel, ein Kleidungsstück von der Sorte, die mich an die entsetzlichen Moden der sechziger Jahre denken ließ. Sein Gesicht lag im Dunkeln, aber ich glaubte eine Strickmütze erkennen zu können.

«Ihren Schmierer?»

«Hängt wie eine Klette an ihr. Der Name stammt natürlich auch von Ernst. Hat sich den Heini wohl mit 'nem Ölkännchen in der Hosentasche vorgestellt.» Er lachte. «Mischung aus Zuhälter und Mechaniker.»

Mir rutschte ein unfreiwilliges Lachen heraus. Zum einen hatten Zuhälter in dieser Straße nichts zu suchen. Zum anderen: Ein Zuhälter mit Parka und Strickmütze!

Kurt schüttelte den Kopf. «Keine Ahnung, was der so macht. Sieht ja aus wie ein Bauer, der sich in die Stadt verirrt hat. Kommt wahrscheinlich direkt aus dem Schweinestall.»

Umgekehrt, dachte ich. Er kommt direkt in den Schweinestall.

«Aufgepasst!», sagte Kurt. «Hier haben wir den ersten Technokraten des Abends.»

Der Technokrat fuhr einen dunkelblauen Audi 100 und saß stocksteif hinter dem Lenkrad, während die «mechanische Frau» mit großer Mühe neben ihn auf den Vordersitz stieg. Dann fiel die Tür ins Schloss und der Wagen glitt langsam in Richtung Hansaplatz davon.

«Meine Fresse!» Kurt fummelte schon wieder an meinen Zigaretten herum. «Bei dem Wetter muss er sie doch mit dem Lötkolben auftauen, eh sie die Beine breit machen kann!»

Ich gab keine Antwort. Draußen schneite und regnete es in wildem Gemisch und ich stellte fest, dass der in die Stadt verirrte Bauer verschwunden war. Ich beschloss nach Hause zu gehen und den Träumen eine Chance zu geben.

2

Auch mit Träumen hatte ich kein besonderes Glück, aber als ich am nächsten Morgen um acht Uhr aufstand, war ich ausgeruht und bereit dem neuen Tag eine Chance zu geben. Was das Wetter anging, so hatte es sich schon blamiert, draußen tobte eine Hölle aus Schnee und Wind, aber daran gewöhnt man sich als Nachbar der Nordsee. Ich duschte und rasierte mich, setzte Kaffeewasser auf und rannte die Treppe hinunter, um zum Frühstück frische Brötchen zu kaufen. Als ich die Wohnungstür wieder aufschloss, hörte ich das Telefon in meinem Büro schellen. Was mir jedoch scheißegal war, ich hatte mir selber hoch und heilig versprochen, Privatleben und Arbeit getrennt zu halten; dass ich zu Hause arbeitete, hatte ohnehin schon genug Nachteile.

Aber natürlich. Als das kleine Plastikungeheuer wieder losröhrte, während ich mir gerade eine Scheibe Schinken abschnitt, siegte meine Neugier. Das ist wirklich komisch. Als Privatdetektiv kann man nie genug Geld anhäufen, um sich Prinzipien leisten zu können. Also ließ ich das Messer sinken, ging zum Job und nahm ab.

Es wahr nicht die heisere Stimme, über die ich am Vorabend phantasiert hatte, aber immerhin war es eine Frauenstimme.

«Falk? Spreche ich mit Victor von Falk? Dem Detektiv?»

Sie war jung. Sie war aufgeregt. Und sie hatte zweifellos die richtige Nummer gewählt.

«Zu Diensten», antwortete ich. «In einer halben Stunde ungefähr. Im Moment frühstücke ich gerade. Gekochten Schinken und ein Ei, falls Sie das interessiert.»

«Ich heiße Maria Dammert», sagte sie schnell. «Ich muss unbedingt mit Ihnen reden.»

«Kein Problem. Ich bin den ganzen Vormittag im Büro. Kommen Sie doch einfach her.» Ich nannte ihr die Adresse.

Schweigen. Ihr Atem im Hörer.

«Ich habe ein Problem», sagte sie dann. «Ich rufe vom Bahnhof aus an. Ich war gerade in der Bremer Reihe und vor Ihrem Haus. Ich habe gesehen, dass Sie Ihr Büro im 4. Stock haben und ...»

Und jetzt hörte ich es. Dasselbe Geräusch, das ich am Vorabend schon gehört hatte. Metall gegen Metall. Oder Metall gegen hartes Plastik. Ich hielt den Atem an.

Sie fuhr fort: «Ich bin stark behindert.»

«Alles klar, Frau Dammert!», brachte ich heraus. «Gehen Sie doch einfach an die Ecke zu *Ess & Treff.* Noch zwei Tassen Kaffee und ein Brötchen, dann komme ich.»

Ich versicherte mich, dass sie *Ess &* Treff kannte, dann verabschiedeten wir uns höflich und legten auf.

Und ich dachte: Was zum Teufel! Aber die Welt ist klein und St. Georg ist noch kleiner, und dass die Frau haufenweise Probleme hatte, überraschte mich überhaupt nicht. Es würde mich jedoch sehr überraschen, wenn ich ihr bei irgendeinem dieser Probleme helfen könnte.

Der Kaffee war inzwischen lauwarm geworden. Ich begnügte mich mit einer Tasse.

Ess & Treff war eine widerwärtige kleine Yuppiebar unten im Bieberhaus, neben dem Bahnhof, das Innere genauso widerwärtig wie das unmögliche Deutsch des Namens. Der einzige Grund, aus dem ich dieses Loch als Treffpunkt vorgeschlagen hatte, war, dass alle anständigen Kneipen in der Umgebung so früh an einem Samstagvormittag noch geschlossen waren. Weiter unten, in der Langen Reihe, war das Angebot an geöffneten Kneipen und Cafés zwar größer, aber ich hatte instinktiv vorgezogen die Plastikbeine meiner potenziellen Kundin zu schonen. Ich hatte nicht viel Ahnung von Technik und noch viel weniger von Prothesen, aber ich ging davon aus, dass die Dammert nicht gerade zum jogginggeilen Bevölkerungsteil gehörte.

Als ich die Glastür öffnete, konnte ich kurz einen Blick auf mein Spiegelbild werfen. Wenn sie eine Nutte von der Sorte war, die nur Freier in Schlips und Kragen akzeptierte, dann hatte ich bereits eine Kundin verloren. Aber im Grunde fühlte ich mich sicher wie Valium. Die Frauen in der Bremer Reihe hatten Stil und Energie, aber als besonders prüde waren sie nicht bekannt. Und Dammert mochte in der Gegend noch zu neu sein, ich ging doch davon aus, dass sie den Grundton mitbekommen hatte.

Maria Dammert war so früh am Morgen der einzige Gast hier und sie war schön. Dunkle Pagenfrisur. Hohe Wangenknochen und ein regelmäßiges ovales Gesicht, einen weichen sinnlichen Mund, den ich aus einer kindischen Laune heraus gern geküsst hätte. Sie trug nicht wie die meisten anderen Nutten eine zähe Maske aus Schminke, aber vielleicht wollte sie vorläufig auch noch nicht zur Arbeit gehen. Doch, sie war schön. Aber ihre Augen waren tot. Sie waren braun und schön und groß und strahlend, aber mausetot. Und als ich mich an den Tisch setzte und die Hand ausstreckte, dachte ich, dass das

Leben darin sich sicher verzogen hatte, als sie gewisse lebenswichtige Körperteile eingebüßt hatte und stattdessen mit Plastik und Stahl sitzen geblieben war.

«Du oder Sie?» Sie rauchte Prince und sprach mit Rauch im Mund.

«Um Himmels willen! Du kannst jedenfalls du zu mir sagen. Was kann ich für dich tun?»

Mein Kaffee wurde gebracht und sie wartete, bis sich der Kellner wieder zum Tresen und zu den Bierhähnen zurückgezogen hatte.

«Jemanden für mich finden.» Sie ließ den rechten Zeigefinger um den Rand des Aschenbechers kreisen, der zwischen uns stand und sah mich mit ihrem toten Madonnenblick an. Hatte sich ein Hauch von Verzweiflung in den feuchten brauen Stein gestohlen? Nein. Sie war hart und sie war kalt. Aber trotzdem sollte ich also irgendeinen Kerl für sie finden. Vielleicht gab es in ihrem Herzen noch Leben, dachte ich.

«Wen denn?» Ich trank einen Schluck von meinem kochend heißen Kaffee.

Sie zögerte. «Meinen Verlobten.»

Ihren Verlobten! Meine Güte, gab es denn immer noch Leute, die sich mit diesem Spiel amüsierten?

«Erzähl», sagte ich. «Ich brauche so ungefähr alles, was du auf den Tisch legen kannst. Überlass es mir, das Überflüssige wegzuschneiden.»

«Aber du hilfst mir? Ich kann bezahlen!» Ihre rechte Hand näherte sich ihrer Handtasche.

«Das mit dem Geld regeln wir später. Ich kann mich erst entscheiden, wenn du mir alles erzählt hast. Ich kann nicht alles tun und ich will nicht alles tun. Aber Leute aufspüren ist eigentlich meine Hauptbeschäftigung, es ist also sicher in Ordnung. Fang mit seinem Namen und anderen Daten an.»

Der Kellner brachte ihr Bier. Sie nahm einen tiefen Schluck und wischte sich mit dem Handrücken einen weißen Schnurrbart ab.

«Er heißt Peter. Peter Feld. Er ist 26 und kommt aus Frankfurt.»

«Aber wohnt in Hamburg?»

«Nein. In Frankfurt.»

«Arbeitet als was?»

«Mal hier, mal da. Wenn er was findet. Offiziell ist er arbeitslos.»

«Wo ist er gemeldet?»

«Frankfurt. Wir . . . wohnen da beide.»

«Aha», sagte ich. «Und dann ist Peter Feld nach Hamburg gegangen und in Hamburg ist er verschwunden, stimmt das?»

Sie nickte. «Vor zwei Wochen. Er . . . er hatte hier oben etwas zu erledigen und er ist nicht zurückgekommen. Er wollte nur ein paar Tage wegbleiben, es hatte irgendwas mit einem Job zu tun, glaub ich. Als er nach einer Woche noch nicht wieder da war . . . Ich hab dann beschlossen, herzukommen und nach ihm zu suchen.»

Ich registrierte, dass sie nicht beschlossen hatte sich an die Polizei zu wenden.

«Und du bist sicher, dass er in der Zwischenzeit nicht nach Hause gekommen ist?»

«Ich rufe jeden Tag an. Bei der Nachbarin. Seit ich gefahren bin, ist niemand da gewesen.»

«Zwei Wochen sind ja noch nicht so schrecklich lang», meinte ich. «Und du sagst, du hättest schon nach einer Woche kalte Füs . . . äh, hm, also versteh das bitte nicht falsch, aber . . .»

«Ich versteh schon», sagte sie. «Aber ich kenne Peter. Das sieht ihm nicht ähnlich. Es gefällt mir nicht.»

«Okay. Das weißt du am besten. Aber wo du doch mit

dem Knaben verlobt bist und ihn so gut kennst, dass du so schnell Alarm schlägst, wundert es mich doch, dass du sagst, du glaubst, er hätte in Hamburg etwas zu erledigen gehabt. Findest du nicht?»

Sie wurde wirklich rot. Das hätte ich ihr nicht zugetraut.

«Übernimmt er ab und zu Jobs, über die er nicht so gern spricht?», fragte ich und lächelte. Und um ihr keine unnötige Angst einzujagen, fügte ich hinzu: «Bis zur Polizei sind es über 100 Meter und ich wollte sowieso durch eine andere Straße nach Hause gehen.»

Das gefiel ihr alles nicht. Ich gefiel ihr auch nicht. Sie zog doppelt an der Zigarette und spülte den Rauch mit Pils hinunter. Dann sagte sie: «Ist schon in Ordnung, von Falk. Peter ist nicht gerade ein Musterknabe. Er ist leichtsinnig. Und ich weiß nicht immer, was er macht, um Geld an Land zu ziehen.»

«Dann erzähl mir das wenige, was du weißt.»

«Ich weiß nichts», sagte sie mürrisch.

«Weiß *er*, was du machst, um Kohle in die Kasse zu kriegen?»

Sie war zwar stocksauer, aber Leute mit künstlichen Beinen haben gelernt, bis 15 zu zählen, ehe sie voller Wut davonstürzen.

Stattdessen sagte sie schlicht und einfach ja.

Und statt sie jetzt wirklich angezapft zu haben, hatte ich das Gefühl, all ihre Bremsen eingelegt zu haben. Erst nach zwei Bier hatte ich eine Art Skelett. Maria Dammert, geboren am 12. 1. 64, aufgewachsen in Meldorf in Dithmarschen. Sie hatte an die zehn Jahre in Spezialkliniken überall in der BRD verbracht, zuletzt in der Nähe von Frankfurt. Hier hatte sie Peter kennen gelernt und war mit ihm vor zwei Jahren in eine Zweizimmerwohnung in Sachsenhausen gezogen. Peter

Feld war in Frankfurt geboren und hatte sein Leben, mit Ausnahme einiger kurzer Zwischenstationen in Hannover und Celle, dort verbracht. Nach der Schule hatte er vier Jahre als Aushilfsmechaniker in einer Autowerkstatt in Sachsenhausen gearbeitet und war gefeuert worden, weil er seine Kollegen beklaut hatte. Danach hatte Maria Dammert keine vollständige Übersicht über seine Arbeitsverhältnisse, aber das war auch nicht nötig, ich konnte es mir auch so sehr gut vorstellen. Das Einzige, was mich überraschte, war, dass sie eisern darauf bestand, dass er nicht vorbestraft war. Das konnte bedeuten, dass Peter Feld bei weitem nicht so kriminell war, wie ich vermutet hatte, aber es konnte auch bedeuten, dass er ein gerissener Mistkerl oder ein Schoßkind des Glücks, wie Gustav Gans, war. Das allerwahrscheinlichste war jedoch, dass Maria Dammert mir die Hucke voll schwindelte, aber im Grunde spielte das auch keine Riesenrolle. Ich war daran gewöhnt, dass meine Kundschaft sich so benahm. Ehrliche Leute gehen mit ihren Problemen selten zu Privatdetektiven.

«Hältst du dich aus einem besonderen Grund hier in St. Georg auf? Abgesehen vom Job, meine ich.»

«Er ist hier gesehen worden. Ich weiß, dass er nur wenige Tage, nachdem er Frankfurt verlassen hatte, hier gesehen worden ist.»

«Von wem?»

«Von Silvia. Das ist eine Freundin. Ich wohne hier bei ihr.»

«Wo wohnt sie? Und wie heißt sie mit Nachnamen?»

«Musst du das wissen?»

«Nur, wenn ich Peter Feld für dich finden soll», antwortete ich. «Ich muss doch irgendwo anfangen und da bringt es oft eine Menge, wenn ich mit dem Menschen rede, der den Betreffenden zuletzt gesehen hat. Ist doch logisch, oder? Außerdem will ich wissen, wo du hier in der Stadt zu erreichen bist. Kann doch sein, dass wir uns noch öfter unterhalten müssen.»

Sie gab mir die Adresse von Silvia, die mit Nachnamen Krausser hieß und offenbar ebenfalls steuerfrei arbeitete. Sie wohnte in der Koppel, einer Parallelstraße zur Langen Reihe und ich dachte hurra, denn ich bin auch ein Mann von der eher trägen Sorte.

«Hast du ein Foto von ihm? Von Peter?»

«Nicht bei mir. Ich habe doch nicht damit gerechnet, dass ich einen Privatdetektiv brauchen würde, als ich losgefahren bin. Er ist groß, über 1,80. Dünn, fast mager. Blonde kurze Haare. Glatt rasiert.»

Ich unterbrach sie bei dieser Beschreibung. Die konnte ich nicht brauchen. «Wie schnell kannst du ein Foto besorgen?»

«Ich kann heute in Frankfurt anrufen.»

«Mach das bitte. Und wenn Silvia Telefon hat, dann würde ich sie gern von hier aus anrufen. Und frag nicht, ob das unbedingt sein muss, sei so lieb.»

Sie war so lieb. Sie schrieb Silvias Nummer auf einen Bierdeckel und ich begab mich damit zum Telefon im Keller, weil ich die Kunst, eine Telefonnummer länger als 15 Sekunden in der Birne zu behalten, einfach nicht beherrsche.

Silvia hatte eine ruhige und sympathische Stimme, die aber einen hysterischen Unterton anzunehmen schien, als ich ihr erzählte, was ich so mache und warum ich an diesem Samstagvormittag ausgerechnet ihre Nummer gewählt hatte. Ich erklärte ihr den Unterschied zwischen mir und dem Verfassungsschutz, woraufhin sie zögernd einwilligte, mich um sieben Uhr abends im *Café Uhrlaub* in der Langen Reihe zu treffen. Sie teilte mir sogar unaufgefordert mit, dass sie Peter Feld zuletzt vor dieser Kneipe gesehen hatte. Auf meine Frage nach einem Foto von ihm antwortete sie nein, warum in aller Welt sie denn ein Foto von ihm haben sollte. Darauf konnte ich auch keine Antwort geben, womit das Gespräch zwischen Silvia Krausser und mir beendet war.

Ich ging zu Maria Dammert und setzte mich wieder. Die Kaffeekanne war leer und ihr Bierglas auch, aber wir bestellten nichts mehr und sagten auch lange Zeit nichts. Es gibt Menschen, mit denen man schweigen kann und es gibt Menschen, mit denen man nicht schweigen kann und Maria gehörte zur ersten Gruppe. Ja, ich war davon überzeugt, dass sie am liebsten auch das bisschen, was sie mir erzählt hatte, für sich behalten hätte, und dass nur eine tiefe und echte Unruhe sie zu einer so extremen Handlung getrieben hatte, wie den Privatdetektiv Victor von Falk anzurufen und um Hilfe zu bitten. Und selbst nach dieser Überwindung, denn es war zweifellos eine Überwindung gewesen, hatte ich ihr fast alles aus der Nase ziehen müssen. Was steckte hinter diesem Wunsch, Peter Feld zu finden? Liebe, wie sie indirekt zugegeben hatte? Oder etwas anderes? Etwas, das vielleicht mit seinen Gelegenheitsjobs zusammenhing? Ich warf einen Blick auf sie, aber danach war ich immer noch so klug als wie zuvor. Sie war weit weg, in ihrer eigenen Welt, sie sah durch die Autos auf der Kirchenallee, durch den aufragenden Hauptbahnhof und immer weiter, bis zum Schloss der Goldenen Sonne.

Was ich sah, abgesehen vom Hauptbahnhof und den vielen Autos, die vorbeifuhren oder am Straßenrand parkten, war ein junger Mann mit braunem Parka und schwarz-weiß gestreifter Strickmütze. Er stand bewegungslos wie eine Statue auf der anderen Straßenseite und hatte beide Hände tief in den Jackentaschen vergraben, während Schnee und Wind um ihn herumwirbelten.

Ich sagte zweimal laut «Maria», um ihre Aufmerksamkeit zu erregen, und als mir das gelungen war, zeigte ich auf die andere Straßenseite. «Wer ist das? Der Mann im Parka?»

«Keine Ahnung», sagte sie und zuckte die Schulter.

Ich musste mir selber eingestehen, dass sie gar nicht schlecht log, aber eine verdammte Lüge war es trotzdem.

Na gut, dachte ich. Dann reden wir eben über die Kohle. Ich zog einen Standardvertrag aus der Jackentasche.

3

Vom Büro aus erledigte ich sieben oder acht notwendige Anrufe. Es ist erstaunlich, wie oft ich solche Fälle dadurch löse, dass ich schon gleich zu Anfang die richtige Nummer wähle. Polizei. Krankenhäuser. Die Zentralambulanz für Betrunkene. Aber wenn irgendeiner dieser mehr oder weniger entgegenkommenden Menschen, mit denen ich sprach, je von einem Mann namens Peter Feld gehört hatte, dann wurde es mir gegenüber jedenfalls nicht zugegeben, so sehr ich mich auch als dessen besorgter Bruder ausgeben mochte. Sogar jeder einzelne entseelte Körper, der in den verschiedenen Kühlhäusern der Stadt herumlag, hatte am dicken Zeh einen Namenszettel, aber auf keinem stand Peter Feld. Alle Therapeuten und Hirten Hamburgs hatten, mit anderen Worten, ihre Herde zur Zeit voll unter Kontrolle. Das hieß natürlich nicht, dass es keine Löcher geben könnte. Aber das war nicht sehr wahrscheinlich. Die Liste über meinem Schreibtisch hatte ich jetzt langsam abgehakt.

Wenn er noch in Hamburg ist, dachte ich, dann befindet er sich auf freiem Fuß. Oder er ist tot.

Es war inzwischen zwei Uhr geworden und ich beschloss bei meinem Freund Li vorbeizuschauen und mir seinen billigen Mittagstisch zu Gemüte zu führen, ehe er ihn von der Speisekarte nahm. Ein vernünftiger Einfall, schließlich hatte ich bisher nur ein Brötchen und zwei Liter schwarzen Kaffee zu mir genommen. Ich wollte das gerade meinem Anrufbeantworter erzählen, als das Telefon schellte.

Es war Silvia. Ob ich nicht lieber gleich zu ihr in die Koppel kommen wollte, ihr war eingefallen, dass sie für den Abend schon eine Verabredung hatte. Ihr war bestimmt auch eingefallen, dass sie kaum etwas davon haben könnte, wenn sie mit St. Georgs einzigem Privatdetektiv beim Bier gesichtet würde, dachte ich, schwieg aber. Stattdessen sagte ich, dass mir nichts lieber wäre und das war schließlich nur ein Mittagessen von der Wahrheit entfernt.

Ich brauchte genau achteinhalb Minuten, um zu dem Haus hinüber zu spazieren, in dem Silvia Krausser wohnte, mit anderen Worten, genug Zeit, um klatschnass zu werden. Als ich zehnmal auf den weißen Knopf über ihrem Namen gedrückt hatte, begann die Türanlage wie eine elektrifizierte Hummel zu brummen.

Die Tür im ersten Stock war angelehnt und daran steckte ein weißes Pappschild mit ihrem Namen. Von drinnen rief eine Stimme, ich sollte einfach die Tür hinter mir ins Schloss ziehen. Das machte ich.

Es freute mich, dass Silvia Krausser nicht an der Nadel hing, wie ich befürchtet hatte. Natürlich sind die Skandalbilder von Fixerunterkünften oft arg irreführend und nicht alle Heroinfreaks wohnen auf Müllhalden. Andererseits hatte ich aber auch noch nie von einem aufräumsüchtigen Junkie gehört. Das war bei Frau Krausser aber sichtlich der Fall, falls Maria Dammert nicht gerade

Hausputz veranstaltet hatte und das glaubte ich nicht. Ich befand mich in einem weiß gestrichenen mittelgroßen Wohnzimmer, soviel ich sehen konnte ohne ein einziges Staubkorn. Jeder einzelne Gegenstand schien eine ganz klare Funktion zu haben und nach gründlicher Überlegung genau am richtigen Ort untergebracht worden zu sein. Der Sessel stand in passender Entfernung vor der Glotze, die Fernbedienung lag in Reichweite auf dem Kiefernholztisch, parallel zur Tischkante auf der einen und zu einer Packung Zigaretten auf der anderen Seite. Die Bücher waren nach vorn bis zum Brettrand vorgezogen, so dass für Krimskrams irgendwelchen Art kein Platz mehr blieb. Auf dem grauen Teppich befand sich nichts anderes als der Fernseher und die Möbel; Tisch, Sessel und Sofa mit Platz für zwei, sofern diese zwei schlank waren und sich gut miteinander verstanden. Vor den beiden Fenstern, die auf eine nackte Baumkrone und den Hinterhof hinausblickten, standen zwei Farngewächse in hellblauen Keramiktöpfen, beide standen haargenau in der Mitte, und das konnte kaum durch bloßen Augenschein passiert sein. Über dem schwarzen Ledersofa hing eine gerahmte Bilalreproduktion und sie war im Grunde das Einzige, was mir an diesem Zimmer gefiel. Enki Bilal, dachte ich. Der beste Zeichner von kahlen Mauern und Holzwänden, von denen die Farbe abblättert, auf der Welt. In diesem Zimmer wärest du erfroren!

Kein Mensch befand sich in diesem Zimmer, aber aus einem angrenzenden Raum, der Küche vermutlich, hörte ich schwache Geräusche. Vielleicht wartete sie dort auf mich, um ihr Wohnzimmer nicht durch ihre eigene Anwesenheit durcheinander zu bringen.

Sie gönnte sich ein Fußbad, während sie eine HB mit Filter rauchte und eine Illustrierte las. Auf dem Küchentisch neben ihr lag die Zigarettenpackung und neben dieser wiederum stand ein polierter Kristallaschenbecher. Ich wusste, wenn ich den geschlossenen Küchenschrank öffnete, dann würde ich von allem sechs oder zwölf Stück vorfinden und die Spültücher würden in ordentlichen Stapeln in den Schubladen unter dem Spülbecken liegen.

Im Moment trug Silvia das, was ich für ihre Freizeitkleidung hielt; Jeans und einen weiten Wollpullover und sie sah frisch und gesund aus, wie eine Joghurtreklame. Ihre blonden Haare waren zu einem witzigen Dutt hochgesteckt, mit dem sie ein bisschen wie ein freches Gör aussah und obwohl wir mitten im Winter waren, hatte sie Sommersprossen auf der Nase. Ich hielt sie für genauso alt wie Maria, vielleicht ein oder zwei Jahre älter.

Sie lächelte, als ich hereinkam, und die Joghurtreklame verblasste. Sie hatte in ihrem Leben schon zu viele Idioten angelächelt. Wer von Silvia Krausser ein Lächeln haben wollte, an dem auch die Augen beteiligt waren, würde wohl sieben Sommer und sieben Winter warten und außerdem in einer anderen Währung als in Deutscher Mark bezahlen müssen.

«Schöne Wohnung», sagte ich und setzte mich ihr gegenüber an den Tisch.

«Ich habe Peter am Sonntag, dem 29. Oktober gesehen», sagte sie und nahm den letzten Zug ihrer Zigarette. Sie drückte die Glut auf dem Aschenbecherboden mit kleinen, raschen Handbewegungen flach und tot. «Ich hab in meinen Notizen nachgesehen.»

Ich liebe dich, dachte ich. Natürlich führst du Tagebuch.

«Im *Café Uhrlaub*?»

«Davor. Er wollte zusammen mit einem anderen Typen reingehen.»

«Du bist sicher, dass er es war?»

«Sicher.»

«Hast du mit ihm gesprochen?»

«Nein. Ich saß in einem Auto. Wir wollten gerade losfahren, als er kam, das war also nicht aktuell. Ich glaub auch nicht, dass ich sonst mit ihm gesprochen hätte. Kannte ihn zu wenig. Hab Peter nur ein- oder zweimal im Vorübergehen getroffen.»

«Vielleicht mochtest du ihn auch nicht besonders?», regte ich an.

Sie gähnte gleichgültig. Zog den einen Fuß aus dem Wasser und trocknete sich mit einem rosa Handtuch zwischen den Zehen ab. «Vielleicht nicht. Und vielleicht hab ich überhaupt keine besondere Meinung über ihn. Nicht mein Typ, wenn du verstehst.»

«Wie soll ich das denn verstehen?»

«Er ist ein Wirrkopf. Ich würd mich nie im Leben mit so einem Heini herumplagen. Hab mit meinen eigenen Problemen genug am Hut.»

«Das geht Maria wohl auch nicht anders», sagte ich. «Warum plagt sie sich denn mit ihm herum?»

«Wie das?» Sie sah mich verständnislos an.

«Ich habe das so verstanden, dass sie verlobt sind», erklärte ich geduldig.

Ihr Lachen war so gut wie echt. Sie lachte eine Weile, dann sagte sie: «So hast du das also verstanden!»

«Alles klar», meinte ich. «Und warum hat sie mir dieses Märchen aufgetischt?»

Jetzt war sie wieder ernst. Der andere Fuß war an der Reihe und sie machte sich gründlich an die Arbeit. «Vergiss das, wenn du das nächste Mal mit Maria redest. Aber das mit Peter und ihr ist einfach verdammter Unsinn. Leider. Ich meine ... das mit der Verlobung. Die wohnt bei ihm und ich weiß, dass er sich auch nur um sie kümmert, wenn er Bock und Zeit hat. Aber von Verlobung kann überhaupt keine Rede sein. Und auch nicht von einer

Beziehung.» Sie faltete das Handtuch zusammen und hängte es über die Stuhllehne. «Möchtest du Kaffee? Ich habe ... sie schaute auf die Uhr, «noch fast eine Stunde. Dann muss ich weg.»

«Ja, danke», sagte ich. «Nein, natürlich halte ich die Klappe. Woher kennst du sie?»

«Ich dachte, du wolltest wissen, was Peter anhatte und so», meinte Silvia und füllte Wasser in den Kessel. «Ich war in einem der Krankenhäuser, wo sie auf dem Weg zur aufrechten Haltung Station gemacht hat, als Gewichtheberin angestellt. Das war um 1980 herum, glaub ich. Später bin ich ihr in Frankfurt begegnet. Ich komm daher. Ich hab ihr meine Adresse gegeben, als ich nach Hamburg gegangen bin.»

«Wie in aller Welt hat sie ihre Beine eingebüßt, Silvia? Weißt du das?»

«Unfall. Und ausgerechnet mit dem Traktor. Sie und ein paar andere Gören. Sie waren erst zwölf oder dreizehn. Sie hatten den Traktor geklaut und sind auf einer Böschung umgekippt. Sie wurde unter dem ganzen Scheißding begraben. Pech, sowas zu überleben, nicht wahr?»

Schwierige moralethische Frage. Ich gab keine Antwort. «Es ist ja fast nicht zu verstehen, wie sie überhaupt wieder hochgekommen ist.»

«Der Wille sitzt nicht in den Beinen», erklärte Silvia und klopfte sich mit dem Zeigefinger an die rechte Schläfe.

Das Wasser kochte. Nun goss sie den Kaffee auf.

«Und warum geht sie anschaffen? Sie hängt doch nicht an der Fixe, soviel ich weiß? «

«Ich auch nicht.» Sie warf mir einen gereizten Blick zu. «Fragst du die Kassiererin im Supermarkt, warum sie da sitzt?»

«'tschuldigung», sagte ich.

«Irgendeine Bestimmung, nehme ich an. Die sagt, wenn sie nicht in einem Heim wohnen und um acht Uhr in die Falle gehen will, dann kriegt sie nur 25 Prozent der Grundrente ausbezahlt und die beläuft sich zur Zeit auf ... gerafft? Und das reicht eben einfach nicht. Ich hatte wirklich keinen Bock sie danach zu fragen.»

«Ist das mit dem Traktor in Meldorf passiert?»

«Klingt jedenfalls wahrscheinlich, wo sie doch damals da oben gewohnt hat.»

«Zurück zu Peter», sagte ich. «Du hast ihn aus Frankfurt also nicht gekannt? Persönlich, meine ich.»

Sie schüttelte nur den Kopf und stellte die Kaffeetasse vor mich hin.

«Hamburg ist nicht die einzige große, hässliche und unübersichtliche Stadt, weißt du. Ob du's glaubst oder nicht, aber in dieser Stadt wohnen massenhaft Leute, die ich nicht kenne.»

Ich lächelte sie an. «Ich habe auch einige Jahre in Frankfurt gewohnt.»

«Als Privatdetektiv?»

«Privat und privat. Ich habe jedenfalls auch damals schon herumgeschnüffelt.»

«Ich hab gar nicht gewusst, dass es Leute wie dich gibt. Außer in der Glotze natürlich.»

Ich wollte gerade sagen, dass es auch keine der Rede werte Existenz war, ließ es aber lieber. «Was ist er denn für ein Typ, Silvia? Wo hier in Hamburg würdest du ihn suchen?»

«Auf St. Pauli. Oder hier in St. Georg.»

Ihre Antwort kam so rasch, dass mir klar war: Sie hatte beide Fragen auf einmal beantwortet.

«Aber ich weiß nicht genau, was er so macht», fuhr sie dann fort. «Und wenn ich es wüsste, dann würde ich es dir nicht erzählen.»

Reine Worte für reines Geld. Das gefiel mir an ihr. Außerdem hatte ich ihr streng genommen keinen Pfennig versprochen, als ich angerufen und um ein Gespräch mit ihr gebeten hatte.

«Mit wem war Peter Feld an dem Abend, an dem du ihn gesehen hast, zusammen? Mit jemandem, den du kennst?»

«Nein. Er hatte mir den Rücken zugekehrt. Wollte gerade ins *Uhrlaub* gehen, und Peter ging hinter ihm her.»

«Waren die bestimmt zusammen?»

«Hatte den Eindruck. Kräftiger Bursche. Trug so eine fetzige Seidenjacke mit einem Tiger auf dem Rücken.»

«Mit einem Tiger auf dem Rücken?»

«Gestickt natürlich. Billiger Trödel.»

Ich versuchte, noch mehr aus ihr herauszuholen, aber das gelang mir nicht. Ihre Antworten wurden immer kürzer und ich war langsam davon überzeugt, dass sie mir wirklich nicht mehr erzählen konnte. Als ich gerade gehen wollte, fiel mir mein Freund im Parka ein.

«Wer hängt eigentlich Maria immer am Hintern? Der Geck mit der Bommelmütze?»

«Hör mal zu, von Falk! Ich hänge Maria jedenfalls nicht am Hintern. Sie schläft in meinem Wohnzimmer und viel mehr weiß ich über ihr Leben im Moment wirklich nicht. Sie tut mir Leid, und das geht den meisten so, aber Busenfreundinnen sind wir nicht. Und ich arbeite nicht auf der Piste da draußen!» Sie nickte verächtlich in Richtung Lange Reihe, sie hatte es schon weiter gebracht.

Ich bedankte mich für ihre Hilfe. Sie sagte, so großartig sei sie ja nicht gewesen und da stimmte ich ihr zu.

«Wenn was sein sollte . . .» Ich wühlte in der Innentasche meiner Jacke nach meinen Visitenkarten.

«Es wird aber nichts sein. Kommt nicht in Frage.»

Ich legte trotzdem meine Karte auf den Tisch. Sie betrachtete sie, ohne sie hochzuheben.

«Es sei denn, ich wollte meine Unschuld wiederfinden. Würdest du den Job übernehmen?»

«Nur, wenn ich für den Lokaltermin nicht bezahlen müsste», sagte ich.

Sie lächelte. «Jetzt musst du gehen.»

4

«Du bist blass. Du siehst schlecht aus!» Mein Freund Li musterte mich bekümmert, nachdem er mir Krabben in Curry und Reis serviert hatte. «Zu viel zu tun? Oder zu wenig? Du solltest dir eine Frau suchen!»

«Geh spülen», sagte ich «Und warum kannst du keine knusprige Ente in Erdnusssoße auftischen wie der Chinese in der Langen Reihe?»

«Seit wann gehst du denn dahin?» Lis rundes Gesicht füllte sich mit Abscheu. «Ente in Erdnusssoße ist vietnamesisch, Victor! *Vietnamesisch*!»

«Pfui Spinne!», sagte ich. «Ja, dann haben die mich zum letzten Mal gesehen. Tut mir Leid, dass ich es überhaupt erwähnt habe.»

Ich bediente mich.

«Schmeckt's?»

«Bei dir am besten, Li. Der letzte ehrliche Chinese in St. Georg.»

Er lachte. «Sag einen Tag vorher Bescheid, dann serviere ich dir eine Ente, von der du Flügel kriegst! Aber du musst Susanne mitbringen, für eine Person mach ich das nicht.»

«In Ordnung», erwiderte ich und dachte, dass er dann ja gleich für drei decken könnte.

Während ich über dem Essen brütete, das Li in seiner unbegreiflichen Liebe zu meiner Person gekocht hatte, ging ich kurz das wenige durch, was ich bisher über diesen Fall herausgefunden hatte. Es war jämmerlich wenig. Und das jämmerlichste war natürlich, dass ich immer noch nicht wusste, wie Peter Feld aussah. Die Beschreibung, die mir Maria Dammert gemacht hatte, konnte auf ca. 40 Prozent der Männer in diesem unserem Lande passen. Aber ich konnte immerhin damit rechnen, dass ich nach einem kleinkriminellen Taschenspieler Ausschau halten musste. Und wenn er etwas Schwarzes am Laufen hatte, dann bot es sich an, wie Silvia gesagt hatte, sich in den beiden Stadtteilen St. Georg und St. Pauli nach ihm umzusehen. Jedenfalls, wenn er mit den üblicheren Geschäften wie Prostitution, Waffen oder Drogen zu tun hatte. St. Pauli konnte aber noch warten, dachte ich. Ich hatte in St. Georg einen losen Faden gefunden, hier musste ich versuchen ein Wollknäuel daraus zu drehen.

Deshalb beschloss ich, meinen Freund Li zu verärgern und im *Café Uhrlaub* Kaffee zu trinken.

Aber zuerst sah ich bei Kurt vorbei, um herauszufinden, was er von der Sache hielt.

Kurt wohnte in einer engen Mansardenwohnung am Steindamm, einen Steinwurf von mir entfernt, wenn man hoch genug werfen konnte – denn seine Wohnung lag auf der anderen Seite des Blocks. Im Treppenhaus roch es nach gekochtem Kohl, in seiner Diele dagegen nach ungewaschenem Kurt. Der Herr selber lag unter einer Decke auf seinem Sofa und aß Bohnen in Tomatensoße direkt aus der Dose, während eine Dose Ratsherrn Pils auf dem Couchtisch für das notwendige Gleitmittel sorgte, das die Bohnen in Kurts widerwilligen Magen verfrachten sollte. Die Dose spielte überhaupt eine große Rolle in Kurts Leben und ich nahm an, sie würde auch bei seinem vorzeitigen Tod ihre Rolle spielen.

«Soso», sagte ich. «Ab und zu wirfst du also auch feste Ware ein? Du solltest mal die in Chili-Soße probieren. 2,90 bei Fritz Fick gegenüber. Die fetzen wirklich.»

«Im Kühlschrank gibt's Bier», sagte er und rülpste. «Bring mir auch eins mit.»

Aus lauter Höflichkeit tat ich wie geheißen.

«Je von einem Kerl namens Peter Feld gehört?», fragte ich und setzte mich in den verdächtig neuen Sessel. Ich öffnete die Dose und warf Kurt die andere zu.

«Neues Narko-Kind?»

Ich erzählte ihm alles, was ich wusste. Über meine neue Klientin und über den verschwundenen Peter Feld, der zuletzt in der Langen Reihe mit einem Tiger gesehen worden war.

Er lachte träge und kratzte mit dem Löffel die Bohnendose aus. «Das klingt aber ungewöhnlich öde. Der Heini ist sicher auf die Rolle gegangen, was? Und ich meine, wenn er ein dickes Ding laufen hat, dann erzählt er doch seiner Alten nix davon. Vollständig hysterisch von ihr dich anzuheuern, wenn du mich fragst. Der sitzt wahrscheinlich schon wieder in Bankfurt und wundert sich, weil sein Mechano-Baukasten weg ist.»

«Sie behauptet, sie könnte kontrollieren, wer da unten kommt und geht.»

Er blickte mich resigniert an. «Du willst doch nicht behaupten, du nimmst diese Sache ernst?»

«Natürlich», antwortete ich. «Hab heute Morgen einen Vorschuss bekommen. Ich kann ja nicht gerade behaupten, dass ich auf das große Abenteuer warte. Den Typen finden, so lautet mein Auftrag. Und das werde ich auch. Wenn ich eine Stunde, ehe sie das selber erfährt, herausfinde, dass er nach Hause gekommen ist, dann gehört der Bonus mir. So ist das und so überlebe ich. Es ist ein ödes Leben, aber es ist immerhin meins. Sicher, dass du den Namen Feld nirgendwo gehört hast?»

«Ganz sicher.»

«Und der Tigerknabe? Der mit der Jacke?»

Er öffnete das Bier und schnappte den Aluring gegen den Fernseher. «Ja, da hast du doch was, wo du weitermachen kannst. Tigerjacke . . .»

«Schwarze Jacke aus Seide oder einem ähnlichen Stoff. Der Tiger ist auf dem Rücken aufgestickt.»

«Hört sich doch zumindest an wie ein Zuhälter.»

«Stimmt. Aber kennen wir irgendwelche zuhälterischen Tigerknaben?»

«Ich werd's mir durch den Kopf gehen lassen, während ich mir ‹Der Alte› ankucke», antwortete er und schaltete mit der Fernbedienung die Glotze ein. «Ich ruf dich an, wenn mir was einfällt.»

«Ich wollte heute Abend aber nicht zu Hause herumhängen.»

«Dann eben im *Nagel.* Gegen elf. Frühestens. Aber erwarte nichts Großes von mir. Ich bin im Moment verdammt unkonzentriert.»

Ich machte die Runde. Fing im *Uhrlaub* an und wanderte dann weiter durch St. Georg. St. Georg ist nicht besonders groß, aber dieser Stadtteil ist gesegnet mit einem Wirrwarr von Kneipen, Restaurants und Cafés in allen Preisklassen. Von dem protzigen Restaurant im Hotel Atlantic bis zu den, gelinde gesagt, bescheidenen Kneipen und Imbissen, wo die kaputtesten Leute mit dem Kopf auf dem Resopaltisch liegen und pennen. In früheren Zeiten hatte St. Georg vor der Stadtmauer gelegen und Abdeckern und Nutten als Aufenthaltsort gedient, den ‹Unehrlichen›, den Ausgestoßenen. Und sie waren immer noch hier, wir waren hier immer noch in unserem Element. Im Laufe der Jahrhunderte hatten sich aber auch andere Gruppen und Klassen hier eingeschlichen. Jetzt, gegen Ende der 80er Jahre, waren Heroinhändler und Grundstücksspekulanten die größten Probleme der ortsansässigen Bevölkerung – und Gott weiß, ob die beiden Gruppen im Grunde nicht zusammenarbeiteten. In St. Georg wuselt das Bürgertum verängstigt und mit großen Augen zwischen den ebenso verängstigten Fixerkindern herum, das ist spannend, ein bisschen gefährlich, wenn die Nacht sich über Hansaplatz und Lange Reihe senkt. Gesprächsstoff für den nächsten Kaffeeklatsch. Und die Touris, die sind natürlich auch vertreten. Norweger. Schweden. Dänen. Zu jeder Jahreszeit und bei jedem Wetter sind sie zu sehen, immer hundertprozentig auf Distanz zum Straßenleben und zu den vielen Schatten, die sich an den Straßenecken sammeln und gerade deshalb sind sie so außerordentlich anwesend, mit ihren segensreichen Plastikkarten und ihren leicht entreißbaren Handtaschen, ihren halb leeren Flachmännern und ihren Tirolerhüten aus Pappe. Sie sichern den Lebensunterhalt der italienischen Restaurantbesitzer, der türkischen Barmänner, der Nutten aus Berlin und Münster und der Straßenjungen aus dem Stadtteil selber.

Der Schnee war zu Regen geworden, als ich endlich aufgab. Der Himmel über Hamburg war koksgrau mit roten Sprenkeln und niemand, niemand hatte von einem Mann namens Peter Feld gehört oder ihn gar gesehen.

Auf dem Weg zu *Nagel* fand ich Maria an der Ecke bei *Max* ganz oben in der Langen Reihe. Sie zitterte vor Kälte, denn sie war dem Beispiel der anderen Frauen nicht gefolgt, die in ihren bunten Steppanzügen angetreten waren; Maria trug immer noch ihren Minirock.

«Bist du schon weitergekommen?»

Ich zündete zwei Zigaretten an und gab ihr eine. «Ist noch zu früh. Wie ist er nach Hamburg gekommen? Karre? Zug?»

«Karre. Geliehen. Keine Ahnung von der Marke.»

«Geliehen? Nicht gemietet?»

Plötzlich war sie unsicher. «Vielleicht auch gemietet. Ist das wichtig?»

«Ja. Hast du das Foto bestellt?»

Sie nickte. «Müsste am Montag in der Post sein.»

«Und du bist ganz sicher, dass er in Frankfurt nicht aufgetaucht ist?»

«Ich rufe jetzt zweimal pro Tag bei Gertrude an. Sie wohnt im selben Haus wie wir. Gegenüber. Sie hat einen Schlüssel zu unserer Wohnung. Seit ich gefahren bin, hat kein Mensch die Wohnung betreten.»

«Stehst du hier schon lange?»

Sie nickte. «Ich weiß wirklich nicht, was ich heute falsch gemacht habe.»

«Geh nach Hause und sorg dafür, dass du was Warmes in den Leib kriegst. Etwas zu essen, meine ich.»

Sie nickte. «Ich dachte bloß, ich könnte heut Abend noch eine Tour schieben.»

Ich gab ihr einen der blauen Scheine zurück, die ich am Morgen von ihr bekommen hatte. «Hier. Mir kommt's von schnellen Fragen an der Straßenecke. Gehst du jetzt nach Hause?»

Sie lächelte. «Ich ruf morgen an.»

«Nach neun», sagte ich und peilte den *Nagel* an. Ich sah mich nicht um. Ich wollte lieber glauben, dass sie gleich nach Hause ging.

Mietwagen, dachte ich, als ich um die Ecke bog und den nassen Wind der Kirchenallee voll in die Fresse bekam. Dieser Gedanke gefiel mir gut. Ja, er gefiel mir so gut, dass ich am Schauspielhaus links abbog und nach Hause ging, um das von der Steuer absetzbare Telefon zu benutzen.

Geisler & Reimers war eine der großen Detekteien in Frankfurt. Über 70 Angestellte im Ganzen. Und trotz allem galt G & R als eine der wenigen wirklich seriösen Firmen in dieser Branche. Das war allerdings nicht der Grund, warum ich dort vor acht Jahren aufgehört hatte, im Gegenteil. Meine Kündigung war mir diktiert worden, weil die Firmenleitung meine Methoden für zu wenig seriös befunden hatte.

Als ich die Nummer gewählt hatte, sah ich vor mir, wie das Telefon auf Paul Kleins viel zu ordentlichem Schreibtisch schellte, tief, tief drinnen in dem Glas- und Steinkoloss, aus dem er sich seit mindestens einem Jahrzehnt wegsehnte. Paul war mein einziger Freund in den Jahren gewesen, als ich meine Aktivitäten an Geisler & Reimers verkauft hatte, obwohl zwei Kollegen sich wohl kaum weniger ähnlich sein können als wir beide. Paul, der Familienvater mit einer Brieftasche voller fröhlicher Kindergesichter. Seiner Eva treu wie ein Felsen, dem Büro gegenüber loyal bis zum Wahnsinn; Freiluftmensch mit Fliegenfischen und Omithologie als Spezialität; Paul pfuschte nicht bei der Steuererklärung, war unbestechlich und nüchtern, aber unglaublicherweise doch mein Freund.

Ich schaute auf die Uhr. Halb elf. Samstagabend. Wenn jetzt überhaupt irgendwer im Büro war, dann konnte das eigentlich nur Paul Klein sein. Die anderen Arschlöcher schafften es immer, ihm die miesesten Schichten aufs Auge zu drücken.

Aber niemand nahm ab.

Ich versuchte es stattdessen mit seiner Privatnummer. Und dort saß er – einem kleinen Mädchen zufolge, deren Lispeln mir im Ohr kitzelte – in der Badewanne.

Es dauerte eine Zeit, aber schließlich hatte ich ihn an der Strippe.

Wir mussten natürlich die üblichen dusseligen Phrasen absolvieren. Long time, no see, und müssen es jedes Mal Jahre sein ... Nach fünf Minuten fiel mir ein, dass ich immer noch kein Millionär war und dass man das Eisen doch schmieden sollte, solange es heiß war.

«Weißt du noch, wie ich dir mit diesem Datenschnüffler geholfen habe, Paul? In Hannover?»

«Himmel, Vic, ich wollte morgen mit den Kindern in den Zoo.»

«Das hast du versprochen!», sang im Hintergrund ein Kinderchor.

«Das geht ganz schnell», tröstete ich. «Nimm dir die Mietwagenfirmen in Frankfurt und Umgebung vor und finde heraus, ob jemand im Oktober oder November an Peter Feld einen Wagen vermietet hat. Und wenn jemand ja sagt, dann stell um Gottes willen fest, was aus der Karre geworden ist! Großer blonder Typ ohne Haare im Gesicht, das ist so ungefähr das Einzige, was ich weiß. Und sag nicht, ich könnte das selber machen, Paul, du weißt genau, dass ich das nicht kann.»

Die Computer der verschiedenen Wagenvermietungen in Frankfurt und vor allem mein unerlaubtes Eindringen in dieselben hatten allerlei mit meiner diktierten Kündigung bei der Firma Geisler & Reimer zu tun.

Er seufzte und ich hörte, wie er versuchte die Kinder zu beruhigen, denen jetzt die bangsten Ahnungen kamen, was ihren Besuch im Zoo betraf. «Ist das dringend?»

«Also Paul! Es ist doch immer dringend.»

«Morgen Früh. Wer ist dieser Feld?»

«Das wollte ich dich eigentlich fragen.»

«Total unbekannt. Brav oder unartig?»

«Ich glaube, er ist ein bisschen unartig. Aber vor allem ist er verschwunden. Und das interessiert mich. Und seine Bekannte.»

«Verstehe. Wie gesagt, ich ruf dich morgen an, wenn ich etwas weiß. Wenn du nicht zu Hause bist, dann erzähl ich's deinem Anrufbeantworter.»

«Ich liebe dich, Paul! Aber sag das Eva nicht.»

Nagel ist eine Kneipe, wo alle möglichen Leute kommen und gehen. Dort herrscht die spezielle Chemie von Rentnern, Reisenden, die auf einen Zug vom Hauptbahnhof warten, Frauen mit schiefen Pfennigabsätzen und Geschäftsleuten von der nicht ganz erfolgreichen Sorte und bildet das Rückgrat dieses Lokals. Abends ein lautes verräuchertes Lokal, in dessen Ecken Gesangsversuche unternommen werden, morgens und nachmittags für die Einsamen ein Tempel des Nachdenkens. Hier saßen sie, die Kriegsveteranen, die mit dem inneren Auge noch die Ostfront sahen, die Seeleute, die ihr Schiff für immer verpasst hatten, die jungen Arbeitslosen – und einzelne ältere Frauen, früher die Königinnen der Straße, jetzt verblassende Sterne mit der Perücke auf halb zwölf und einem Viertelliter Mariacron in der Jackentasche. Als ich eintrat, befanden sich die einzigen freien Plätze oben auf der Galerie, weit entfernt von den großen Fenstern zur Straße. Mir war das nur recht, denn ich entdeckte dort oben an einem Tisch ganz hinten in der Ecke Kurt. Er las die *Morgenpost* und spülte die schlechten Nachrichten mit Altbier und Korn hinunter.

Ich bestellte ein Ratsherrn, dann aalte ich mich, seitwärts wie ein Krebs, an all den aufgehängten Wintermänteln vorbei in Richtung Kurt. Er sah so uninteressiert wie immer zu mir auf, dann vertiefte er sich wieder in das Studium der Tittendame auf Seite 3 und sagte schließlich ganz kurz: «Kann Hans Dose gewesen sein. Der mit der Tigerjacke.»

Auf die Idee war ich noch nicht gekommen. Aber natürlich konnte das Hans Dose gewesen sein. Schwarze Seidenjacke mit gesticktem Tiger war zweifellos sein Stil. Außerdem war er ein Zuhälter, und ich hatte immer eine Schwäche dafür gehabt meine Vermutungen bestätigt zu sehen. Trotzdem war ich alles andere als zufrieden mit dieser Theorie. Wenn sie sich als richtig erweisen sollte, dann würde ich es mit einer harten, dummen Nuss zu tun haben, aus der ich nur mit stupider Gewalt etwas herausbekommen könnte.

Hans Dose war genauso unbegabt und unterbelichtet wie die meisten Zuhälter und er war nicht groß genug, dass man Großmut hätte erwarten können, wenn man ihn um etwas bat. Sein Hauptgeschäft lief auf St. Pauli, aber ich hatte den Eindruck, dass er auch in den Straßen von St. Georg ein paar Aktien hatte. Im Gegensatz zu den meisten anderen Knaben in der Branche, die eine Schwäche für fetzige lackierte Porsches und große Amischlitten hatten, fuhr Hans Dose Motorrad. Ein Monstrum von einer Harley, überfrachtet mit allem Extrazubehör, das auf dem schwarzen Markt zu kaufen war. Wenn Hans Dose durch die Lange Reihe ritt, um einen Blick auf seinen Dosenladen zu werfen», dann sah er aus wie ein motorisierter Weihnachtsbaum, Scheinwerfer strahlten und Nickel glitzerte und Hans selber saß rittlings auf diesem funkelnden Ungetüm wie ein bartloser Weihnachtsmann, der keine Pakete verteilen, sondern die wartenden Kinder, ob sie nun brav gewesen waren oder nicht, an andere Weihnachtsmänner verkaufen wollte. Hans Dose war ein Arschloch auf zwei Rädern.

«Ist das deine Idee oder hat dir irgendwer einen Tipp gegeben?»

«Ich bin auf die Idee gekommen und dann haben ein paar Leute gesagt, das wäre eine gute Idee. Ich bin ziemlich sicher, dass Hans so eine Jacke hat.»

«Hast du ihn in der letzten Zeit gesehen?»

Kurt schüttelte den Kopf. «Hab sein System noch nie gerafft. Falls er eins hat. Manchmal kommt er mir auch bloß vor wie ein Laufbursche.»

«Stimmt», sagte ich. «Und manchmal scheint die Straße ihm zu gehören.»

«Vielleicht stimmt ja auch beides», meinte Kurt. «Schnell oben und schnell wieder unten. Im Grunde ist er ja nur ein kleiner Fisch.»

Du ja wohl auch, dachte ich. Aber du bist immer ein kleiner Fisch. Und dennoch, ist es so unendlich viel angenehmer mit dir zu tun zu haben und nicht mit Hans Dose. Du schneidest keine kleinen Mädchen mit Rasierklingen auf und du verkaufst ihnen auch nachher kein Pulver, um alles wieder gutzumachen. Du klaust wie ein Rabe und gibst den Armen nichts ab, aber auf deine Weise bist du in Ordnung.

«Meinst du, er steht im Telefonbuch?»

«Kuck doch einfach nach.»

Das tat ich auch. Und dort fand ich ihn. Hans Dose trat im Telefonbuch als selbständiger Geschäftsmann auf, was, soviel ich wusste, auch keine direkte Lüge war. Er wohnte nicht weit von der Großen Freiheit auf St. Pauli und ich notierte mir Adresse und Telefonnummer. Dann ging ich wieder nach oben und bestellte noch ein Ratsherrn und einen doppelten Whisky, das war dieser kleine Erfolg wert, fand ich.

Kurt hatte Bier und Schnaps erledigt und betrachtete meine Getränke begehrlich. «Bestell du nur», sagte ich. «Das geht auf mich. Schließlich hab ich heut einen Vorschuss gekriegt. Obwohl, wer weiß, das mit Hans Dose kann sich ja noch als gediegener Schuss in den Ofen erweisen.»

«Ich bin froh, dass ich das nicht herausfinden muss», sagte er und bestellte noch ein Runde.

Ich fühlte mich einsam. Einsam in einer großen kalten Stadt voller Psychopathen und Wind und Regen. Dieses Gefühl totaler Isolation, ein ausgesetztes Kind in einem Wald zu sein, wo Wolf und Fuchs ihre Pfade und Fährten hatten, überkam mich immer, wenn ich mit den unangenehmeren Seiten meiner Arbeit in Berührung kam. Und es würde unangenehm sein Hans Dose zu fragen, ob er Peter Feld in der letzten Zeit gesehen hätte. Nicht lebensgefährlich, aber unbedingt unangenehm. Mein einziger Trost war, dass ich mich nicht gleich an diesem Abend noch auf die Suche nach ihm machen musste. Die Zuhälter meiner Bekanntschaft saßen normalerweise am Samstagabend nicht zu Hause vor der Glotze. Also ließ ich mich stattdessen zusammen mit Kurt voll laufen und erreichte um kurz nach drei Uhr morgens mein heiliges Bett ohne andere Probleme als meine arg verknoteten Schnürsenkel.

5

Erst nach halb zwölf wagte ich es endlich, diesem Sonntag ins Auge zu blicken. Ich hatte unruhig geschlafen und war immer wieder von einem wilden Unwetter geweckt worden, das an den Fensterscheiben gekratzt hatte. Trotzdem war ich nicht so schlecht in Form, wie ich das verdient hätte, ich hatte sogar Lust auf Kaffee und Frühstück.

Nach dem Frühstück ging ich ins Büro, um meinen Anrufbeantworter abzuhorchen. Susanne wollte wissen, warum ich nie mehr zu Hause war, außerdem konnte sie berichten, dass sie sich, trotz des immer noch vorhandenen russischen Exillyrikers, einsam fühlte. Herr Henckel verkündete mit Grabesstimme, dass das Honorar überwiesen war. Und dann kam die Reihe an Paul aus Frankfurt.

Paul hatte seine Zeit gut genutzt. Das lernt man schnell, wenn man vier kleine Racker und einen Job hat, der eigentlich auf drei Leute verteilt werden sollte. Peter Feld hatte am 27. Oktober in Frankfurt einen roten Opel Ascona gemietet. Das war an sich ja schon interessant genug, viel spannender war jedoch, dass der Wagen vor etwas über einer Woche zurückgebracht worden war. Von einem Kerl, der keinesfalls mit Peter Feld identisch sein konnte, wenn der sich nicht seit seiner letzten Begegnung mit Maria die Haare gefärbt hatte. Aus verschiedenen Gründen kam mir diese Tatsache, dass sich jemand bei der Mietwagenfirma daran erinnern konnte, wer das Auto zurückgebracht hatte, ziemlich unwahrscheinlich vor. Ich hätte diese Information nicht gekauft, wenn Paul sie mir nicht geliefert hätte. Dass er meinem Anrufbeantworter diese Information anvertraut hatte, bedeutete, dass er sie für glaubhaft hielt.

Großer kräftiger Bursche, hatte er gesagt. Schwarze Haare.

Zum ersten Mal fing ich an, mir um Maria Dammerts Verlobten Sorgen zu machen.

Und obwohl in der BRD viele Männer herumliefen, auf die diese Beschreibung zutreffen konnte, so war doch Hans Dose unbestreitbar einer davon.

Er wohnte in der Hein-Hoyer-Straße, einen Flaschenwurf von der Reeperbahn entfernt, in einem verdreckten

Steinhaus der Jahrhundertwende. Die damals gelben Ziegelsteine waren von Ruß und Schmutz vieler Jahrzehnte imprägniert, das Haus ließ mich an ein riesiges sterbendes Tier von einem fremden Planeten denken, das geduldig dasteht und auf den Gnadenschuss wartet. Die Fenster, alle geschlossen, alle ohne Gardinen und Blumen, luden zu einem Flirt mit meiner alten Freundin Tristesse ein. Wenn das Leben einen Sinn hatte so war der Sinn an dieser Adresse jedenfalls nicht zu finden.

Aber ich war nicht nach St. Pauli gekommen, um den Sinn des Lebens zu finden. Ich wollte herausbekommen, was Hans Dose in Bezug auf Peter Felds Verschwinden so im Sinn hatte.

Es war Viertel vor eins, als ich den Wagen abschloss und die wenigen Meter zu Hans Doses Residenz hinter mich brachte. Über der braun angestrichenen Eingangstür hatte jemand, der Türken nicht leiden konnte, mit Sprühfarbe seine Meinung kundgetan. Dadurch inspiriert, hatte ein weiterer anonymer Künstler die Tür mit zwei Hakenkreuzen in kirschrotem Lippenstift versehen. Das Kunstwerk machte sich vor dem brauen Hintergrund ganz vortrefflich. Dass kein Hausbewohner versucht hatte diese freimütigen Äußerungen zu entfernen, sagte einiges über das kulturelle Niveau in diesem Haus. Und als nun einer der jungen Heftigen auch noch alle Klingeln aus der Mauer gerissen und dadurch die farbenfrohen Leitungen auf der rußfarbenen Fläche bloßgelegt hatte, konnte ich nur noch beeindruckt seufzen. Außerdem hatte der Betreffende, der das Türschloss zerstört hatte, dabei solchen Eifer an den Tag gelegt, dass ich nur noch über eine umgeworfene Mülltonne zu klettern brauchte, um auch schon vor Hans Doses Tür zu stehen.

Aber der selbständige Geschäftsmann Hans Dose war nicht zu Hause. Ich traf nur das Hausmädchen an. Altersmäßig befand sie sich in der Nähe des sexuellen Mindestalters, doch sie hatte bereits mannigfaltige Erfahrungen in diesem Leben gemacht, das war mir klar, als sie mich aus zwei Veilchen ansah und gleichzeitig frage, ob ich von der Bullerei käme. Im selben Atemzug konnte sie mir mitteilen, dass Hans nicht zu Hause war und dass ihr das auch nichts ausmachte, eher im Gegenteil, verdammt noch mal.

«Ei der Daus!», sagte ich. «Ich dachte, versoffene Zuhälter knacken den ganzen Vormittag.»

«Was?»

«Weißt du, wo ich Hans finden kann? Und ich hab wirklich nichts mehr mit der Bullerei zu tun gehabt, seit ich jung und unmöglich war.»

«Wollte frühstücken. Musste dich eben umkucken!»

SLAM! Wie es in Comics heißt, wenn irgendwer auf diese Weise eine Tür schließt.

Also wanderte ich los und sah mich um. Als Erstes sah ich, dass es inzwischen wieder zu schneien angefangen hatte, und dass ein Penner gegen den Kotflügel an meinem Auto schiffte. In beiden Fällen konnte ich nichts ändern, deshalb klappte ich den Mantelkragen hoch und machte mich an eine systematische Inspektion der lokalen Tränken.

Nach einer knappen Stunde fand ich ihn. Aber man kann ja nicht nur Schwein haben. Es wäre zu viel des Guten gewesen, wenn er allein an einem Tisch gesessen und friedlich an einem halben Brötchen mit Käse oder Schinken herumgekaut hätte. Andererseits war es direkt ungeil, dass er mit zwei Heinis am Tresen vom *Lehmitz* saß und Schnaps trank. Vor allem, da Wolfgang Hayer der eine Heini war. Und ich war bereit meine Uhr dafür zu verwetten, dass auch der Dritte im Bunde kein gutes Verhältnis zu Jesus hatte. Wahrheit, dachte ich, du bist ein seltener Vogel! Und hier drinnen ist die Chance dich zu finden genauso groß wie in den Büchern von Erich von Däniken.

Es war ein ungleiches Kleeblatt, das da saß und über seinen Alkoholproblemen brütete. Wolfgang Hayer war der größte von ihnen, er war riesengroß und ein Riesenarsch, wenn die Gerüchte die Wahrheit sagten. Er war einer der harten Burschen hier unten auf der Sex-Glitsche, er arbeitete für den Zirkus Dope & Gewalt und ich weiß nicht, auf welchen der beiden Zweige er sich spezialisiert hatte, nahm jedoch an, dass er in der Kombination besonders stark war. Er hatte genau die Nase, die ein Mann wie er haben sollte, auch wenn ich nicht begreifen konnte, wer es gewagt haben mochte sie ihm immer wieder einzuschlagen. Auf seinem Kopf wimmelte es nicht gerade von Haaren und die graue Suppe, die unter seiner Schädeldecke herumschwappte, war angeblich nicht sehr nahrhaft. Ich hatte noch nie mit ihm zu tun gehabt, aber jetzt war es so weit, und es gab keinen Weg zurück, denn Hans Dose hatte mich entdeckt.

Er starrte mich ausdruckslos an. Nicht mit einer Miene verriet er, dass er mich erkannt hatte, aber ich wusste, dass das der Fall war. Abgesehen von diesem Blick war Hans Dose im Grunde ein hübscher Mann. Kräftig gebaut, halblange, fast blauschwarze wenige Haare. Von dem einen Mal, wo ich ihn lächeln gesehen hatte, erinnerte ich mich an ein makelloses kreideweißes Gebiss, aber jetzt hatte er keine Lust mir dasselbe zu zeigen. Er trug eine nagelneue graue Lederjacke und eine dunkle Hose. Und sogar ein weißes Hemd. Wer es nicht besser wusste, konnte ihn zweifellos für einen ehrsamen Arbeitsmann halten, der zusammen mit lieben Freunden den Sonntag heilig hielt.

Der Dritte im Bunde war ein ganz anderer Typ. Er hatte ein bisschen Ähnlichkeit mit Bruce Springsteen, damals, als Bruce noch nicht mit Gewichten und Eisenstäben spielte. Er saß zwischen Hans Dose und Wolfgang Hayer und rauchte eine Zigarette, die er zwischen den Fingern drehte und mit verwundertem, unschuldigem Blick betrachtete. Er sah so lieb und zuverlässig aus, dass ich mit großer Sicherheit davon ausging, dass er der wirklich Gefährliche unter den drei war.

Herrgott! dachte ich. Bleib jetzt bitte in der Nähe!

Und wie die alten Märtyrer, die den Löwen mit Gesang gegenübergetreten waren, sagte ich «Mahlzeit» zu Hans Dose und setzte mich auf den leeren Barhocker neben ihn.

Stille senkte sich über die Kneipe. Nur wir vier waren hier, sowie der Bierzapfer und ich bat ganz schnell um ein Bier, um die Stimmung ein bisschen aufzuweichen.

Aber ein Bier braucht ziemlich lange. Sieben Minuten, wenn alles seine Richtigkeit hat. Und das Ewige, dieses zeitlose totenstille Vakuum, das ich schon damals gehasst hatte, als es noch Lehrer gab, die mir in Mathe und Chemie Fragen stellten, schlich sich zwischen jede dieser sieben Minuten.

Vielleicht hatte Hans Dose in der Schule noch ärger gelitten als ich.

Jedenfalls platzte er als erster.

«Setz dich woanders hin, Falk! Hier gibt es an die 30 leere Hocker, die besser zu deinem Hintern passen als der auf dem du gerade sitzt.»

«Es ist so unpraktisch anderswo zu sitzen, wenn ich mit dir reden will», sagte ich. Das Bier kam wie ein Rettungsring mit Schaumkrone über den Tresen gesegelt, ich griff danach und leerte das halbe Glas auf einen Zug.

«Ich bin gerade beschäftigt. Komm in zwei Stunden noch mal vorbei, ja?»

Sein Tonfall überraschte mich. Irgendwo klingelte es.

Denn der Rambo, der hinter seiner ersten Bemerkung gelauert hatte, war jetzt wie weggeblasen. In seinen Worten hatte keine Nervosität gelegen und seine Hand, die die Zigarette hielt, war fest wie der Erdboden. Aber trotzdem stimmte hier etwas nicht. Genauer gesagt, etwas an der Stimmung hier in der Kneipe war anders, als ich erwartet hatte.

Und als Hayer sich vorbeugte, um Hans Dose tief in die Augen zu blicken, während er seidenweich lächelte und sagte: «Du brauchst keine Rücksicht auf uns zu nehmen, Hans!», da war ich sicher: Hier wird nicht gemeinsam gespielt. Jedenfalls spielten Hans Dose und Wolfgang Hayer nicht gemeinsam. Und da sich der Barmann so weit wie möglich zurückgezogen und sich in einer Ecke verkrochen hatte, wo er so tat, als lese er *Bild am Sonntag*, ging ich davon aus, dass Hayer Springsteen jr. gemeint hatte, als er von «uns» sprach.

So so, dachte ich. Aus wenigen Worten lässt sich doch vieles lernen. Deshalb sprach ich die beiden aus, die mir vor allem am Herzen lagen.

«Peter Feld. Ich möchte wissen, wo Peter Feld steckt.»

Hans Dose sah vor sich hin. Der Mann in der Mitte betrachtete seine Zigarette. Und Wolfgang Hayer und ich betrachteten Hans Dose.

Er ließ sich Zeit. Dann sagte er: «Ich kenne keinen Peter Feld.»

«Hab ich mir's doch fast gedacht! Kein Mensch scheint Peter Feld zu kennen. Kein Mensch auf der großen, bösen Welt. Nicht einmal die, die mit Peter Feld zusammen sind, kennen ihn. Was für ein Unglückswurm!»

Er zuckte die Schultern. «Ich kenn den Kerl nicht.» Seine Worte waren genauso ruhig wie vorhin und wiesen genauso wenig Leidenschaft auf.

Natürlich war es möglich, dass er die Wahrheit sagte.

Trotzdem war ich sicher, dass ich auf der richtigen Spur war. Dass Hans Dose sich überhaupt die Mühe machte mir zu antworten, wies darauf hin. Auch Wolfgang Hayers forschender Blick war interessant. Hayer strahlte etwas aus, das an Spannung und Ironie erinnerte. Er amüsierte sich, aber ich war sicher, dass er jederzeit explodieren konnte. Und ich würde nicht sein Opfer sein, wenn es so weit wäre. Also bluffte ich munter weiter, da ich nichts besseres servieren konnte.

«Du bist doch zusammen mit ihm in St. Georg herumgelatscht. Blöd von dir, wenn er so heiß ist. Und außerdem kann ich beweisen, dass du sein Auto bei der Mietfirma in Frankfurt abgeliefert hast.»

Mein letzter Satz traf. Ich will nicht behaupten, der große Mann sei zusammengefahren, aber er riss den Mund auf und schnappte einen Moment nach Luft, während seine recht Hand fieberhaft nach einer neuen Zigarette suchte.

«Arbeitest du neuerdings als Chauffeur, Hans?», fragte Hayer interessiert.

Hans Dose wandte sich an mich. «Jetzt reicht's, mein Kleiner. Du hast ein Bier gekriegt und wir haben uns nett unterhalten. Aber wenn du nichts besseres anzubieten hast, dann solltest du deine Birne schleunigst ein bisschen auslüften.»

Hayer erhob sich und kam zu mir herüber. «Ich glaube, wir tun was er sagt. Er hat Liebeskummer, glaub ich und du weißt ja, wie schlimm das sein kann.» Er packte meine Hand, als ich mein Glas leeren wollte und drehte mir mit Eisengriff den Arm auf den Rücken, während er mich zur Tür führte. Es tat tierisch weh und er ließ mich erst draußen auf dem Trottoir wieder los. Der Barmann machte keinen Versuch mit der Rechnung hinter mir herzukommen.

Ich blieb stehen und schüttelte den Arm, um den Kreislauf wieder in Gang zu bringen.

Hayer lächelte breit, während er sich Schneeflocken von der breiten Stirn wischte.

«Grüß da drinnen», sagte ich, «und sag ihm, wenn die Sache so sehr stinkt, wie ich glaube, dann ist er der Einzige, den ich im Notfall der Polizei geben kann.»

«Da werden sie dir sicher sehr dankbar für sein. Ich hab gehört, dass die Rückgabe von Autos an Mietwagenfirmen streng bestraft wird. Und was das Bier angeht ... nächstes Mal gibst du einen aus, ja?»

Ich ging die wenigen Meter zur Hein-Hoyer-Straße und schloss das Auto auf. Die Scheibenwischer entfernten widerwillig den klitschnassen Matsch, als ich um den Block und wieder auf die Reeperbahn fuhr. Ich parkte an die 50 Meter vom *Lehmitz* entfernt auf der anderen Straßenseite. Von hier aus konnte ich alle sehen, die dort ein oder aus gingen. Natürlich gab es dort auch Hintertüren, aber ich glaubte nicht, dass mein kurzer Besuch bei ihnen genügend Verfolgungswahn geweckt haben könnte.

Ich rauchte und wartete. Mein Arm tat weh, aber ich nahm an, dass ich trotz allem noch Glück gehabt hatte.

Auf der Reeperbahn war wenig los. Der Geschlechtsladen lag öde da, die Lampen der Klubs und Stripshows leuchteten trübe in die Novemberwirklichkeit. Nirgendwo war auch nur eine einzige bibbernde Nutte zu sehen. Nur zwei Penner kämpften sich mit ihren Plastiktüten und ihrem Hab und Gut durch das immer dichter werdende Schneetreiben. Ein Strom von freien Taxen trieb langsam die Straße hinauf und hinunter, es war ein schlechter Tag für jegliche Art von Geschäft.

Ich kann gut warten. Ich bin in die richtige Schule gegangen. Die romantischen Mythen über die Arbeit der Privatdetektive platzen wie ein Troll bei Sonnenschein, wenn man ein paar Mal festgestellt hat, was Warten bedeutet. Acht Stunden hintereinander zum Beispiel. Während man in Limoflaschen pissen muss und unfreiwillig zum Nichtraucher wird, weil sich der nächste Zigarettenautomat 50 lange Meter die Straße hinauf befindet.

Aber an diesem Sonntag kam ich mit drei Viertelstunden glimpflich davon und das einsame Bier, das ich meinem System einverleibt hatte, hatte meine Blase nicht erreicht, als Hans Dose das *Lehmitz* verließ.

Er bleib am Straßenrand stehen und klappte den Kragen seiner Lederjacke hoch. Der nasse Schnee legte sich sofort auf ihn, so dass er aus der Entfernung grauhaarig wirkte. Und wer weiß, dachte ich und drückte meine Zigarette im überfüllten Aschenbecher aus – vielleicht kann ich ihm ein paar echte graue Haare verpassen, ehe ich mit diesem Fall fertig bin. Ich ließ den Motor an und fuhr langsam los, als ein Taxi anhielt und ihn einsteigen ließ.

Sie fuhren über Holstenwall, Stephansplatz und Lombardsbrücke, von dort nach links an der Außenalster entlang und nach St. Georg hinein. Heimspiel, dachte ich zufrieden, als Hans Dose unten in der Rostocker Straße das Taxi verließ. Aber ich war nicht nur glücklich. Denn als ich in guter Entfernung zum Taxi anhielt, das sofort Gas gab und verschwand, sah ich hinter mir einen lindgrünen Audi 100. Der hatte sich dort seit der Reeperbahn befunden. Hoffnungslose Beschattung. Der Audi hielt ziemlich weit von mir entfernt an der Ecke der Danziger Straße, aber es schien mir klar, dass der Fahrer sich für mich interessierte. Falls nicht plötzlich noch andere ihr Interesse an Hans Doses Bewegungen entdeckt hatten. Von meinem Auto aus war es ganz unmöglich zu sehen, ob im Audi ein oder mehrere Personen saßen. Aber wenn diese Jungs mich verfolgten, dann mussten sie viel cleverer sein, als ich gedacht hatte. Als ich vor Doses Haus mein Auto geholt hatte, war mir nämlich niemand gefolgt, da war ich mir sicher. Vielleicht hatte sich auch die Bullerei an uns gehängt. Wenn das Gesetz uns so tollpatschig beschattete, dann bedeutete das, dass hinter mir eine Bande von Grünschnäbeln saß und es ist fast unvorstellbar, wie viel Schaden so ein Verein in kurzer Zeit anrichten kann.

Im Moment fand ich es allerdings wichtiger, mich um Hans Doses Unternehmungen zu kümmern.

Die waren nicht weiter dramatisch. Hans Dose überquerte ohne sich umzusehen, die Straße und verschwand im Hotel Marlene.

Und als er verschwunden war, stieg eine graublaue Abgaswolke hinter dem grünen Audi auf, das Auto wurde in den Rückwärtsgang geschaltet und fuhr zur Kreuzung zurück. Dann verschwand es in Richtung Lange Reihe.

Auch das machte mir keine große Freude.

6

Hotel-Pension Marlene war eine der wenigen Übernachtungsmöglichkeiten in St. Georg, über die ich einfach nichts wusste. Im Keller hatte irgendwann irgendwer versucht, einen Nachtklub zu starten, aber dabei war offenbar nicht viel herausgekommen. Das Schild über der Eingangstür trug den umwerfenden Namen *Blue Moon*, aber der blaue Mond war nur zur Hälfte aufgemalt worden und die goldenen Buchstaben von Abgasen und Staub fast verdeckt. Fenster und Tür waren hinter braunen Verschalungsplatten verborgen, die Treppe mit Müll zugeschüttet. Zwischen Trottoir und erstem Stock war die Außenwand mit glasierten Fliesen bedeckt, die irgendwann weiß gewesen sein mussten, die übrigen zwei Etagen waren blau angestrichen; sicher hatte diese Farbe damals einen nicht allzu hellen Kopf auf diese Idee mit dem Barnamen gebracht. Das Haus sah so trostlos aus wie fast die gesamte Architektur, die nach dem Krieg in dieser Stadt in aller Eile hochgezogen worden ist. Vom Auto aus konnte ich sehen, dass sämtliche Fenster im Erdgeschoss mit halb durchsichtigen Vorhängen verhängt waren, auf den Fensterbänken gab es jede Menge Plastikblumen. In den Fenstern der blauen Zone konnte ich nichts anderes sehen als hier und da einen Milchkarton. Aus zwei Fenstern links neben der Eingangstür fiel schwaches Licht in die Dunkelheit des Tages, ich nahm an, dass sich dort die Rezeption befand. In den oberen Stockwerken war nur ein Fenster beleuchtet. Hotel-Pension Marlene war einwandfrei kein Hotel, in dem das Frühstück um halb sieben auf dem Tisch stand und wo man mit VISA und American Express bezahlen konnte. Wenn es hier überhaupt zahlende Gäste gab, dann handelte es sich dabei wahrscheinlich um zwei verfrorene Asylanten, ein paar ausgebrannte Alkoknechte und die übliche Nadelbande. Und die Frauen, die kamen und gingen und gerade so lange blieben, wie der Freier zum Abspritzen brauchte.

Ein langer schmaler Schlauch trennte das Hotel vom Nachbarhaus. Durch das Schneetreiben konnte ich den Umriss von zwei Mülltonnen und einem Zeitungsstapel erkennen. Ich fuhr in die Bülaustraße und stellte das Auto dort ab. Ein klitschnasser Wind fegte aus dem Park beim Krankenhaus St. Georg, ich dachte an meine Schuhe, die Wasser durchließen und zum Schuster mussten, an Lungenentzündung und Tod.

Der schmale Schacht war knapp anderthalb Meter breit und endete nach 15 Metern an einem verwitterten Lattenzaun. Was meinen Puls ein paar Takte schneller schlagen ließ, war der Anblick der Hintertür des Hotels. Sie war angelehnt und sah verlockend und Furcht erregend zugleich aus. Auf den Schacht blickten nur glatte Mauern, ich konnte also damit rechnen, dass niemand mich bei meiner Sünde ertappen würde.

Es war stockfinster und es roch nach Schimmel und Bratkartoffeln. Irgendwo in der Nähe tropfte es rhythmisch auf den Steinboden. Ich blieb zwei Minuten stehen, dann hatten meine Augen sich an die Dunkelheit gewöhnt. Ein schwaches graues Licht kam irgendwoher, ich ahnte eine Treppe zum ersten Stock. Vorsichtig tastete ich mich an der Wand entlang, bis ich die unterste Stufe gefunden hatte. Rechts von mir konnte ich eine Stahltür fühlen, die in die Steinmauer eingepasst war, sie führte zum Hinterhof. Ich ging vorsichtig die Treppe hinauf, sie war aus Zement und verriet mich nicht. Ich erreichte den Absatz im ersten Stock, wo die Sichtverhältnisse wesentlich besser waren. Ein schmales Fenster schaute in den Hinterhof, es war mit weißer Farbe übermalt, ließ jedoch einige ärmliche Lichtstrahlen herein. Die Tür zum ersten Stock des Hotels war abgeschlossen. Ich ging in den zweiten, das hatte ich die ganze Zeit vorgehabt, weil ich hier in einem Zimmer Licht gesehen hatte.

Auch im zweiten Stock gab es ein Fenster und das war noch dazu nicht übermalt. Ich blickte in einen Hinterhof mit riesigen Laubbäumen hinunter, die jetzt nackt und schwarz und triefnass waren. Ein weißer Hocker mit drei Beinen lehnte an der Mauer und zwei radlose Rennräder standen neben einem Werkzeugschuppen. Es war ein deprimierender Garten, ganz und gar eingemauert zwischen zwei Mietskasernen und einem großen Lagergebäude dem Hotel gegenüber. Der Schnee bedeckte den Boden, hier und da ragten jedoch Geißkohl und hohes Gras in all ihrer schwarzgrünen Pracht trotzig hervor. Eine Katze hatte den Garten diagonal durchquert und war nirgendwo zu sehen.

Die Tür zum Treppenhaus war ge- aber nicht verschlossen. Sie ließ sich nach innen öffnen, traf dabei auf irgendeinen Widerstand. Ich stemmte vorsichtig die Schulter dagegen. Sah vor mir Regale mit Porzellan, Kartons mit Bier- und Weingläsern und Urgroßmutters Kristall-Lüster auf einem wackligen Tisch.

Aber es waren nur Pornos. Und Zeitungen. Als ich mich durch den Türspalt gezwängt hatte, watete ich bis zur Wade durch miese Nachrichten und billigen Sex. Vor mir hatte ich einen langen Flur mit Teppichboden, der nur von einer einsamen nackten Birne erhellt wurde, die im Luftzug hin und her pendelte. Hotel-Pension Marlene war von innen genauso gemütlich, wie ich mir das vorgestellt hatte.

Die Tür des Zimmers, in dem ich von der Straße aus Licht gesehen hatte, wies eine Nummer aus nikotingelbem Plastik auf, Nr. 16. Ein Lichtstrahl kam durch einen schmalen Spalt unter der Tür. Drinnen sang Hans Albers «Auf der Reeperbahn nachts um halb eins», auf einer abgenudelten Platte oder in einem schlecht eingestellten Radio.

Ich klopfte. Hans Albers unterbrach seine schmachtenden Illusionen.

Noch immer sagte niemand «herein», also ging ich hinein.

Zimmer Nr. 16 war eng und roch stramm nach Alkohol und altem Mann. Es überraschte mich durchaus nicht, dass auf dem Bett ein alter Mann saß und weinte. Er trank Astra aus der Flasche und hatte neben sich einen halb vollen Aschenbecher im Bett stehen. Eine frisch angezündete Selbstgedrehte ließ eine blaue Rauchspirale zur Decke aufsteigen, sie zitterte, als ich eintrat und löste sich auf, als ich die Tür hinter mir schloss. Der alte Mann zeigte keine Reaktion. Er saß ganz still da und sah durch eine abscheuliche gelb-braun gestreifte Tapete hindurch, während Salzwasser aus seinen Augen strömte. Ein zitternder Tropfen zwischen den Bartstoppeln auf seinem Kinn wurde immer größer, sammelte Gewicht vor dem Absturz auf ein Nylonhemd, das weiß und modern gewesen war, als die Beatles im *Starclub* spielten. Er musste so um die 70 sein. Seine Haare waren weiß, zeigten noch schmale Streifen von Gelb und waren glatt zurückgekämmt, seine Gesichtshaut war reich an tückischen Fallen, in denen sich das Rasiergerät festfahren konnte. Die rechte Hand mit ihren krallenhaften Fingern packte die Zigarette fester und schob sie in den Mundwinkel. Dann sah er mich aus seinen beiden wehen Augen an und sagte: «Ja, nimm du nur den Rest. Wenn du noch etwas findest.»

Ich hatte ihn zwar schon einmal gesehen, aber ich wusste nichts über diesen Mann. Ich hatte ihn im *Lenz* und anderen Kneipen mit niedrigem Status gesehen, Kneipen für Menschen, die nicht mal mehr so tun mögen als ob. Er war immer halb voll gewesen, immer allein, er war ein Mann, dem genauso viel Aufmerksamkeit gewidmet wurde wie den leeren Flaschen auf dem Tisch. Ich konnte durchaus derjenige hier in St. Georg sein, der ihn am besten kannte.

«Wer hat das andere geholt?», fragte ich. Ich setzte mich unaufgefordert in einen Kunstledersessel ohne Seele oder Armlehnen.

«Ich weiß nicht, wer du bist», sagte er, zog an der Zigarette und schluckte einen Klumpen im Hals hinunter.

«Aber hier kommt nur selten jemand mit guten Nachrichten.»

«So geht's auch da, wo ich wohne», erwiderte ich.

Ich sagte ihm, wer ich war. Und was ich machte. Er sagte, er könne kaum glauben, dass es Leute wie mich wirklich gäbe.

Dazu sagte ich nichts, das brachte ich einfach nicht mehr.

«Nun», sagte er und setzte sich so weit gerade hin, dass er den letzten Schluck Bier noch trinken konnte. «Den Rest haben sie auch noch mitgenommen. Sogar das Foto von meiner Alten. Im Rahmen war wohl Silber. Jetzt habe ich ungefähr so viel wie damals, als ich auf die Welt gekommen bin, und dann hat man seine Runde hinter sich.» Er spuckte Tabakskrümel aus und hustete seinen Namen. Ewald Kerl. Dann griff er in eine Plastiktüte auf dem Boden und holte noch ein Bier heraus. «Haben sie Bauer auch ausgeraubt?» Geübt öffnete er die Flasche mit einem Wegwerffeuerzeug.

Ich fragte nicht, wer «sie» waren. Man musste nicht Privatdetektiv sein, um das zu wissen.

«Hast du sie gesehen, wenn sie einen Affen haben?», fragte ich. «Wenn sie ihren Schuss brauchen und nicht wissen, woher sie ihn nehmen sollen?»

«Ja. Ich hab sie gesehen. Aber das Foto von Edith hätten sie mir trotzdem lassen können.»

Wir blieben eine Weile stumm sitzen. Zwei Schweigeminuten für das Bild von Edith, das jetzt sicher zusammengeknüllt in einer Gosse in St. Georg lag.

«Wer ist Bauer?», fragte ich, als ich fand, die Gedenkminute sei nun lang genug gewesen.

«Der, der dieses Irrenhaus leitet.»

Plötzlich blickte er mich misstrauisch an. «Hast du nicht gesagt, dass er dich gerufen hätte?»

«Da irrst du dich. Niemand hat mich gerufen. Ich habe mich hereingeschlichen genau wie die, die vor mir hier gewesen sind. Aber ich habe nicht ganz dieselben Absichten. Ich suche einen Burschen namens Feld. Peter Feld. Je von ihm gehört?»

Seine Zigarette war ausgegangen. Er betrachtete sie lange und traurig. Dann sagte er: «Ich will in nichts hineingezogen werden, von Falk. Das ist das letzte, was ich brauchen kann.»

«Man kann sich nicht immer aussuchen, ob man in etwas hineingezogen wird oder nicht», sagte ich. «Aber in der Regel kann man die Seite wählen. Du kannst zum Beispiel meine wählen. Und ich glaube, damit würdest du auf die Dauer besser fahren.»

«Feld», sagte er leise. «Was ist mit ihm passiert?»

«Ich würde hier nicht herumschleichen, wenn ich das wüsste.»

«Und du hast nicht mit Bauer gesprochen?»

«Ich hab dir doch gerade erst gesagt, dass ich keine Ahnung habe, wer Bauer ist. Aber jetzt erzähl mir von Feld. Bauer nehm ich mir später vor.»

Ich war gereizt. Eifrig. Ich fügte ein «bitte» hinzu.

«Ist vor zwei Wochen hier aufgetaucht. Weiß nicht mehr genau wann.»

«Feld?»

«Ja, Feld.»

«Ende Oktober?», schlug ich vor. «28. oder 29.?»

Er runzelte die Stirn. «Nein, muss ein bisschen später gewesen sein. Ich hatte gerade beim Lebensmittelladen gegenüber meine Schulden bezahlt, das mach ich an jedem Monatsersten. Pünktlich!», fügte er hinzu. «Ich glaube, Peter ist das letzte Mal an demselben Tag gekommen.»

«Das letzte Mal?», fragte ich. «Kommt er öfter?»

«Alle zwei Monate vielleicht. Er bleibt nie lange. Übernachtet hier zwei Nächte, dann fährt er wieder nach Frankfurt.»

«Wie lange macht er das schon?»

«Weiß nicht. Ich wohne seit drei Jahren hier. In der ganzen Zeit ist er regelmäßig hier aufgetaucht.»

«Und? Was ist er für ein Mensch? Ist er von der Sorte, die mit andererleuts Silber durchbrennt zum Beispiel?»

«Peter? Nein, spinnst du? Solide wie ein Fels, der Junge. Ich kenne ihn nicht so gut, wir haben ein paar Mal zusammen ein Bier getrunken. Unten in der Rezeption. Manchmal quatsche ich mit Bauer oder den anderen Jungs, wenn die nicht zu viel zu tun haben. Und wenn Feld hier gewesen ist, hat er immer bezahlt. Nein, ich kann über ihn nur Gutes sagen.»

«Was arbeitet er denn so, Kerl? Hat er darüber was gesagt?»

«Autobranche. Arbeitet für eine Firma unten in Frankfurt. Ich weiß nicht genau, was er macht, jedenfalls muss er für die Firma viel reisen. Deshalb taucht er in regelmäßigen Abständen hier auf.»

Nicht Ewald Kerl war der Vater dieser Lüge. Davon war ich überzeugt. Die Frage, wie wahrscheinlich es war, dass ein Reisender in der Autobranche sich bei seinen Besuchen in Hamburg in einem Hotel wie diesem einquartieren würde, hatte er sich einfach noch nicht gestellt. Aber wenn das stimmte, was Kerl über Peter Felds Ankunftsdatum sagte, dann musste er die zwei ersten Tage nach seiner Abreise aus Frankfurt anderswo verbracht haben. Vielleicht hatte er ja auch nur so getan, als ob er Frankfurt verlassen hätte.

«Kerl», sagte ich, «ich fürchte, Peter Feld kann etwas zugestoßen sein. Das glaubt auch seine Freundin, deshalb hat sie mir diesen Job gegeben. Aus verschiedenen Gründen hat es keinen Sinn die Polizei dazuzuziehen, jetzt jedenfalls noch nicht. Bisher ist mir nur ein einziger Mensch begegnet, der Peter Feld ganz sicher getroffen hat, seit der dieses letzte Mal in Hamburg angekommen ist. Deshalb ist das, was du gesagt hast, so wichtig. Als ich dich vorhin gefragt habe, ob du Feld kennst, hast du sofort gefragt, ob ihm etwas passiert wäre.» Ich beugte mich vor. «Warum glaubst du, Peter Feld könnte etwas passiert sein?»

Er wand sich. «In diesem Haus ist nicht viel los, von Falk. Im Moment wohne nur ich hier fest. Es kommen ja auch ab und zu mal ein paar Gäste, aber großartig ist das nicht. Die Frauen hier im Park bringen manchmal Freier mit, aber das Geschäft geht wohl nicht besonders. Einige der schlimmsten Drogenfällen wohnen hier zeitweise. Bauer wirft sie auf die Straße, wenn sie nicht bezahlen können und nimmt sie in der nächsten Woche wieder auf, wenn sie genug für ein paar Nächte zusammengekratzt haben. Das ist alles einfach eine Scheiße. Die Mädchen sind noch nicht mal so schlimm, die schuften ja Tag und Nacht. Aber ihre Typen ... Hängen hier den ganzen Tag rum und stellen alles Mögliche an, wenn sie dazu in Form sind. Aber was ich sagen wollte, man hält sich ja ein bisschen auf dem Laufenden. Und ich fand es seltsam, dass Feld mir nicht gesagt hat, dass er weg wollte. Das machte er zwar nicht immer, aber ich habe am Tag vor seiner Abreise noch mit ihm gesprochen. Und er hat kein Wort davon gesagt, dass er am nächsten Tag fahren würde.»

«Wann war das?»

«Das weiß ich nicht mehr. Nachdem er einige Tage lang hier gewohnt hatte.»

«Du hast also am Tag vor seiner Abreise mit ihm gesprochen?»

«Gegen fünf Uhr nachmittags. Draußen auf der Straße.

Ich wollte einkaufen gehen und er war unterwegs hierher.»

«Worüber habt ihr geredet?»

«Nichts Besonderes. Wind und Wetter, nehme ich an.»

«Und er war zu Fuß, nicht mit dem Auto?»

«Nein, das stand auf der Straße.»

«Ein roter Opel?»

«Keine Ahnung. Ich kenn mich nicht aus mit Autos. Aber es war rot, das stimmt. Und kein Wort davon, dass er abreisen wollte. Ein bisschen komisch, nicht? Nun ja. Das war eben so. Ich bin dann einkaufen gegangen und war so gegen sechs wieder hier. Zwei Stunden später kam Bauer herauf und wollte mich zu einem Bier einladen. Er sagte, er hätte im Lotto gewonnen, und das wollte er mit jemandem feiern. Großartig war das nicht, 800, 900 Mark, aber trotzdem. Ich bin natürlich mitgegangen. Wir saßen vielleicht seit einer halben Stunde unten, als wir oben einen Höllenlärm hörten. Geheul und Geschrei. Das kommt hier zwar ab und zu vor, aber ich war doch überrascht, weil ich dachte, dass Feld und ich an dem Abend die einzigen Gäste wären. Das habe ich natürlich zu Bauer gesagt, aber er meinte, er hätte noch zwei Gäste bekommen und im ersten Stock einquartiert, damit Feld und ich unsere Ruhe hätten. Keiner von uns hatte Lust raufzugehen und sich einzumischen, wir hielten es für das beste, wenn sie es unter sich ausmachten. Dann wurde es still und wir quatschten und tranken weiter. Aber bald darauf hörten wir schon wieder Lärm da oben, einen lauten Krach, den ich gut kannte. Die Stahltür im zweiten Stock wurde zugeknallt. Die, die auf die Hintertreppe führt.»

«Die Tür im ersten Stock könnte das nicht gewesen sein?»

«Nein. Denn die ist verklemmt, seit ich hier wohne.

Jetzt bekam ich Angst.» Kerl lächelte wehmütig. «Damals hatte ich hier oben ja noch ein paar Sachen. Aber ich dachte auch an Feld, der ein paar Zimmer weiter wohnte. Ich sagte zu Bauer, ich würde hochgehen und nachsehen, ob alles in Ordnung wäre, aber Bauer kümmerte sich selber darum und das war mir ja nur recht, der ist besser zu Fuß als ich und es war ja im Grunde sowieso seine Aufgabe. Als Bauer nach oben gegangen war, hörte ich Stimmen auf der Straße. Ich konnte nicht hören, was sie sagten, aber auf jeden Fall stritten sie sich. Glaubte ich. Als ich den Vorhang beiseite schob, sah ich zwei Männer, die unten ein bisschen boxten und zu ringen versuchten. Es war alles nur Jux, sie schienen halb voll zu sein. Einer von ihnen sah mich und winkte. Dann verschwanden sie im Park. Gleich darauf kam Bauer nach unten und sagte, alles wäre in Ordnung. Meine Tür war abgeschlossen und Feld war weggegangen.»

«Einen Moment», unterbrach ich ihn. «Dieser Bauer arbeitet hier wohl als eine Art Portier?»

Er nickte. «Ich weiß, was du meinst. Aber er sagt allen, die er kennt, sie sollten den Schlüssel mitnehmen, wenn sie weggehen. Ist für alle am leichtesten so.»

«Alles klar. Erzähl weiter.»

«Ja, eigentlich gibt's nicht mehr viel zu erzählen. Bauer meinte, die beiden Rowdys, die ich gesehen hatte, wären dieselben, denen er das Zimmer vermietet hatte. Ich dachte nicht weiter darüber nach, aber später ... warum in aller Welt sind die denn in den zweiten hinaufgegangen und haben dann die Hintertreppe genommen, wo sie doch einfach durch die Rezeption spazieren konnten? Als ich gegen Mitternacht ins Bett ging, war es im ganzen zweiten Stock ruhig und dunkel. Ich habe die ganze Nacht wie ein Stein geschlafen und am nächsten Morgen sagte Bauer, Feld wäre abgereist.»

«Du hast Feld also nicht mehr gesehen, nachdem du gegen fünf mit ihm gesprochen hattest?»

«Nein.»

«Und diese beiden Typen, könntest du die beschreiben?»

«Ich sehe nicht mehr besonders gut. Außerdem war es dunkel und sie waren schon ein Stück entfernt. Nein, ich kann nur sagen, dass es zwei Männer waren, wahrscheinlich jüngere.»

«Wie hat Bauer denn gewirkt, als er im zweiten Stock nachgesehen hatte und wieder herunterkam?»

«Gewirkt? Wie immer, würde ich sagen.»

Ich nickte. «Alles klar. Und du bist sicher, dass außer dir und Feld in der Nacht niemand im zweiten Stock geschlafen hat?»

«Bin ziemlich sicher, dass ich es gewusst hätte, wenn da oben noch andere gewesen wären.»

«Und die beiden Typen, von denen Bauer dir erzählt hat, die hast du nicht zu sehen gekriegt?»

«Nur ganz kurz, unten auf der Straße. Wenn das dieselben waren, meine ich.»

«Bist du sicher, dass Felds Auto am nächsten Morgen nicht mehr da war?»

«Also sag mal, von Falk. Bauer sagt, der Junge sei weg. Da geh ich doch nicht runter und seh nach, ob sein Wagen noch auf der Straße steht. Worauf willst du eigentlich hinaus? Dass Bauer versucht mich reinzulegen?»

«Natürlich nicht», sagte ich. «Ich frage und bohre nur aufs Geratewohl herum, das ist schließlich mein Job. – Welches Zimmer hatte Peter Feld hier, weißt du das noch?»

«12. Dritte Tür links. Was willst du da?»

«Mich umsehen. Aber ich will nicht, dass du Bauer etwas davon erzählst. Auch nicht, dass wir beide uns unterhalten haben. Du bist mir einfach nie begegnet.»

«Meine Güte! Bauer ist ein anständiger Mensch, das kann ich dir garantieren. Aber von mir aus, ich kann den Mund halten. Ich will wirklich nirgendwo reingezogen werden. Bin dran gewöhnt mich um meinen eigenen Kram zu kümmern. Und wenn du ein leeres Hotelzimmer anglotzen willst, dann ist das nicht meine Sache.» Er zeigte auf den Fensterrahmen und dort lag ein großer altmodischer Schlüssel, an dem mit einer Kette ein rotes Plastikschild befestigt war. «Du kannst den solange leihen.»

Der Schlüssel war von der Sorte, die man im Grunde überhaupt nicht braucht, weil sich die dazugehörigen Schlösser normalerweise leichter mit dem Fingernagel öffnen lassen.

Ich nahm ihn aber trotzdem, um den Alten nicht zu kränken.

7

Zimmer 12 im Hotel Marlene war fast identisch mit Nr. 16, wo Ewald Kerl den Rest seines Lebens hinter sich brachte. Anders als Nr. 16, wo alles von leeren Flaschen und schmutzigen Klamotten, Aschenbechern und vergilbten Zeitungen bedeckt war, wirkte dieses Zimmer chemisch rein. Ja, als ich die Tür vorsichtig hinter mir zumachte, fragte ich mich wirklich, ob der Ausdruck «chemisch rein» in diesem Fall nicht ausnahmsweise genau zutraf. Der Geruch von starken Reinigungsmitteln hing im Raum.

Links von der Tür stand ein großer altmodischer Kleiderschrank. Leer. Ein Hocker stand vor dem Fenster, das auf den trübseligen Garten hinausblickte. Das übrige Zimmer wurde von einem großen Doppelbett aus Teakholz dominiert, dem jedoch Matratze und Bettzeug fehlten, ich sah direkt auf das Bettgestell und das Linoleum zwischen den Brettern. Es war ziemlich dunkel, aber ich knipste kein Licht an. Stattdessen setzte ich mich auf die Bettkante und zündete eine Zigarette an. Nahm eine halb leere Streichholzschachtel als Aschenbecher und kämpfte mit einem ständig anwachsenden Gefühl des Unbehagens, während ich die ganze Zeit aus dem Fenster auf die schwarzen Zweige starrte, die sich klar vor dem graublauen Himmel und den schmutzig weißen Mauem abzeichneten.

Unbehagen. Ja, ich verspürte Unbehagen. Aber nicht nur das, da war auch noch mehr. Eine Wehmutsstimmung, eine wehe Violine irgendwo tief drinnen.

Das war mir schon öfter am Tatort schlimmer Verbrechen so gegangen. Ich glaube nicht, dass ich feiner eingestellt bin als andere. Ich glaube nicht, dass man die weitläufigsten parapsychologischen Erklärungen heranziehen muss. Aber ab und zu können Wände und Dach einem etwas zuflüstern, können ein leerer Schrank und eine nackte Glühbirne ihre Stimme finden. «Hier war's», sagen Kleiderschrank und Glühbirne, Türklinke, verschlissenes Linoleum und angeschimmelte Wände. «Hier ist es passiert.»

Und hier war es passiert. Ich war sicher, es bestand überhaupt kein Zweifel. Das heißt, natürlich bestand Zweifel, es gab tausend Fragen und keine Antwort, aber die Stimmung hier in diesem Zimmer log nicht. In diesem Zimmer hatte jemand, vermutlich ein Mann namens Peter Feld, eine ziemlich üble Abreibung verpasst bekommen.

Ich bückte mich und zündete ein Streichholz an. Die gelbe Flamme färbte das Linoleum blau, blau wie die Farbe dieses verdammten Hauses. Es war altes und brüchiges Linoleum, es war sicher gleich nach dem Krieg gelegt worden und nun war es von Rissen und den von tausend Füßen gescharrten Löchern zerfurcht, es erinnerte mich an Ewald Kerls Gesicht.

Aber Ewald Kerl hatte kein Blut in seinen Falten, nur salzige Tränen und ehrlichen Dreck.

Wer immer hier sauber gemacht hatte, war gründlich ans Werk gegangen, das stand fest. Aber zum Glück ist Blut eine ziemliche Schweinerei und nur schwer zu entfernen. Und es ist etwas ganz anderes, ob man ein Zimmer zufriedenstellend sauber macht oder ob man die Beweise tilgt, die sich in alle Vertiefungen und Risse drängen. Ich kratzte vorsichtig mit dem Taschenmesser in Fugen und Rissen und betrachtete das Ergebnis im Licht eines neuen Streichholzes. Ich konnte natürlich nicht hundertprozentig sicher sein, dass die braunschwarze Masse an der Messerspitze Blut war, aber neunzig Prozent reichten mir auch. Die Fachleute der Polizei würden die übrigen zehn besorgen müssen und ich war davon überzeugt, dass ihnen das problemlos gelingen würde.

Ich betrachtete die Tapete. Dieselbe gestreifte Schweinerei wie bei Kerl. Ein Halbkreis zwischen Fußleiste und Kopfende war bis auf halbe Höhe der Wand weggerissen.

Blut von einer Papiertapete abzuwaschen, ist eben nicht so einfach.

Ich wischte das Messer an meinem Schuh ab, klappte es wieder zusammen und setzte mich noch einmal. Von hier führten viele Wege weiter, es kam darauf an, den richtigen zu wählen. Jedenfalls musste ich einen Weg aussuchen, der nicht nur schnurstracks in eine Sackgasse führte.

Ursprünglich hatte ich Bauer hart rannehmen wollen, aber jetzt bezweifelte ich, dass das etwas bringen würde. Es konnte noch weit bis zum Ziel sein bei diesem Rennen, und wenn ich den Knaben jetzt zu sehr durcheinander brachte, dann konnte ich damit die ganze Sache verkorksen. Konnte Bauer Feld umgebracht haben? Ja, das konnte er. Aber ich glaubte es nicht. Falls Feld an jenem Abend tatsächlich umgebracht worden war, dann war es wahrscheinlicher, dass die beiden von Kerl beobachteten Scherzkekse dahinter steckten. Aber Bauer hatte die Möglichkeit gehabt, er war im zweiten Stock und aller Wahrscheinlichkeit nach mit Feld allein gewesen. Falls, wohl gemerkt, Feld zu diesem Zeitpunkt überhaupt im Haus gewesen war ... Was vor allem gegen die Theorie von Bauer als Mörder sprach, war, dass nur die allerwenigsten unter uns in der Lage sind, jemanden umzubringen und dann in aller Ruhe nach unten zu gehen, sich zu setzen und mit einem Bekannten weiter zu trinken, als ob nichts passiert wäre. Andererseits konnte man sich natürlich fragen, ob zwei Leute, die gerade einen Mord begangen haben und durch die Hintertür geflohen sind, sich draußen balgen und einem unbekannten Gesicht am Fenster im Tathaus selber zuwinken würden. Und dann, dachte ich, haben wir dich, Ewald Kerl. Wer bist du? Ein Schatten eines Mannes, der einmal existiert hat, ein halb lebendiger Mensch in einer Stadt, die in träger Gleichgültigkeit auf deinen Tod wartet. Bist du irgendwem hier unten etwas schuldig? Kaum. Mir am allerwenigsten. Ich versuche ja nicht mal dich mit einem Fünfziger fürs Bier zu schmieren, ich bin einfach einer von denen, die unangemeldet in deine Zelle spaziert kommen und sich bedienen, wie alle anderen. Nein, du schuldest mir nichts, Ewald Kerl, und deshalb traue ich dir nicht mehr als irgendjemandem sonst.

Ich ging auf Nr. 16 zurück. Er saß noch immer so da wie vorhin, hatte sich jedoch eine neue Zigarette angesteckt.

Ich warf den Schlüssel auf die Fensterbank.

«Hast du was gefunden?»

«Nein. Ich hau jetzt ab. Vielleicht muss ich demnächst noch mal mit dir reden. Gern bei einem Bier.»

Es sah nicht so aus, als ob er dringend Biergeld brauchte. Er begnügte sich mit einem widerwilligen Nicken. «Wenn das sein muss.»

«Das wird sich bald rausstellen. Sag mal, als Bauer an dem Abend runterkam ... du sagst, er wäre wie immer gewesen?»

«Ja.»

«Hatte er dasselbe an?»

«Hä?»

«Hatte er sich umgezogen? Als er wieder nach unten gekommen ist?»

«Nein, warum sollte er das denn? Abends um acht!»

Ich blieb einen Moment stehen und betrachtete das fragende Gesicht vor mir. Es war wirklich nur fragend. Jedenfalls konnte ich nicht mehr finden. «Alles klar. Ich geh jetzt Bauer guten Tag sagen.»

«Guter Mann. Da bin ich ganz sicher.»

Ich sagte: «Eins noch Kerl. Kennst du einen Mann namens Hans Dose?»

«Nein, aber ich weiß, wer das ist.» Er fügte hinzu: «Ich wohne schon seit über 15 Jahren in St. Georg.»

«Ist er oft hier im Haus?»

«Kommt vor. Ich mische mich nicht in Hans Doses Angelegenheiten. Himmel, der ist doch bloß ein elender ...»

«Zuhälter.»

«Du sagst es.»

«Und Bauer? Mischt der sich in Hans Doses Angelegenheiten?»

«Mach dich nicht lächerlich. Bauer vermietet Zimmer. Auch an die Frauen, die kommen und gehen. Das ist sein Job. Wir müssen alle irgendwie überleben, oder?»

«Doch», antwortete ich. «Wir müssen alle überleben.»

Da ich niemals hier gewesen war und Kerl besucht hatte und da es hier oben auch sonst niemanden gab, den ich hätte besuchen können, verließ ich das Haus wieder über die Hintertreppe.

Draußen war der Schnee zu Regen geworden und die Spuren der Katze waren weggespült. Es gab nur noch schwarzen nassen Asphalt und das ewige Tropfen von den Bäumen im Hinterhof.

Ich hatte Lust nach Hause zu gehen und mich mit einem Grog in die Badewanne zu legen.

8

Aber das musste noch warten. Erst war Bauer an der Reihe. Wenn er ein Lügner war, würde ich ihm um den Bart gehen, und wenn er die Inkarnation der Ehrlichkeit war, würde ich einen Schock erleiden. Wenn er immer noch mit Hans Dose zusammen war, würde ich aller Wahrscheinlichkeit nach eins in die Fresse kriegen.

Oder vielleicht auch nicht, dachte ich, als ich die wenigen Meter zur Treppe und zum Haupteingang hinter mich brachte. Wenn Dose immer noch da drin sitzt, dann erwische ich ihn mit heruntergelassener Hose. Und niemand weiß das besser als er selber. Hans Dose, der möglicherweise zusammen mit Peter Feld gesehen worden ist und der möglicherweise dessen Auto bei der Mietwagenfirma in Frankfurt abgegeben hat. Hans Dose, der noch nie von Peter Feld gehört hat. Hans Dose, der mit Hayer & Co offenbar nicht auf gutem Fuße steht, die ihm aber helfen mich loszuwerden, wenn ich unangenehme Fragen stelle. Hans Dose, der ins erstbeste Taxi springt, um sich mit Bauer zu unterhalten, sowie er glaubt, mich abgeschüttelt zu haben. Unter demselben Dach, unter dem Peter Feld gewohnt hat, in einem Haus mit einem Zimmer, das erst vor kurzem voll von Blutspuren gewesen war. Hans Dose auf der Eisscholle. Mit einem wachsenden Riss zwischen den Füßen.

Nein, alles in allem war es durchaus nicht sicher, dass er zuschlagen würde.

Aber Hans Dose war weg. Vorhanden waren nur noch zwei leere Flaschen, in denen sich bis vor kurzem Astra Pils befunden hatte und ein Aschenbecher mit drei Kippen. Die Flaschen und der Aschenbecher standen am Ende eines schmalen Tresens, rechts von der Tür. Die Kombination aus Bar und Hotelrezeption lag in einer engen Halle und war genauso ungemütlich wie alles andere, was ich von diesem Haus bisher gesehen hatte. Drei Barhocker warteten in ihrem ganzen massenproduzierten bauernromantischen Charme auf Kundschaft. Auf dem Tresen gab es zwei weitere Aschenbecher und eine rote Stummelkerze in einem Nikolauskopf aus Gips, was kein Wunder war, schließlich war bald Weihnachten. Die Halle war dunkel, die Wände waren in einem undefinierbaren Rotton angestrichen. Als einzigen Schmuck hatte irgendwer Bilder von bayerischen Wäldern an die Wand gehängt, vermutlich aus einem Kalender gerissen, der sich an amerikanische Touristen mit Hang zu Disneyland richtete. Das Angebot in der Bar bestand vor allem aus sechs übereinander gestapelten Kästen Pils und billigem Schnaps, der flaschenweise hintereinander in zwei

Regalfächern über einem Fernseher stand. Die Spülbecken auf beiden Seiten des Fernsehers schienen schon eine Weile nicht mehr benutzt worden zu sein und es war nirgendwo auch nur ein einziges Glas zu sehen. Der Mann, der für diese Herrlichkeit verantwortlich war, kam aus einem angrenzenden Zimmer und stand bereits abwartend hinter dem Tresen, ehe ich auch nur geschellt hatte, wozu mir ein Plakat für den Fall riet, dass bei der Ankunft des Gastes niemand zu Stelle wäre. Der Mann stand nicht mehr in der Blüte seiner Jugend, wie man sagt, ich tippte auf vielleicht 60. Er trug ausgeblichene Jeans und ein modernes Hemd mit großen aufgenähten Brusttaschen und einer noch größeren, ebenfalls aufgenähten Reklame für just dieses Hemd. Sein Gesicht war breit und platt, er erinnerte mich an eine Grönländerin, die ich einmal gekannt hatte, sie war jedoch wesentlich schöner gewesen und hatte mich gleich bei unserer ersten Begegnung mit weißen Zähnen angelächelt. Aber Osuqo war jetzt weit weg und dieser Mann lächelte nicht. Er wirkte auch nicht direkt unfreundlich, er stand einfach da und betrachtete mich mit leidenschaftslosem Blick, ungefähr so wie ein Gehirnamputierter in den Spiegel schaut.

Er schien nicht darauf zu brennen seine Bude mit Volk zu füllen. Er schien eigentlich auf gar nichts zu brennen.

«Guten Tag», sagte ich. «Geben Sie mir bitte ein Bier. Ich habe einen fiesen Geschmack im Mund.»

Er nahm sich zusammen und gönnte mir ein paar verächtliche Bemerkungen über das Wetter, während er eine Flasche aus dem obersten Kasten nahm. Er stellte sie vor mir auf den Tresen, sammelte das von Dose hinterlassene Leergut ein und leerte den Aschenbecher. Dann wollte er sich ins Privatleben zurückziehen.

«Nicht gehen», sagte ich. «Hier bleiben.»

Er sah mich so verblüfft an, als ob ich vorgeschlagen

hätte eines der Zimmer aufzusuchen und auf einem Laken etwas gegen meine Einsamkeit zu unternehmen.

«Ich heiße Victor von Falk. Ich weiß nicht, ob Sie von mir gehört haben, aber ich arbeite hier in der Stadt als Privatdetektiv.»

Er hatte von mir gehört. Das war mir klar, als er den Kopf schüttelte und das Gegenteil behauptete.

«Spielt keine Rolle», sagte ich und lächelte. «Mir geht's auch nicht um Berühmtheit. Sie heißen doch Bauer, nicht wahr?»

Er nickte. Er war nervös. Wenn ich verhindern wollte, dass er sich in die Hose machte, dann musste ich vorsichtig vorgehen. Ich setzte mich, steckte mir eine Zigarette an und wollte ihm auch eine geben. Er schüttelte den Kopf und griff zu seinen eigenen Marlboro.

«Ich arbeite an einem Fall, in den ein gewisser Hans Dose verwickelt ist.» Ich machte eine Pause, kam ihm aber zuvor, als er mir erzählen wollte, dass er in seinem ganzen Leben noch von keinem Hans Dose gehört hätte. «Und ich bin ihm hierher gefolgt. Kennen Sie ihn schon lange?»

Er riss sich abermals zusammen. Wenn es drauf ankam, dann konnte dieser Bauer sich wirklich gut zusammennehmen. Denn als er mir jetzt antwortete, hatte er auf unglaubliche Weise eine Art Vertraulichkeit in seinen Tonfall gemischt.

«Nein, um ganz ehrlich zu sein, Herr von Falk, ich kenne ihn nicht besonders gut. Ich weiß, wer er ist. Er schaut hier ab und zu vorbei. Gerade suchte er einen Mann, der ihm Geld schuldet. Aber der Vogel ist ausgeflogen, er kam also vergeblich. Im Moment wohnt hier nur ein alter Mann. Ich rechne für den nächsten Monat mit einer Partie Kanaken, wenn die ausbleiben, geht der ganze Laden über den Jordan.»

«Wie heißt der Mann, der Dose Geld schuldig ist?»

«Das weiß ich nicht.»

«Das müssen Sie doch wissen, wenn Dose gerade hier war und nach ihm gefragt hat.»

Jetzt mochte er mich nicht mehr. «Weiß nicht. Ich arbeite schließlich nicht in derselben Branche wie Sie.»

Er versuchte ein Lächeln und ich ermunterte ihn.

«Nein, natürlich nicht. Sie müssen sicher genug im Kopf behalten. Kann es Peter Feld gewesen sein?»

«Feld? Nein, das glaub ich nicht.» Er drehte sich abrupt um und holte sich selber auch ein Bier. Er wurde immer besser, aber es würde doch noch eine Weile dauern, bis er als Amateurschauspieler anfangen könnte. Ich war ganz sicher, dass er Bauchweh bekommen hatte, als ich Peter Feld erwähnte.

Deshalb fragte ich noch einmal, damit er sich beim nächsten Mal an mich erinnern konnte: «Kennen Sie jemanden namens Feld? Peter Feld?»

«Nein, nie von ihm gehört.»

Ich quälte ihn mit einer Schweigeminute. Und er wollte nicht gequält werden.

«Momentchen, ich seh mal im Gästebuch nach! Er kann ja hier gewohnt haben, ich bin schließlich nicht der Einzige, der hier arbeitet.»

«Super!», rief ich ihm hinterher, als er im Hinterzimmer verschwand. Und da ich fünf Jahre hintereinander auf der Schule im Krippenspiel als Josef aufgetreten war, klang diese Replik umwerfend, voller Dankbarkeit und Hoffnung.

Gästebuch! In einem Hotel wie Marlene! Genauso gut hätte er sagen können, er ginge nachsehen, ob vielleicht auf der nächsten Klorolle Informationen stünden – die existierte immerhin. Langsam gefiel mir Bauer als Gegenspieler, wenn er das war. Ich hätte ihn von Herzen gern auf den Pott gesetzt, aber die Zeit war noch nicht gekommen, Bauer war durchaus noch nicht reif und vielleicht war der Fall selber ja auch noch nicht reif.

Ansonsten erwies er mir mit seiner albernen Behauptung, im Gästebuch nachsehen zu müssen, einen großen Dienst. Ich konnte ihn im Hinterzimmer mit Papieren hantieren hören, ich war allein in der kombinierten Bar und Rezeption und ich hatte ihn aufgrund seiner demonstrativen Geräusche voll unter Kontrolle. In einem Regalfach unter dem Tresen stand neben einem Telefonbuch ein grünes Telefon. Auf dem Katalog lagen ein Kugelschreiber und ein Stapel Papier. Ich beugte mich über den Tresen und nahm die Papiere an mich.

Aufregend waren sie nicht. Kontoauszüge von der Hamburger Sparkasse erzählten, dass Bauer, Vorname Gerhard, fast 4000 DM in der Hinterhand hatte. Schmierseife, Toilettenpapier, Aufnehmer und Scheuerpulver waren geliefert worden. In der letzten Zeit war hier offenbar hektisch geputzt worden, dachte ich. Private Post bekam Gerhard Bauer sehr selten. Hier war nur eine Postkarte vorhanden, um genau zu sein. Sie zeigte die Burgstraße in Meldorf, Fachwerkhäuser mit dem Dom im Hintergrund. Sie war am 24. August dieses Jahres abgestempelt und von einer wortkargen Person geschrieben worden. «Na so was, schon 60! Pass gut auf dich auf, dann bekommst du 60 neue!»

Unterschrift: Ulla.

Na also, dachte ich, und legte die Papiere an ihren alten Platz. Da hab ich ja gut geschätzt. Sechzig Jahre. Aber ich hatte so meine Zweifel, ob Gerhard Bauer 60 neue zugeteilt würden, er hatte irgendwie nicht die richtige Glut.

«Tut mir Leid», sagte er, als er glaubte, lange genug gesucht zu haben. «Hier hab ich keinen Peter Feld. In diesem Jahr jedenfalls nicht.»

Ich spielte eine leichte Enttäuschung, wirkte aber nicht völlig am Boden zerstört. «In meiner Branche geht es nur selten glatt.» Ich trank aus und er nickte verständnisvoll. In seiner Branche ging es wohl auch nicht oft glatt.

Ich bezahlte das Bier und ging ohne anzudeuten, dass wir uns bald wiedersehen würden und er war zum Glück nicht Heuchler genug, um mich zum Wiederkommen aufzufordern.

Es war kurz nach sieben und der Regen hatte sich an einen anderen Ort verzogen. Der Wind hatte kilometerlange Risse in die graue Wolkendecke gefetzt, ein blassblaues Licht verriet, dass da oben der Mond vorhanden war. Mir fiel ein, dass Sonntag, der 13. November war, *Volkstrauertag*, und dass wir an diesem Tag der alten Fronten in Ost und West gedenken sollten, der Menschen, die im ersten der großen Kriege gefallen waren, im ersten kollektiven Wahnsinn. Dann dachte ich an Onkel Alfred und an Verdun, wo er liegen geblieben war, den Mund voller Dreck und Blut, durchlöchert von einer Granate, die noch dazu so herzlos gewesen war, nicht zu explodieren. Zu allem Überfluss war sie ein deutsches Produkt gewesen, abgeschossen mit den besten Vorsätzen von einem Artilleristen, der Entfernungen nicht so gut einschätzen konnte. Ich dachte, so ist das Leben und so sinnlos kann der Tod sein und schon befand ich mich wieder in der Gegenwart, mit einer ekelhaften Gewissheit, dass das Spiel seit Onkel Alfreds Zeiten absolut nicht an Bedeutung gewonnen hätte. Der Gedanke an das frisch gescheuerte Zimmer 12 im Hotel Marlene und an das Wehmutsgefühl, das mich auf der Bettkante da oben überfallen hatte, gehörten zu meiner privaten Sinnlosigkeit. Und es war auch nicht sinnvoller gewesen, dass ich mich mit Gerhard Bauer unterhalten hatte – oder vielleicht doch? Vielleicht, wenn der ganze Auftrag einen Sinn hatte. Wenn es wirklich etwas brachte Peter Feld zu finden. Ich sah Maria Dammert vor mir, den Ernst in ihrem Blick, als sie mich um Hilfe bat. Doch, es hatte einen Sinn ihn zu finden, mochte er sich auch als Mann westlich aller Moral, östlich aller Sympathie erweisen. Das Sinnlose am Ganzen heimste aber doch den letzten Stich ein, weil ich den bösen Verdacht hatte, dass ich zu spät kam und dass es auch schon zu spät gewesen war, als Dammert mich in den Fall hineingezogen hatte. Und nichts gefiel mir weniger als eine Jagd auf Gespenster.

Ich blieb zehn Minuten im Auto sitzen, dann ließ ich den Motor an, aber es war kein grüner Audi zu sehen. Hinter mir nicht und vor mir auch nicht. Niemand fuhr an mir vorbei. Das stärkte meinen Verdacht, dass nicht ich interessant war, sondern Hans Dose.

Ich fuhr die Bremer Reihe hoch und parkte. Und danach merkte ich, dass ich Hunger hatte und ich dachte an einen viereckigen Fisch, der in meinem Gefrierfach auf der Lauer lag und an zwei gekochte Kartoffeln, die im Kühlschrank ein kümmerliches Dasein fristeten.

Aber zuerst gab's das Sofa und mich. Ich war erschöpft, meine Batterien waren leer. Ich ging zum CD-Gerät und legte «Electric Ladyland» auf. Hatte gerade die Horizontale erreicht, als Jimi Guitar zuschlug und meine Haare sich sträubten. Jimi, dachte ich, du bist 26 geworden. Onkel Alfred 25. Peter Feld . . . ich hatte das Gefühl, dass er tot war, aber ich brauchte keine Gefühle, ich brauchte Tatsachen.

9

Mitten in «Still raining, still dreaming» rief Kurt an. Draußen regnete es wieder und ich war tief in meinen eigenen Überlegungen über Leben, Tod und allgemeine Sinnlosigkeit versunken. Kurt hatte einen «guten Tag» gehabt, wie er sagte, jetzt wollte er ins *O Pote*, um ein paar portugiesischen Gambas guten Tag zu sagen, und allein feiern ... Ich widmete meinem viereckigen Fisch einen traurigen Gedanken, so einen Gedanken, wie man auch für die Frau hat, die immer geduldig wartet, und die wir dann für einen flüchtigen Treff mit einer Supertussi stehen lassen. Also sagte ich ja danke, ohne zu fragen auf welchen Schwachsinn er diesmal wieder verfallen war. Mit Kurt ging es mir wie mit einem treulosen Ehepartner, mit dem man gerne in Ruhe und Frieden leben will; dabei empfiehlt es sich, nicht allzu viele Fragen zu stellen. Außerdem waren Kurts Unternehmungen fast ebenso banal wie außereheliche Techtelmechtel, nicht einmal die Polizei interessierte sich sonderlich dafür. Was die Köchin im *O Pote* in der dampfenden Küche mit ihren Rohwaren anstellen konnte, interessierte mich dagegen schon seit Jahren.

Ich machte einen Umweg, um am Hauptbahnhof Zigaretten zu kaufen und sah mich unwillkürlich nach Maria Dammert um. Aber sie war nirgendwo zu sehen. Die Aktivitäten im Viertel waren überhaupt sehr schlaff. Und als ich die Kirchenallee überquerte, überlegte ich mir, dass doch erstaunlich viele von den lokalen Nutten den Sabbat heiligten. Ob es Maria Dammert auch widerstrebte an Gottes siebtem Tag anzuschaffen, wusste ich nun wirklich nicht.

Am Eingang zum Bahnhof, unter dem neuen Glasdach, stand die übliche Indianerbande und spielte ihre Indianerlieder. Früher einmal hatte peruanische Volksmusik zu meiner Lieblingsmusik gehört, jetzt sammelten die Platten ganz hinten im Stapel Staub an. Denn seit über sieben Jahre standen die Knaben da und pumpten los mit «El condor pasa». Ich konnte sie vom Büro aus den ganzen Tag hören, genauer gesagt, es war unmöglich, sie zu überhören und ich hatte die kleinwüchsigen Fredis mit ihren blauschwarzen Mähnen und ihren roten Ponchos innig gehasst, bis mein ganzes Engagement in eine Art unruhige Gleichgültigkeit übergegangen war. Sie konnten 15 Lieder. Sie spielten 15 Lieder. So war das. Der Winter wurde zum Frühling und der Frühling zum Herbst, wir alle schleppten uns unserem Tod entgegen und die Indianer spielten 15 Lieder, und das war im Grunde ja auch in Ordnung. Wenn ich mich umsah, wenn ich mein eigenes und andere Leben betrachtete, so, wie sie sich in diesem Hexenkessel abspielten, dann fielen mir problemlos tausend schlimmere Methoden ein, um die eigene und andrerleuts Zeit totzuschlagen, als unter einem Glasdach zu stehen und 15 Lieder für Schlafwandler zu spielen, die auf dem Weg zu wartenden Zügen und dem Nachmittag des Lebens vorüberglitten.

Im Tabakladen im Eingang bekam ich 40 Roth Händle ohne den Mund aufzumachen, das passierte jeden Tag, wenn ich mit einem zerknüllten Zehner vorbeikam. Und jeden Tag verließ ich den Laden mit gemischten Gefühlen. Ich fand es schön, dass die Frauen hinter dem Tresen mich mit einem Lächeln begrüßten und dass sie um die Wette zu beweisen versuchten, dass sie meine Zigarettenmarke kannten. Aber gleichzeitig war es nicht leicht, den Preis für dieses Gefühl der Zugehörigkeit im Viertel zu vergessen. Die Verkäuferinnen mussten sich um ihre Kundschaft kümmern, und um mich kümmerten sie sich besonders gut, weil ich zum harten Kern gehörte, aber ich hatte wahrlich auch eine Lunge, um die ich mich kümmern musste und die traktierte ich mit Abgasen und heißem Rauch, mehr gab's dazu nicht zu sagen. In der letzten Zeit wurde das Gurgeln in der Brust von einem Missklang in der Stimme begleitet, ich schlug unversehens in Fisteltöne um und wurde im unmöglichsten Moment von wildem Husten überfallen. In meinem Hinterkopf spukte immer wieder der Gedanke an die Akupunkturbehandlung herum, über die ich in der *taz* so viel Gutes gelesen hatte.

«Nach dem nächsten Fall», sagte ich mir dann gern. Aber ich steckte offenbar immer mitten in einem Fall.

Ich hatte Durst und ging in die Bar gegenüber, um ein schnellles Bier zu kippen. Diese Bar war die verrückteste von all meinen Stammkneipen im Viertel. Bahnhofskneipen sind immer verrückt, das hängt mit der Kundschaft zusammen, mit dieser wilden Mischung von Leuten, die wenig Zeit haben oder die sich alle Mühe geben, die Zeit zu vergessen, oder sie mit ihren Bierkrügen totzuschlagen. Ich war mir nicht ganz sicher, zu welcher der beiden Gruppen ich gehörte, aber ein Blick auf die Uhr sagte mir, dass ich in aller Ruhe zwei Glas trinken konnte, ehe ich mich ins *O Pote* aufmachte. Am Telefon hatte Kurt von «einer halben Stunde» gesprochen und das bedeutete, dass er sich in einer halben Stunde vielleicht langsam nach seinen Schuhen umsehen würde. Und wenn er sie ohne zu große Probleme fand und das Schicksal ihm keine anderen Hindernisse in Form von durstigen Ideen vor die Füße warf, dann konnte er in etwa einer Stunde im Restaurant eintreffen. Falls er überhaupt kam. Kurts Ohren hörten nämlich nicht jedes Mal, was sein Mund sagte.

Ich bestellte ein Pils und bekam es in Rekordzeit. Hier wurde nämlich in schräge Gläser gezapft, nicht auf flachen Boden, wie die deutsche Kultur vorschreibt. Das hing sicher mit den Expresszügen zusammen, die kamen und gingen. Oder mit dem Teil der Kundschaft, der per Express gerettet werden musste, falls er überhaupt zu retten war. Ich kämpfte mich durch eine Gruppe von Afrikanern hindurch, trat einem jungen Schnorrer auf die Zehen, konnte um Entschuldigung bitten, ehe er die Faust erhoben hatte und presste mich neben das schmale Brett vor einem der rußigen Fenster, die in die Bahnhofshalle blickten. An meiner rechten Seite stand ein kleiner Mann in soßenfarbenem Anzug und einem Ausdruck in den Augen, als ob er direkt vom Buchmacher um die Ecke käme und gerade noch genug Geld für den letzten Halben seines Lebens hatte. Links stand ein junger Spund, der aussah, als ob er sich mindestens 20 leisten konnte. Der Blick, den er in die Bahnhofshalle sandte, ähnelte zum Verwechseln dem des Alten. Ich versuchte mein eigenes Spiegelbild zu entdecken, fand aber nur eine unklare Silhouette; damit gab ich mich dann zufrieden. Andere Männer mit demselben Blick wie die beiden Dussel und derselben Leere zwischen den Ohren wie wir standen ebenfalls an diesem Brett. Wie ein schiefes Glied in einem geschlagenen Heer, zum letzten Mal in einer Art Augenblick der Wahrheit an der Front aufmarschiert, einer Wahrheit, von der keiner von uns etwas begriff und mit der die wenigsten unter uns etwas zu tun haben wollten. Draußen hinter dem graugrünen Glas floss die Wirklichkeit wie ein leicht nach Schweiß riechender Fluss vorbei, in dem alle Fischsorten mit und gegen den Strom schwammen, in einem einzigen Chaos von physischen und mentalen Stromwirbeln. Ich wusste nicht mehr, wie oft ich hier schon herumgehangen und dabei meine Sinne geschärft hatte. Denn genauso ist es, genau, wie die alten Gurus und Mystiker immer gesagt haben: Hör auf, hör auf mit deiner eigenen Welt, deinem eigenen Dialog – und *sieh*! Ich war dabei im tieferen Sinne nicht sehr weit gekommen, ich hatte nicht das LICHT gesehen und den FRIEDEN nicht empfunden, aber ich hatte von diesen Stehplätzen hinter den hohen Fensterscheiben aus etliche Muster entdeckt, Muster, die unmöglich zu erkennen waren, solange man sich am Tanz draußen beteiligte. Hier drinnen, über dem Schaum eines Bieres, sah man, wer wie oft und mit wem wohin ging. Wer still stand, wer saß, wer lag, wer ging und wer rannte. Und man konnte sich in jeden und jede hineindenken, hineinträumen, die unsichtbaren Kreuze, die sie trugen, daran erkennen, wie sie sich verhielten, am Grad ihrer Aggressivität gegenüber ihren Mitirren da draußen, daran, wie Bierdose, Diplomatenkoffer, Baby oder Einkaufstasche getragen wurden, ganz zu schweigen davon, wie jeder und jede einzelne den eigenen Stolz oder die Reste desselben trugen. Wenn ich meinen Rappel bekam, dann wurde der Hauptbahnhof zum Raumschiff, das zwischen die Galaxien fiel und ich stand mit einem Bierglas in der Hand neben den andren hilflosen Kapitänen auf der Brücke. Hier, unter den kleinen Strichern mit ihren von Pillen betäubten Blicken konnte man wirklich nach dem Sinn unserer Expedition auf Tellus fragen. Kaufen und Verkaufen, dachte ich. Darum dreht sich doch alles. Was du zu verkaufen hast. Was du kaufen kannst und willst. Und ich dachte an alle, die nichts zu verkaufen hatten und sich folglich auch nichts kaufen konnten und die sich dennoch mit ihren blühenden Neurosen und farbenfrohen Psychosen draußenfest krallten. Herrgott, wie viele verrückte Menschen da herumwuselten! Ein bieder gekleideter Herr mit einem grauen Postpaket unter dem Arm patrouillierte im Affenzahn zwischen Informationsschalter und Zeitschriftenkiosk, er war in physischem Sinn nirgendwohin unterwegs, aber ich ahnte, wie es unter seiner Schädeldecke brodelte. Und der Heini in fluoreszierenden grünen Bermudashorts, jetzt mitten im Winter – Sandalen und Söckchen –, woher kam er, wohin war er mit seinem sabbernden Grinsen unterwegs? Und ...

Und da stand plötzlich ein Typ in Parka und Bommelmütze da und starrte leer ins Gewimmel. Er stand stocksteif mitten im Strom beide Hände in den Parkataschen vergraben, seine ganze Gestalt hatte etwas Steifes, als ob ihm eine Stahlstange vom Genick bis in die Steißwirbel reichte.

So, dachte ich, und jetzt zu uns, Parkamann!

Ich ging hinaus. Während ich die wenigen Meter hinter mich gebracht hatte, hatte er seinen Blick wieder scharf einstellen können. Jetzt steuerte er den Zeitungskiosk an. Ich ließ ihn gehen und ging vor dem Laden in Aufstellung. Ich konnte sehen, wie seine Blicke von den nackten Papierkörpern in den Fächern angezogen wurden, aber er war ein seriöser junger Mann in Parka und Bommelmütze, er kaufte *Bild am Sonntag* wie so viele andere Idioten in diesem Land. Als er sich dem Ausgang zuwandte, schloss ich mich ihm an und fragte lieber gleich, ob er ein paar Minuten Zeit hätte.

Er sah mich an. Lange. Ein freundlich interessierter Blick, etwas fern, aber nicht so weit weg, wie ich befürchtet hatte. Sein Gesicht war breit und offen, die Lippen voll, die Augen lagen weit auseinander. Ich nahm an, dass er etwa so alt war wie Maria. Er wirkte stark und gesund, seine Haut war rot, ein Mann, der daran gewöhnt war sich im Freien aufzuhalten. Er hatte seine Bommelmütze tief in die niedrige Stirn gezogen, einzelne mausfarbene Strähnen fielen auf den Kragen ...

«Sind Sie ... ich weiß, dass ich Sie schon einmal gesehen habe, aber ich kann Sie nicht richtig ...»

Ich stellte mich vor. «Ich bin Privatdetektiv. Möchte schrecklich gern kurz mit dir reden.»

Er sah auf die Uhr, aber das war nur ein Reflex, seine Aufmerksamkeit war anderswo.

«Tja . . . hier?»

«Da!», sagte ich und zeigte auf den *Nagel*, der wie ein Lichtschloss im Scheißwetter auf der anderen Straßenseite lag.

Wir gingen. Ich zwei Schritt voran. Wir sagten nichts, das verbot der Wind, der durch die Straße tobte.

Der *Nagel* war halb voll, das passte mir gut, wir konnten uns im Stimmgewirr ungestört unterhalten. Parka wollte Kaffee und das wollte ich auch, mir war kalt.

«Gestern war ich mit einer Klientin von mir im *Ess & Treff*», fing ich an. «Mit Maria Dammert. Und du hast draußen gestanden und gewartet.» Ich zeigte auf den Platz hinaus. «Was hast du zu ihr für eine Beziehung?»

Er betrachtete seinen Kaffee, als ob die Antwort auf der dampfenden Oberfläche zu lesen sei. Seine Hände lagen flach auf dem Tisch, ein Zeigefinger berührte vorsichtig ein Stück Zucker. Und dann, als ob er unsanft geweckt worden wäre, setzte er sich gerade und sah mir voll ins Gesicht.

«Ja, ich habe nichts zu verbergen.»

«Davon bin ich überzeugt!», schleimte ich.

«Sie . . . ich hab sie gern. Ich liebe sie, verstehst du? Deshalb habe ich . . . gewartet.»

«Ich verstehe», sagte ich.

Ich freute mich, dass wir uns jetzt duzten.

«Erzähl mir ein bisschen mehr davon. Wie heißt du übrigens?»

«Hans Magnus. Gies. Hansmagnusgies.»

Zwischendurch ein bisschen unkontrolliert, dachte ich.

«Und Maria? Hat sie dich auch gern?»

Vorsichtiges Ausspiel. Es hatte nun wirklich keinen Zweck ihm zu erzählen, dass sie nicht einmal zugeben wollte ihn zu kennen.

«Ich . . . das glaub ich?»

Es war unmöglich das Fragezeichen nach diesem Satz zu überhören, sein Blick flehte um eine Bestätigung.

Mit dieser Bestätigung konnte ich ihm nicht dienen, deshalb begnügte ich mich mit einem Nicken, als ob ich mir jedenfalls gut vorstellen könnte, dass Maria Dammerts Gefühlsleben so beschaffen sei.

«Woher kennst du sie, Gies? Aus Frankfurt?»

Er zögerte einige Sekunden. Dann presste er ein bleiches Lächeln heraus und sagte leise: «Maria? Ich habe Maria immer schon gekannt. Wir . . .» Er fuchtelte hilflos mit der rechten Hand und fegte ein Stück Zucker vom Tisch.

Ich gab ihm eins von meinen. «Ihr seid zusammen aufgewachsen? In Meldorf?»

Er nickte. Packte das Zuckerstück vorsichtig aus und ließ es in die dunkle Flüssigkeit fallen. «Ja, wir sind zusammen aufgewachsen.»

Und jetzt folgst du ihr wie ein Schatten, während sie sich ihren Lebensunterhalt als Nutte in Hamburg verdient, dachte ich. Während sie genug Kohle zusammenscharrt, damit ich für sie auf Jagd nach Peter Feld gehen kann. Ihren Verlobten, wie sie ihn so romantisch nennt.

«Und Feld? Kennst du den auch?»

Er sah mich irritiert an. Wie ein Priester einen Firmling, der gerade peinliche Fragen über Jesus und Maria Magdalena gestellt hat.

«Er wird sie kaputtmachen. Sie muss weg von Peter. Sie muss . . .»

Es machte ihm Probleme seine Sätze abzuschließen.

«Sie muss stattdessen zu dir kommen?»

«Ich liebe sie, von Falk. Ich kann das nicht anders sagen. Und Peter Feld wird sie früher oder später kaputtmachen.»

«Wie meinst du das?»

«Er ist kriminell. Ein Abenteurer. Maria muss weg aus Frankfurt. Sie müsste ... nach Hause fahren.»

«Nach Meldorf?»

«Ja.»

«Und was machst du in Hamburg?»

Er senkte den Kopf. «Ich warte. Ich warte darauf, dass sie mit mir nach Hause kommt.»

«Wohnst du in Meldorf?»

«In den letzten Jahren habe ich auch in Frankfurt gewohnt. Bis jetzt. Jetzt weiß ich nicht mehr so recht. Ich hatte da unten einen Job, in einem Supermarkt. Ich habe gekündigt. Oder ... ich bin einfach gegangen, als Maria ...»

«Du bist ihr hierher gefolgt?»

Er warf einen Blick auf das Unwetter. «Ja.»

Na gut, dachte ich. Na gut, na gut, na gut. Mir fiel meine Jugendliebe Regina ein, Regina mit den roten Haaren und den grünen Augen. Regina, die ich so geliebt hatte, wie nur ein Zwölfjähriger lieben kann, und an Reginas Liebe, die sich Norbert, dem Schrecken der Straße zugewandt hatte, und nur ihm. Ich erinnerte mich an Abende, an denen ich in den tiefen Schatten unter den Kastanien gestanden und mit wehem Blick zu ihrem Schlafzimmerfenster hoch geschaut hatte, während ich sie mir nackt träumte, uns beide nackt und Norbert in Fußeisen auf Madagaskar, aber er war hier und ich war auch hier und ich war Luft, ein wartender Statist, von dem der Regisseur noch nicht einmal gehört hat, eine Bekanntschaft, zu der sich die Diva des Stückes nicht bekennen wollte.

«Ich suche Feld», sagte ich. «Für Maria. Hast du das gewusst?»

Er ließ sich mit der Antwort Zeit. «Das hab ich mir gedacht. Aber für mich ist es besser, wenn er wegbleibt. Für Maria auch. Auch wenn sie das vielleicht nicht glaubt.»

«Was macht er denn so?»

«Alles, wobei leichtes Geld herausspringt. Drogen auf jeden Fall. Er ist ein böser Mann, er hat kein Herz.»

«Aber Gehirn?»

Er zuckte die Schultern. «Ich kann mich um sie kümmern. Wir könnten in Meldorf ein gutes Leben leben. Sie hat so viel leiden müssen! Ich auch. Wir könnten zusammen etwas aufbauen.»

«Erzähl mir von Marias Unfall.»

«Nein. Nein, darüber will ich nicht reden. Es gibt nichts zu sagen. Ein Unglück. Es war nur schrecklich.»

Ihm standen die Tränen in den Augen und ich wechselte das Thema.

«Aber Peter Feld, der also mit Drogen zu tun hat», sagte ich halb zu mir selbst. Und zu ihm: «Groß?»

«Wie meinst du das?»

«Was verstehst du darunter, dass Peter Feld mit Drogen zu tun hat? Dass er ab und zu einen Joint raucht oder dass er Pulver pusht?»

«Pulver pusht?»

«Verkauft er», fragte ich resigniert. «Heroin? Kokain?»

«Ich kenn mich nicht damit aus. Ich weiß bloß, dass er mit dem Zeug zu tun hat. Ja, er verkauft auch, glaube ich. Für irgendwen.»

«Für irgendwen in Frankfurt? Oder hier in Hamburg?»

«Darüber redet er nicht mit mir. Ich weiß es nicht. Ich will es auch nicht wissen. Aber ab und zu hat er viel Geld. Mehr als ich. Und ich . . .»

«Du arbeitest ehrlich in einem Supermarkt. Oder hast gearbeitet. Wie lange hast du das gemacht?»

«Fast zwei Jahre», sagte er mit schlecht verhohlenem Stolz in der Stimme. Und ich dachte, als Nächstes erzählst du mir wohl, dass du auch eine eigene Wohnung hast.

Und das tat er.

Es fiel mir schwer Hans Magnus Gies einzuschätzen. In einem Moment wirkte er sicher wie ein Felsen – im nächsten erinnerte er mich an einen psychiatrischen Fall, an jemanden, der stolz war auf seine Teppichknüpfereien. Als er von seiner eigenen Wohnung erzählte, hatte er vor Begeisterung geglüht.

«Bist du wegen Maria nach Frankfurt gegangen?»

«Ja. Ich wollte da sein, wo sie ist.»

«Und jetzt bleibst du hier in Hamburg, bis sie wieder weggeht?»

Er nickte.

«Ihre Arbeit macht dir nichts aus?»

Fehltreffer natürlich. Ich hätte mir die Zunge abbeißen können. Er fing leise an zu weinen.

«Tut mir Leid», sagte ich. «Blöde Frage. Wo wohnst du hier? In St. Georg?»

Aber jetzt war ich ihm zu nahe getreten.

«Das geht dich nichts an!»

Er wischte sich mit dem Handrücken Tränen und Rotz ab. «Aber ich werde auf sie warten. Darauf kannst du dich verlassen.»

Der, auf den du warten musst, ist Peter Feld, dachte ich. Und ich fürchte, da wirst du lange warten müssen.

Ich fragte: «Wann bist du aus Frankfurt gekommen? Zusammen mit Maria?»

«Mit demselben Zug. Ich glaube, sie wusste nicht, dass ich da war.»

«Hast du Peter Feld gesehen, seit du hier bist?»

«Nein.»

«Und Maria spricht nicht mit dir» Ihr habt nicht über Peter Felds Verschwinden diskutiert?»

«Verschwinden! Der ist keiner, der sich bei Maria abmeldet, wenn er 14 Tage Urlaub machen will.»

Damit hatte er aller Wahrscheinlichkeit nach recht. Aber ich hatte ein ekelhaftes Gefühl, dass Peter Feld durchaus nicht mit Neckermann unterwegs war. Das sagte ich Gies, ohne Zimmer 12 im Hotel Marlene auch nur mit einem Wort zu erwähnen.

Ihm schien das egal zu sein. «Die Hauptsache ist, dass Maria weiß, dass ich hier bin.»

Nun gut. Das war also die Hauptsache. Dass sie wusste, dass Hans Magnus Gies hier war. Ich hatte so eine Ahnung, was sie von dieser Hauptsache hielt.

Wir blieben noch eine Weile schweigend sitzen. Am Vortag hatte ich mein Schweigen mit Maria Dammert geteilt, jetzt teilte ich es mit Hans Magnus Gies, einem Joker in Parka und Bommelmütze, einem verliebten Schlingel von der naiven Sorte, einem Mann, den ich nicht einordnen konnte. Das Schweigen mit Gies war von einer anderen Art, es wurde von Gefühlen aufgehetzt, die dicht unter der Oberfläche lagen. Ich saß hier mit einem unglücklichen Mann, einem Mann, der nicht wie Maria in der Lage war seine Gefühle einzukapseln, er war nackter als sie, anwesender.

Er leerte die Kaffeetasse. «Ich muss gehen.»

«Arbeitet sie heute Abend?»

«Ich glaube, sie arbeitet immer.»

Er ging.

Ich bezahlte die beiden Kännchen Kaffee und folgte ihm in die winterliche Dunkelheit, aber die hatte ihn schon verschluckt.

10

Kurt saß an einem Fenstertisch im *O Pote* und studierte die Speisekarte. Ein Bagaço wartete schon auf mich und ich kippte ihn, ehe ich mich auch nur gesetzt hatte. Ich habe diesen ekelhaften portugiesischen Schnaps noch nie leiden mögen, aber ich brauchte die Illusion von Wärme, die er vermittelte. Ich brauchte keine Speisekarte, ich hatte mich schon längst für bacalão entschieden, bacalão, begraben im selbst gemachten Kartoffelpüree der Köchin, ungeheuer salzig, ich würde sehr viel Bier brauchen, um dieses Gericht zum Schwimmen zu bringen.

Kurt legte die Speisekarte hin und winkte dem Kellner. «Ich hab mir eins überlegt, Vic. Deine Fenster ...»

«Meine Fenster?»

«Sind verdreckt. Vor allem die in deinem Büro. Ich glaube nicht, dass das gut fürs Geschäft ist.»

Ich stieß einen Pfiff aus. «Deshalb gibst du also ein Essen aus! Um deinen Einzug auf der richtigen Seite des Gesetzes zu feiern? Ordentlich angestellt bei der Firma ‹Reiben und Scheuern›? Aber in Ordnung, ich überleg's mir. Die Fenster sind wirklich verdreckt.»

«Nur Willy und ich. Wir bauen uns gerade ein Kundennetz auf.»

Wir bestellten und ich ließ mich nicht zum Weintrinken verführen. Ich hatte Pläne für diesen Abend, ich konnte keinen fein gewebten Promilleschleier zwischen mir und der Wirklichkeit brauchen.

«Ich glaub an das Projekt», fuhr Kurt fort. «Schwarz natürlich, aber trotzdem völlig sauber. Und Willy klotzt wirklich ran, der kann Fenster schrubben. Heute haben wir 200 an Land gezogen und morgen haben wir auch genug zu tun.»

«Sehr gut», sagte ich. «Und denk an all die schönen Wohnungen, in die ihr dabei hineinkommt. Und ihr werdet dafür sogar bezahlt. Wenn ich einen Vorschlag machen darf, dann lasst danach andere den Bruch durchziehen. Nehmt lieber Provision. Und wartet ein paar Wochen. Mindestens!»

Er lächelte und kratzte sich zwischen den Bartstoppeln.

«Hast du was über Feld gehört?», fuhr ich fort.

«Nein, bloß, was du erzählt hast.»

«Die ganze Kiste stinkt. Ich fürchte, er kann übel zugerichtet worden sein. Dose ist mit im Spiel, aber ich hab keinen Schimmer, was der für eine Rolle spielt. Hab ihn zusammen mit Hayer und noch einem Trottel auf der Reeperbahn gefunden.»

«Du solltest bei Hayer ein bisschen vorsichtig sein», sagte Kurt. «Hans Dose kann problematisch genug sein, aber Hayer ist gefährlich. Wer war der dritte?»

«Keine Ahnung. Kleiner Pimpf. Hat Ähnlichkeit mit Springsteen.»

«Fritz Hesse. Laufbursche. Der ist bloß gefährlich, wenn er mit Hayer zusammen ist. Hast du mit ihnen geredet?»

«Nur kurz. Hayer hat mich ziemlich schnell vor die Tür gesetzt. Aber Hans Dose war wie ein kleiner Junge, der gerade an der Plätzchendose erwischt worden ist. Ich hab erwähnt, dass ich Zeugen hätte, die ihn zusammen mit Feld in St. Georg gesehen haben. Und aus Frankfurt habe ich einen Tipp, der andeutet, dass ebendieser verdammte Dose Felds Mietwagen zurückgebracht hat. Feld hat es jedenfalls nicht selber gemacht. Hans Dose war erstaunlich stumm, als ich ihm das unter die Nase gerieben habe. Und das ist komisch, schließlich sind das alles nur ein paar lose Vermutungen meinerseits.»

«Ja, das ist witzig. Er ist doof, aber leicht zu erschrecken ist er eigentlich nicht.»

«Ich glaube, das hatte mit Hayer und diesem Hesse zu tun.

Irgendeine Auseinandersetzung zwischen denen und Dose lief gerade ab, ich bin wahrscheinlich dazwischengeplatzt, als Dose einen auf die Finger kriegte. Ich glaube, Dose muss irgendwas Blödes angestellt haben, oder etwas, das er nicht mit den großen Drahtziehern abgesprochen hatte.»

«Kann sein. Wär jedenfalls nicht das erste Mal. Er hat schon öfter dafür Prügel bezogen. Ich glaube, Hans Doses Problem ist, dass er nirgendwo hingehört, dass er zwischen verschiedenen Aufträgen und Auftraggebern hin und her wuselt. Das ist auf die Dauer nicht gesund.»

«Später hab ich ihn bis zu einem Loch hier um die Ecke verfolgt. Hotel-Pension Marlene. Und gleichzeitig ist mir jemand gefolgt. Oder uns. Kann Hayer gewesen sein. Oder die Bullerei.»

«Und Peter Feld», meinte Kurt und nun kam sein Essen. «Das wäre doch witzig, was?»

Ich bekam ebenfalls mein Essen und ein eiskaltes Bier. «Das glaub ich nicht.»

Ich erzählte ihm von meinen Erlebnissen im Hotel Marlene und betonte vor allem meine Meditationsübungen in Felds Zimmer. Als ich damit fertig war, blickte Kurt mit einer Miene von seinem Teller auf, als ob er gerade im Knoblauchfett den kleinen Finger der Köchin gefunden hätte.

«Ich finde, du solltest aus der Sache aussteigen, Vic! Als du mir zuerst davon erzählt hast, kam mir die ganze Soße reichlich lächerlich vor. Jetzt riecht sie angebrannt. Du musst doch verdammt noch mal raffen, dass die ihn umgebracht haben!»

«Schon möglich. Aber wer sind *die*? Und wo steckt dann die Leiche?»

«Du solltest dich wieder um die verloren gegangenen Kinder und um die Diebe in den Kaufhäusern kümmern. Ehrlich. Jetzt gerätst du in etwas hinein, das zu groß für dich ist. Ruf die Bullen an, sag ihnen, was du weißt – und zieh den Hintern aus dieser Soße, eh du bis zum Hals drinsteckst! Wer, fragst du!» Er spachtelte Salat und redete mit dem Grünzeug im Mund weiter. «Wen zum Teufel interessiert das denn? Hayer spielt mit Hesse. Was der Alte bei Marlene an dem Abend gesehen hat, können gut die beiden gewesen sein. Hans Dose ist auch mit im Spiel. Noch eine gefährliche Karte. Und diese drei sind nur die Schatten der Großen, an die ohnehin niemand herankommt. Wen zum Teufel interessiert es also, wer ‹die› sind? Wenn sie Feld umgebracht haben, dann ist ein ganzer Apparat in Bewegung gesetzt worden, nicht wahr? Ein Team. Eine verdammte Fußballmannschaft! Es ist natürlich theoretisch möglich herauszufinden wer ihm den gemeinsten Tritt in die Fresse versetzt hat, na und? Der, der dahinter steckt, sitzt dann immer noch gemütlich in seinem Sessel. Und was die Leiche angeht ...» Er pulte eifrig an seinen Gambas herum. «80 Kilo Fleisch loswerden ist doch kein Problem für diese Leute.»

«Und Bauer? Der Hotelheini?»

«Also echt, Vic! Gekauft und bezahlt. Total verängstigt natürlich, den kannst du nicht anbohren. Ganz einfach, weil du ihm nichts zu bieten hast.»

«Wer weiß?», murmelte ich.

«Ich weiß. Denn auf der anderen Seite stehen die, die ihm anbieten weiterzuleben, wenn er die Fresse hält. Den kannst du doch vergessen!»

Aber ich wusste nicht, ob ich Bauer vergessen wollte.

Er hatte etwas, das ich nicht zu fassen bekam, etwas, das er gesagt oder das ich gesehen hatte, als ich mit ihm redete, und das mir das Gefühl gab, dass er viel tiefer in der Sache drinsteckte als Kurt meinte. Aber was? Ich bekam es nicht zu fassen. Dass er ein Lügner war, war klar. Aber für wen log er?

«Und der Schmierer?», fragte Kurt und grinste. «Was ist mit dem? Der kann doch auch ein gefährlicher Psychopath sein.»

«Hab grad im *Nagel* mit ihm gequatscht. Komischer Vogel, aber kaum ein Psychopath. Meine Fresse, der Kerl steht einfach da und wartet zwischen den Touren auf die Frau. Keinen Groschen Provision, wenn er die Wahrheit sagt. Hängt ihr seid Frankfurt an den Hacken. Jugendfreund. Wie romantisch dieses Menschenleben doch sein kann, was?»

Kurt tippte sich mit dem Zeigefinger an die Schläfe. «Love?»

«Sag ich dir.»

«Und? Er und Feld?»

«Schlechte Spielkameraden. Ist ja auch begreiflich. Lass uns mal sagen, Feld kümmert sich ein bisschen um Maria, lässt sie bei sich wohnen usw. Er ist ewig in zwielichtigen Geschäften unterwegs und hat garantiert wenig Geduld mit einer Jugendliebe von Maria, die wie eine Klette an ihr hängt. Er braucht nicht mal das größte Arschloch auf der Welt zu sein, um Gies einen Tritt in den Hintern zu geben, oder?»

Kurt nickte. «Allein schon, dass er sich um die Frau kümmert, setzt ihn doch in ein ganz anderes Licht. Ich weiß aber nicht so recht, was ich davon halten soll. Wie wahrscheinlich kommt es dir vor, dass sich ein viel beschäftigter Mann wie Peter Feld die Zeit nimmt, sich um die Puppe Dammert zu kümmern? Ich habe auf der anderen Seite des Gesetzes jedenfalls nicht besonders viele rührende Fälle von sozialer Fürsorge gesehen.»

«Nein. Irgendwas stimmt hier nicht. Jedenfalls, wenn Silvia Krausser die Wahrheit sagt. Dass Peter Feld durchaus nicht dieselben ‹Verlobungsphantasien› hat wie Maria.»

«Genau. Hier stimmt etwas nicht. Hier stimmt ganz schön viel nicht. Aber mein Punkt ist, dass du gerade dabei bist ein Wespennest anzustechen. Und dann kannst du sehr schnell andere Sorgen kriegen, als dass etwas nicht stimmt! Erzähl der Dammertdame von Zimmer 12 und was du da gefunden hast. Dann vergisst du die ganze Chose oder du rufst die Bullen an.»

Ich sagte nichts. Ich aß und dachte, dass ich aller Wahrscheinlichkeit nach Kurts Rat befolgen würde. Ich hatte schon öfter einen Fall vergessen, mehr als einmal. Viele mussten einfach aufgegeben werden und es war auch vorgekommen, dass ich für die gejagte Person größere Sympathien entwickelt hatte als für meinen Auftraggeber. Der Fall Peter Feld konnte jedoch keine solche Wendung nehmen. Wenn er wirklich weit hinauf in das kriminelle System dieser Stadt reichte, dann würde ich mit dem Kopf gegen die Wand rennen, das stand fest. Aber bis ich Sterne sah, wollte ich weitermachen. Ich wollte jedenfalls nicht aufgeben, solange ich nicht sicher wusste, dass Peter Feld tot war, denn dann hatte ich zumindest irgendwie Maria Dammerts Wunsch erfüllt.

«Manche Fälle ziehen sich in alle Ewigkeit hin», sagte ich. «Aber das ist hier ja wohl kaum der Fall. Was Peter Feld angeht, da glaub ich an Geschwindigkeit, aber ich muss einen Prozess in Gang setzen. Ja, ich habe das Gefühl, dass ich das schon gemacht habe. Wenn das der Fall ist, dann hat es keinen Zweck unterwegs abzuspringen. Ich glaube ehrlich gesagt, dass das genauso gefährlich sein kann wie weiteres Bohren.»

«Vielleicht», sagte Kurt ohne besondere Überzeugung. «Hat der Fisch geschmeckt»

«Der war spitze. Ich hab hier überhaupt noch nie schlecht gegessen. Hast du für heute genug malocht oder kann ich dich gleich für eine Stunde mieten?»

«Ich weiß nicht. Ich bin mit Sabine verabredet.»

«Aber?»

«Kein Aber. Ich bin mit Sabine verabredet.»

«Ich brauch dich höchstens eine Stunde. Einen Lübecker. Und du brauchst dafür nur zu trinken. Bier. Schnaps. Was du willst. Das bezahl ich natürlich auch.»

Er sah mich skeptisch an. «Und es geht immer noch um den Fall Feld?»

«Einen anderen hab ich nicht, Kurt. Der hält mich zur Zeit am Leben.»

«Du bist wirklich unglaublich. Hier sitz ich nun und geb mir alle Mühe, dir die ganze Geschichte auszureden und zum Dank lädst du mich ein mich zu beteiligen.»

«Ich hab kaum einen Fall, den mir nicht irgendwer ausreden will. Und ich hab trotz allem dramatischere Sachen erlebt, als mit Wolfgang Hayer Armdrücken zu üben. Wann bist du mit Sabine verabredet?»

«Um zwölf.» Er zögerte. «Ich soll wohl bei *Marlene* trinken gehen?»

«Ich hätte nichts dagegen.»

«Und du?»

«Ich seh mich bloß ein bisschen um. Aber ich kann nicht riskieren, dass Bauer oder ein anderer Portier angelatscht kommt. Du brauchst bloß an der Bar zu sitzen und Unsinn zu quatschen. Und so oft zu bestellen, dass er in der Nähe bleiben muss.»

«Und wenn ich ihn nicht festhalten kann?»

«Gib dir einfach alle Mühe. Wenn er kommt, dann kommt er eben, das bedeutet im Grunde nur, dass ich meine Taktik ändern muss. Wenn Bauer Dienst hat, dann setze ich schon heut Nacht die Daumenschrauben an, wenn er mich mit heruntergelassener Hose erwischt.»

«Alles klar. Du gewinnst. 50 Eier. Aber ich werd keinen Finger rühren und wenn ich dich im Keller schreien höre.»

11

Es war halb elf, draußen war ein klarer Winterabend. Die Wolken waren auf den Boden gefallen, die Luft hatte sich gereinigt, der Himmel war blauschwarz. Kurt sah mich fragend an, ich gab ihm einen Fünfziger und eine Hand voll Münzen und zeigte die Lange Reihe hinauf.

«Nur zehn Minuten zu Fuß. Wenn du nachher ein Taxi brauchst, bezahl ich das auch.»

Er zuckte die schmalen Schultern und steckte Geld und Hände in die Taschen. «Manchmal frage ich mich, warum ich tue, was ich tue.»

«Das macht nichts», erwiderte ich. «Das kann oft sogar ein Vorteil sein. Mir passiert das auch ab und zu. In diesem Fall denk ich so ungefähr: Wenn Dammert in ihren Stahlschrauben bei Minusgraden auf der Straße stehen kann, um mich zu bezahlen, dann kann ich auf derselben Straße ja wohl ein paar Runden drehen, um ihr gute Ware für die Kohle zu liefern. Ich kann mir sogar vorstellen eine Tracht Prügel einzustecken, wenn das nötig sein sollte.»

Kurt sagte nichts. Er war in seine Grübeleien über sein Verhaltensmuster vertieft. Wenn er lange genug herumwühlte, dann würde er bei einem Fünfziger und ein paar Gläsern herauskommen, aber ich war nicht so sicher, ob er mit diesem Ergebnis zufrieden sein würde.

Hotel-Pension Marlene sah genauso aus wie vor einigen Stunden, als ich es verlassen hatte. Dieselben Fenster waren erleuchtet, der Rest des Hauses dunkel.

Ich blieb 30 Meter vom Haus entfernt stehen. «Ich brauch eine Stunde. Danach wart ich hier auf dich. Wenn du bis dahin so blau bist, dass du mich vergessen hast, ist das dein Problem. Ich werde pünktlich sein.»

«Und ich latsch einfach so da rein und setz mich an die Bar?»

«Just so. Und es wäre verdammt nett, wenn du mit Bauer, oder wer sonst dahinter steht, ins Gespräch kommen könntest.»

«Vielleicht kommen ja noch andere.»

«Man kann nicht auf alles gefasst sein!», sagte ich genervt. «Das Leben ist nun mal so, Kurt. Aber hier sieht doch alles ganz undramatisch aus, oder was?»

Da musste er mir zustimmen. Nirgendwo war auch nur ein Mensch zu sehen und die wenigen auf der Straße parkenden Autos hatten kaum Ähnlichkeit mit einem grünen Audi 100.

Ich blieb stehen und betrachtete Kurts Rücken, als er auf die Tür vom *Marlene* zuhielt. Eine dünne und schiefe Gestalt, die noch nie eins der großen Eier gelegt hatte und der das vermutlich auch nie gelingen würde, aber dennoch ein Mann, der an meinen Strand angespült und zu einer Art Freund geworden war. Kurt stahl und klaute, putzte Fenster und betrog – ich lebte davon, die Wirklichkeit von Menschen zusammenzuflicken, die auf irgendeine Weise Schaden genommen hatten. Mit unterschiedlichem Erfolg und unterschiedlicher Begeisterung. Ich hatte Fälle, durch die ich mich hindurchgähnte und die mit Hilfe des Telefonbuches zu lösen waren und andere, die mir schon über den Kopf gewachsen waren, ehe ich richtig angefangen hatte.

Diesmal war die Hintertür abgeschlossen. Das machte nichts, ich hatte meine Universalschlüssel mitgebracht, diese Lektion hatte ich schon längst gelernt.

Wieder stand ich in dem angeschimmelten Treppenhaus, wo unsichtbare Tropfen, die auf einen unsichtbaren Fußboden fielen, meine Herzschläge begleiteten. Ich schaltete die Minitaschenlampe an, die ich in der Jacke hatte. Ein schwacher Lichtstrahl fand seinen Weg zu einer unverputzten Mauer schmutzigen Treppenstufen und gelähmten Spinnen in den Ecken. Und zu meinen Schuhen, die da unten auf dem klitschnassen Boden hoffnungslos einsam aussahen. Rechts von mir war die Tür zum Hinterhof, sie war abgeschlossen, aber das ließ sich mit einem Griff korrigieren. Links fand ich noch eine Tür, die ich beim ersten Mal übersehen hatte. Ich nahm an, dass sie zum Keller führte. Und dorthin wollte ich gern einen Blick werfen.

Ich brauchte peinlich lange, um dieses schnöde Yaleschloss zu knacken. Als es endlich mit einem scharfen Klicken nachgab, schlug mir von unten Kloakengestank entgegen. Ich wollte nicht das Risiko eingehen das Deckenlicht anzuknipsen, ich hielt mich treu und brav an meine Taschenlampe.

Über eine kurze Treppe kam ich in einen Kellerraum, der nichts anderes enthielt als diesen Gestank. Ob sie hier ihren wundersamen Nachtclub Blue Moon hatten eröffnen wollen? In dem Fall brauchte der Besitzer keine tüchtigen Handwerker, sondern eher zwei Wunderheiler.

Eine Tür führte in einen Waschraum. Zwei Becken mit dazugehörigen Wasserhähnen. Plus zwei Matratzen – sie sahen aus, als ob sie der Wut eines kranken Tigers ausgesetzt gewesen waren. Sie lehnten aufrecht an der Wand und waren kreuz und quer zerschnitten, teilweise war das Futter herausgerissen. Daneben stand ein grauer Müllsack, halb gefüllt mit Matratzenfutter und geblümtem Bezug.

Irgendwer wollte die Matratzen aus Zimmer 12 loswerden. Und der Grund dafür war leicht zu verstehen. Als ich die Matratzen näher in Augenschein nahm, konnte ich nicht daran zweifeln, dass sie eine dicke Ladung Blut abbekommen hatten. Ich verfluchte mich selber, weil ich vergessen hatte meine kleine automatische Kamera mitzunehmen, aber vergessen ist vergessen und ich sah trotz allem, was ich sah. Ich wollte nicht mehr lange damit warten Bauer in die Zange zu nehmen, nicht mehr als ein oder zwei Stunden – und ungefähr so lange wollte ich auch noch warten, ehe ich die Polizei in die Sache hineinzog.

Ich war in einer Dreiviertelstunde mit Kurt verabredet. Ich ging die Treppe wieder hoch, zog die Tür vorsichtig hinter mir ins Schloss und stocherte die Tür zum Hinterhof auf. Nach dem Kloakengestank unten im Keller wirkte die verdreckte Hamburger Luft wunderbar frisch.

Es war dunkel. Zwar blickten die Fenster von zwei Mietskasernen auf diese kleine grüne Lunge, aber die waren fast alle dunkel. Und dort wo Licht zu sehen war, wurde es von dicken Vorhängen gedämpft. Hier hüteten die Leute ihr Privatleben, sie teilten es jedenfalls nicht mit den Nachbarn auf der anderen Seite des Gartens.

Der Werkzeugschuppen zeichnete sich als schwarzes Quadrat vor der etwas helleren Mauer ab. Ich näherte mich vorsichtig über den unebenen Boden, während meine Taschenlampe untätig in meiner Jacke herumlag. Die Tür war aus groben Brettern zusammengehauen worden und mit einem Vorhängeschloss in der 10-Kilo-Klasse versehen. Das spielte allerdings keine Rolle, so lange das

Holz so verrottet war, dass ich Schrauben und Nägel fast mit den Fingern herausziehen konnte. Es war für einen guten Einbrecher fast eine Beleidigung.

Ich hatte eine gewisse Angst davor gehabt, ihn ausgeweidet und gehäutet unter der Decke hängend zu finden, oder fertig zerlegt in einem Plastiksack. Ich habe mich noch nie an den Anblick von Leichen gewöhnen können, und nach meiner Begegnung mit den bluttriefenden Matratzen befürchtete ich das Allerschlimmste. Aber als ich hinter mir die Tür geschlossen und die Lampe eingeschaltet hatte, fand ich nur einen aufgeräumten Werkzeugschuppen, wo Spaten und Rechen an der einen Wand ordentlich angelehnt standen, Blumentöpfe aufgestapelt waren und ein schrottreifer Rasenmäher aussah, als ob seine Zeit schon vorbei gewesen war, als Hitler noch die Volksschule besuchte.

Ich war enttäuscht und erleichtert zugleich. Erleichtert, weil meine grotesken Phantasien keine Wirklichkeit geworden waren. Enttäuscht, weil die Matratzen mir die Hoffnung vermittelt hatten, dass der oder die, die auf der anderen Seite an diesem Fall arbeiteten, längst nicht so schnell und professionell waren, wie Kurt behauptet hatte.

Zeit, dachte ich. Lass dir Zeit. Er liegt nicht auf dem Boden, er hängt nicht unter der Decke. Also wo?

Die Frage war nicht so schwer zu beantworten, denn meine Schuhe sanken einige Millimeter in den Lehmboden. Und das hätten sie nicht tun dürfen. Lehmboden, gut, das war nicht weiter verdächtig. Aber es war Winter, es fror, und außerdem stand der Schuppen schon seit einigen Jahrzehnten hier. Der Boden hätte hart wie Beton sein müssen.

Von der Innenseite der Tür, wo ich jetzt stand, war bis zur linken Wand gegraben worden. Und obwohl die Person, die den Spaten geschwungen hatte, sich alle Mühe gegeben hatte, damit der Boden aussah wie früher, war ihm oder ihr das nicht sonderlich gut geglückt. Ich stand da über dem gelbweißen Lichtstrahl und schluckte bittere Galle, während ich das Feld aus dunklerer, lockerer Erde betrachtete. Ich hatte schon früher solche Felder gesehen, aber nur auf Friedhöfen, wo sie schließlich hingehörten. Ich legte die Taschenlampe auf einen Blumentopfstapel, so dass der Lichtstrahl schräg auf den Boden fiel und griff zum Spaten.

Nach fünf Stößen traf ich auf schwarzes Plastik. Ich dachte, da er so hoch oben lag, dass er bald anfangen würde zu stinken, sogar jetzt, bei Frost und Kälte. Darin hatte ich mich geirrt, wie sich herausstellen sollte, denn im nächsten Moment krümmte ich mich zusammen und kotzte hilflos vor mich hin, der Verwesungsprozess war schon voll im Gang.

Nachdem ich mich der Delikatessen aus dem *O Pote* entledigt hatte, machte ich weiter. Der Gestank war fast unerträglich. Nach einer Viertelstunde hatte ich so viel Plastik freigelegt wie nötig, ich nahm mein Taschenmesser, presste mir meinen Schal vor die Nase und ging in die Hocke. Ich machte einen 30 Zentimeter langen Schnitt und zog die Plastikplane beiseite.

Ich war leer, aber darauf nahm mein Magen keine Rücksicht, er schaffte es noch mehr Galle hervorzubringen. Wenn es Peter Feld war, der hier tot und stinkend vor mir lag, dann würde nicht einmal seine eigene Mutter ihn noch identifizieren können. Das Gesicht, das mich angrinste, war dermaßen misshandelt worden, dass die Polizei den Zahnarzt des Toten um Hilfe bitten müsste. Ich ging jedenfalls davon aus, dass sich in der rotbraunen Masse einzelne Zähne versteckten. Es war ganz klar, dass das Foto, das Maria Dammert in Frankfurt bestellt hatte und das wahrscheinlich am nächsten Morgen in meinem Briefkasten liegen würde, für die weitere Entwicklung des Falls keine Bedeutung haben würde. Was hatte als Mordwaffe gedient? Mir fiel das Wort «Axt» ein, und wieder drehte sich mir der Magen um.

Ich befand mich in dieser reichlich hilflosen Lage, als sich hinter mir die Schuppentür öffnete. Ich registrierte ein schwaches Quietschen der rostigen Angeln und einen frischen Hauch kühler Nachtluft.

Das war's, dachte ich. Jetzt kommt die Axt! Ich fuhr unwillkürlich zusammen, verlor die Balance und fiel vornüber, bäuchlings über Peter Felds flaches Grab.

12

Aber es war keine blutige Axtschneide, die hinter mir die Dunkelheit zerschnitt, sondern nur eine kultivierte Stimme, die mich aufforderte mich zusammenzunehmen und aufzustehen.

«Ganz ruhig, von Falk. Um Himmels willen, ganz ruhig. Und stehen Sie langsam auf! Ich bin selber auch ziemlich schreckhaft!»

In dem Zustand, in dem ich mich befand, hätte ich mich ohnehin nicht im Affenzahn aufrichten können, und deshalb tat ich, wie mir geheißen. Ich kam erst mühselig auf die Knie, dann stand ich langsam auf, auf zwei Beinen, die nicht wollten, die zitterten und bebten wie die Beine eines frisch geborenen Rehkalbes.

Ich drehte mich um. Es war dunkel im Schuppen, aber meine Lampe, die inzwischen auf den Lehmboden gefallen war, lieferte immerhin Licht genug, damit ich das Gesicht des Mannes erkennen konnte, der da vor mir stand. Ich erkannte ihn sofort. Und als ich ihn erkannt hatte, tickten so viele unangenehme Meldungen in mein Gehirn, dass dort ein höllisches Chaos entstand. Das Einzige, was ich wirklich klar sah, war, dass Kurt vollständig recht gehabt hatte, als er mir geraten hatte aus der ganzen Sache auszusteigen.

«Guten Abend», sagte Christian Galikowski, während sein Blick an mir vorbei zu dem wanderte, was ich eben erst bloßgelegt hatte. «Zum Teufel, das stinkt hier ja vielleicht!» Auch er schien Lust zu haben sich seines Mageninhalts zu entledigen, wahrte jedoch die Contenance. Seine Stimme war bemerkenswert ruhig, als er weiterredete. «Eins für den Anfang, von Falk: Ich habe eine kleine Knarre in der rechten Jackentasche. Vielleicht nicht von gewaltiger Schlagkraft, aber Sie wissen ja, wie das so geht mit solchen Kugelspritzern. Das geht so schnell! Sogar diese kleinkalibrigen Dinger können gesundheitsschädlich sein. Ich bin auch nicht an den Umgang mit Schusswaffen gewöhnt, kommen Sie deshalb also bitte nicht auf dumme Gedanken. Ich bin nicht hier, um Sie zu liquidieren, ich hoffe, Sie glauben mir das, ich fühle mich weiß Gott genauso unwohl wie Sie.»

«Der grüne Audi?», fragte ich.

«Aber sicher. Jetzt müssen wir beide hier weg. Sofort. Das heißt, zuerst müssen Sie diese Schweinerei so wieder zudecken, dass niemand sehen kann, dass Sie hier gewesen sind.»

«Kommt nicht in Frage», erwiderte ich. «Wenn ich damit nicht sofort zum Gesetz gehe, können sie mich für zwei Jahre hopsnehmen! Das müssten Sie doch besser wissen als die meisten.»

Er zog die Pistole aus der Tasche. «Herrgott, zwingen Sie mich doch nicht ins tiefe Wasser, von Falk! Ich bitte Sie doch nur um ein Gespräch. Eine stille und ruhige

Unterhaltung über diese Angelegenheit ... dieses scheußliche ... also, lassen Sie uns machen, dass wir hier fortkommen, ja? Der Mann ist tot und weder Sie noch ich können daran etwas ändern.»

«Worauf zum Henker wollen Sie hinaus?», fragte ich. «Nicht einmal den Gerüchten zufolge rennen Sie mit einer Pistole durch die Gegend!»

«Tun Sie, was ich sage», erwiderte er. «Ich bitte Sie!» Seine kleine untersetzte Gestalt zitterte jetzt und ich durfte nicht davon ausgehen, dass die Kälte daran schuld war, er hatte schließlich einen warmen Mantel. Die Hand mit der Pistole zitterte, jederzeit konnte ein Unglück geschehen.

«Stecken Sie das Schießeisen weg», sagte ich. «Alles klar, Sie sind heute Abend hier der Chef.» Dann kehrte ich ihm den Rücken zu und machte mich daran die Leiche wieder zuzudecken. Ich konnte die ganze Zeit seinen schweren Atem hinter mir hören, er fühlte sich wirklich nicht besonders wohl. Und während ich die Erde festklopfte, ging ich mein Wissen über Christian Galikowski durch.

Allerdings wusste ich nicht besonders viel. Ich ahnte eine Menge, der Mann umgab sich mit einer wahren Flut von Gerüchten. Und jetzt, als ich ihn hier mit der Knarre in der Hand gesehen hatte, wusste ich zumindest, dass ein Großteil dieser Gerüchte wahrscheinlich zutraf.

Christian Galikowski war Anwalt. Mitte 50. Das stand jedenfalls fest. Sicher war auch, dass er mit Pauken und Trompeten vor drei Jahren in Verbindung mit der Bockmann-Affaire ans Licht der Öffentlichkeit getreten war. Heinz Bockmann, Aufsichtsratsvorsitzender verschiedener Hamburger Firmen, war wegen Schiebereien und auch wegen illegalen Waffenhandels mit Südafrika angeklagt worden. Unmittelbar vor Prozesseröffnung kam einer der Zeugen bei einem Verkehrsunfall ums Leben, eine Tatsache, die die Presse natürlich vor Spekulationen und Mutmaßungen überschäumen ließ. Die Anklage führte eine Reihe von Zeugen mit auffallend schlechtem Gedächtnis vor, als die Sache vor Gericht kam. Man hatte über Bestechungen und direkte Bedrohungen gemunkelt und Galikowskis Name war wie ein Refrain immer wieder aufgetaucht. Heinz Bockmann wurde freigesprochen, Galikowski bekannt als «Verteidiger der Schwarzen», und wenige zweifelten an Bockmanns Schuld. Niemand wusste, was Galikowski bei der Sache verdient hatte. Später hatte er einige der großen Jungs von Heroin & Kokain verteidigt und seine Sache sehr gut gemacht. Nicht wenige von den Sängern meiner Bekanntschaft, Kurt inbegriffen, deuteten an, dass er auf der Gehaltsliste mindestens eines Heroinkönigs der Stadt stand. Dann kam der Absturz. Galikowski wurde an der österreichischen Grenze mit 200 000 DM verhaftet, deren Herkunft nicht einmal er zufrieden stellend erklären konnte. Verlust der Zulassung, Sturz in die Finsternis. Was er jetzt ganz offiziell machte, wusste ich nicht, aber ich konnte mir so einigermaßen vorstellen, womit er sich beschäftigte. Warum er jetzt wie ein Laufbursche mit einer verdammten Pistole in der Tasche herumtobte, war mir jedoch ein absolutes Rätsel. Jetzt stand dieser Mann auf dem Lehmboden in einem der weniger feinen Stadtteile Hamburgs und teilte den üblen Leichengestank eines jungen Ermordeten mit mir. Ich glaubte ihm, wenn er sagte, dass er kein Killer sei, aber ich konnte mir nicht vorstellen, wie ich lebendig aus diesem Kleister herauskommen sollte. Das Einzige, was ich tun konnte, war seinen Aufforderungen zu folgen ...

«Alles klar», sagte er. «Das sieht gut aus. Machen wir, dass wir hier wegkommen. Es eilt! Und, von Falk

«Ja?»

«Jetzt stecke ich dieses idiotische Dings in die Tasche. Und da soll es auch bleiben, ja? Ich habe gehört, Sie seien ein intelligenter Mann, und da begreifen Sie sicher, dass das hier – hm, wichtig ist. Heulen Sie also bitte nicht nach der Polizei, wenn wir nach draußen kommen, rennen Sie nicht weg. Ich habe es übernommen den direkten Kontakt zu Ihnen herzustellen, damit nicht irgendein hergelaufener Brutalo auf diese Sache angesetzt wird. Also bitte – lassen Sie uns die Angelegenheit wie zwei zivilisierte Menschen in Ordnung bringen.»

«Ich komme schon», sagte ich. «Keine Panik.»

Und als wir leise in die Dunkelheit hinausgingen, dachte ich an unsere phantastische Zivilisation. All das zivilisierte Heroin, das schon die Zwölfjährigen fertig machte, an das zivilisierte Loch in der Ozonschicht, an die zivilisierten Waffen, die zivilisierten Diktatoren und Lügner. Mir war schlecht von der ganzen Soße, ich hätte kotzen können, aber nun war wirklich nichts mehr in mir übrig, nicht einmal Galle.

Wir gingen durch den Garten, und hier war alles still, wir hörten nur Tropfen, die von den Zweigen fielen, und Gegurgel in den Regenrinnen. Nicht einmal der ferne Lärm, den man fast immer in Hamburg hört, egal in welchen abgelegenen Winkel man sich verkriecht, war jetzt vorhanden. Ich fühlte mich einsam ohne dieses Rauschen aller anderen, aller Idioten, aller Macher, der rabiaten Autofahrer, der U-Bahnen unterwegs von und nach Gottweißwo. Und diese absolut unfreiwillige Gemeinschaft mit einem Mann jenseits von allem, wofür ich selber stehen wollte, verlieh der Einsamkeit noch eine besondere Dimension.

Ohne ein Wort gingen wir durch das Treppenhaus auf die Straße. Galikowski zog vorsichtig die Tür hinter sich ins Schloss.

«In der Bar vom *Marlene* wartet jemand auf mich», sagte ich leise. «Dieses Problem werden Sie lösen müssen, denn ich bin ziemlich überzeugt davon, dass er die Polizei anruft, wenn ich nicht in etwa einer halben Stunde hier auf ihn warte.»

Alles gelogen. Kurt würde meinen Namen verfluchen und sich dann aller Wahrscheinlichkeit nach in einem Taxi zu seiner neuen Angebeteten begeben. Oder er würde auf seinem Posten sitzen bleiben und trinken, bis er überhaupt nicht mehr ahnte, warum er dort saß. Vielleicht würde er sich sogar für die Nacht ein Zimmer nehmen.

Galikowski sah unsicher aus. Er war ein kleiner dicker Mann mit spärlichem Haarwuchs und großer Nase, nun zupfte er sich am Zinken und fuhr mit der Hand über die Überreste auf seinem Schädel, während er mich mit seinem Anwaltsblick musterte.

«Halbe Stunde?» Seine Augen waren schwarz. Intelligent.

Ich nickte.

«Okay. Das erledigen wir unterwegs. Sie rufen von einer Telefonzelle aus an.»

Das war's. Ich hatte nicht wirklich damit gerechnet, dass meine Verabredung mit Kurt mich vor dem retten könnte, was jetzt passieren würde, aber trotzdem sank mein Herz eine Etage tiefer.

Sein Wagen stand unten in der Bülaustraße, ungefähr da, wo ich am Vortag geparkt hatte. Galikowski öffnete mit einer befehlenden Handbewegung die Tür, ehe er um das Auto herumging und ebenfalls einstieg.

«Wohin fahren wir?»

«Zu mir nach Hause.» Er schaute auf seine Armbanduhr. «Ich glaube, wir fahren gleich dahin, dann können Sie von dort aus anrufen. Es ist nur eine Viertelstunde, das schaffen wir leicht.» Und er fuhr los.

Unterwegs versuchte ich ein Gespräch in Gang zu bringen, aber er hatte kein Interesse. Was immer er mir zu sagen hatte, musste zwischen seinen eigenen vier Wänden geschehen. Und die lagen in der Nähe der U-Bahnstation Sierichstraße. An einem Kanal. Es war ein großes, teures Haus, es war weiß und zwei Stockwerke hoch, ein großer Garten zog sich bis zum Wasser hin. Als wir durchs Tor und die Einfahrt hochfuhren, konnte ich den Kanal schwarz im Licht von Straßenlaternen und Fenstern glitzern sehen und ich sah auch den Umriss eines Pavillons unter einer vom Winter gerupften Weide.

«Nette Bude», sagte ich. Das hatte ich auch zu Silvia Krausser gesagt, diesmal war ich jedoch ehrlicher.

Er parkte vor einer breiten Treppe und nickte mir zu. Jetzt war er sich meiner sicher. Ging vor mir die Treppe hoch, ich hätte ihm den Schädel einschlagen können, wenn ich gewollt hätte.

Wir kamen in eine Diele, Galikowski machte Licht und führte mich über Teppiche, die persisch aussahen, auch wenn sie es vielleicht doch nicht waren. Er führte mich in ein großes, weißes Zimmer, in dem teuer und unbegreiflich aussehende Kunst drei Wände bedeckte, während die vierte vor allem aus Fenstern mit Blick auf Garten und Kanal bestand. Er zeigte auf einen Telefontisch neben der Tür, auf dem ein cremegelbes Telefon neben einem Stapel Telefonbüchern stand. «Ich nehme an wir brauchen nicht zu verabreden was Sie sagen dürfen und was nicht? Wer ist dieser Mensch überhaupt?»

Ich blätterte im Telefonbuch. «Nur ein Kollege von Ihnen. Ein Verbrecher. Aber er hat weniger Glück mit seinen Kontakten.»

Ich fand die Nummer und hörte ihn hinter mir wiehern. «Etwas zu trinken?»

«Einen dreifachen Whisky.»

Ich bekam Bauer und dann Kurt an die Strippe und servierte ihm eine gemäßigte Lüge, von der ich dachte, dass sie Galikowski gefallen würde. Ziemlichen Unsinn darüber, dass ich wegen einer unvorhergesehenen Entwicklung des Falles sofort weiter gemusst hätte. Kurt hörte sich sauer und besoffen an und warf den Hörer auf die Gabel, ehe ich mich verabschieden konnte.

Ich setzte mich unaufgefordert in einen Ledersessel am Fenster. Galikowski ließ an einer imponierenden Bar am anderen Ende des Zimmers Gläser und Eiswürfel klirren.

«Eis?»

«Ja.»

Ich bekam meinen Whisky und er war wirklich dreifach, wie sein eigener auch. Er setzte sich mir gegenüber, nippte am Glas und betrachtete mich. Wieder dieser verdammte Anwaltsblick, ein Blick aus Intelligenz und Verbrechen. Ich saß vor einem Mann, der Lügen und Wahrheit gegenüber eine professionelle Einstellung hatte. Dass er sich für die Lüge entschieden hatte, war für mich in verschiedener Hinsicht problematisch, denn er kannte sie besser als ich und deshalb würde es schwierig sein ihm gegenüber auf sie zurückzugreifen. Vorläufig begnügte ich mich damit, seinem Blick standzuhalten und an seinem teuren Schnaps zu nippen. Er schmeckte gut. Er tat gut. Noch ein paar von der Sorte und meine Angst würde mir weitaus weniger aufdringlich vorkommen als es gerade der Fall war.

«Peter Feld», sagte er nachdenklich. Er sprach den Namen auf eine Art aus, als wäre er ein Schuldirektor und ich Peters Klassenlehrer und dieser unmögliche Knabe hätte schon wieder mitten in der Mathestunde mit seinem Piepmatz gewedelt. «Was wissen Sie eigentlich über ihn, von Falk?»

«Ich habe eine Klientin. Und die hat mich gebeten

Peter Feld zu finden. Ich werde nicht dafür bezahlt, jedem hergelaufenen Trottel Informationen über diese Sache vor die Füße zu werfen.»

Christian Galikowski war nicht von der leicht verletzbaren Sorte. Jedenfalls ließ er sich von meinem Ton nicht provozieren. «Vielleicht kann ich Ihnen helfen», sagte er. «So unglaublich das auch klingen mag. Und was Dammert betrifft ... Herrgott, das ist ja eine unfassbare Tragödie.»

«Mir helfen? Wenn Sie nicht gekommen wären und mir eine verdammte Pistole in den Hintern geschoben hätten, dann könnte ich diesen Fall jetzt als abgeschlossen betrachten. Ich habe Dammert versprochen Feld zu finden und heute Abend habe ich ihn gefunden. Wie es jetzt weitergehen soll, muss die Polizei entscheiden.»

Er nickte. «Es war wirklich Feld. Daran besteht kein Zweifel. Aber ist es nicht ein bisschen unbefriedigend nicht zu wissen, wer ihn so entsetzlich zugerichtet hat?»

«Doch. Aber es wäre noch unbefriedigender gratis zu arbeiten. Das kann ich mir nicht leisten. Es kann natürlich passieren, dass Dammert mich bittet weiterzumachen. Das würde dann parallel mit den polizeilichen Ermittlungen laufen.»

Er runzelte die Stirn über seiner riesigen Nase. «Rein arbeitsmäßig wäre das wohl nicht besonders günstig.»

«Nein», gab ich zu.

Ich wartete.

Er ließ mich noch ein oder zwei Sekunden warten.

Dann sagte er: «Peter Feld. 26. In Frankfurt geboren und aufgewachsen. Kriminell. Hauptfach Heroin.»

«Groß?»

«Nein. Peter Feld war Kurier. Frankfurt–Hamburg. Ein ziemlich ausgetretener Weg. Er hatte natürlich nicht nur Hamburg, aber dort lag doch das Hauptgewicht seiner Kuriertätigkeit. Kennen Sie diese Knaben? Den Handel, den die betreiben?»

Ja, das tat ich und es machte mir keine Probleme mir Feld in der Rolle des Kuriers vorzustellen. Ein junger Mann, der nicht selber an der Nadel hing, dessen Nerven in Ordnung waren und für den das Wort «Gewissen» ein Fremdwort war, konnte in diesem Geschäft das dicke Geld einsacken. Besonders gefährlich war es auch nicht, da ja alles im Inland abgewickelt wurde. Wenn Felds Hauptroute zwischen Hamburg und Frankfurt verlief, war das leicht verdientes Geld.

«Dabei sind riesige Summen zu verdienen», sagte Galikowski, als ob er meine Gedanken gelesen hätte. «Und die großen Ligen wissen einen Kurier, auf den sie sich verlassen können, zu schätzen. Es kann sich um Summen zwischen 30 und 50000 pro Tour drehen, es kommt natürlich auf die Menge an. Diese Jungs werden reich, von Falk, steinreich.»

«Ja», sagte ich. «Aber es ist eine gefährliche Branche. Unberechenbar.»

«Genau. Deshalb wird ja auch so gut bezahlt. Wirklich gefährlich wird es allerdings erst, wenn irgendwer versucht seinen eigenen Auftraggeber auszutricksen. Nicht Polizei und Rechtsapparat stellen die große Bedrohung in diesem Spiel dar.»

«Das ist mir klar. Die Rauschgiftfahndung hat bestimmt nicht an seinem Gesicht herumgespielt. Aber langsam geht mir diese Unterhaltung auf die Nerven, Galikowski. Obwohl Ihr Schnaps wirklich vorzüglich ist. Welche Rolle spielen Sie in diesem Drama? Ich muss wirklich sagen, ich hätte nicht erwartet Ihnen als Laufbursche in St. Georg zu begegnen!»

Er lächelte und nahm sich ein Zigarillo. «Alles ist ja viel dramatischer ausgefallen als wir berechnet hatten. Lassen

Sie es mich so sagen, die Zeit war reif für ein Gespräch zwischen uns beiden. Vor allem wollte ich Ihnen erzählen, dass Peter Feld liquidiert worden ist. Das wusste ich nämlich.»

«Und warum wollten Sie mir das erzählen?»

Er blies zwei absolut prachtvolle Rauchringe. «Dazu kommen wir gleich. Der Fall ist kompliziert, wir müssen also von der richtigen Seite an ihn herangehen. Haben Sie viele Aufträge, bei denen Drogen im Spiel sind?»

«Ich registriere vor allem die Folgen dieser Schweinerei. Das heißt, normalerweise zähle ich Leichen und Sterbende.»

«In St. Georg?»

«Überall, wo es welche gibt. Es kommt durchaus nicht selten vor, dass ich sie in St. Georg finde.»

«Nein, wohl nicht. Schließlich liegt der Schwerpunkt des Heroingeschäfts in St. Georg.»

Wie alle anderen Einwohner dieser Stadt war ich mir darüber im Klaren. In den Sommermonaten konnte bei heißem Wetter der Hansaplatz im Herzen von St. Georg von heruntergekommenen Jugendlichen, die auf der Jagd nach ihrem Pulver hin- und herwuselten, nur so wimmeln. Und was wir sahen, war nur die Spitze des Eisberges. Denn am Handel auf und bei diesem gepflasterten Platz waren fast nur Außenseiter beteiligt, die keine besseren Kontakte, keine festen Dealer hatten. Das Heroin auf dem Hansaplatz war von erbärmlicher Qualität, vermischt mit allem möglichen Dreck. Wer besser Bescheid wusste, ging zu den Onkeln an den privaten Adressen im Viertel oder zu den seriöseren Dealern in den Kneipen und Bars. Auf dem Hansaplatz sah man den Fuß der Pyramide, die jungen türkischen Pusher ohne Zukunft und ihre ebenso hoffnungslosen Opfer.

«Ich weiß, dass eine Mafia St. Georg kontrolliert»,

sagte ich. «Ich weiß sogar, unter welcher Flagge sie segelt.»

«Ist das alles?» Er musterte mich forschend durch den blauen Dunst hindurch.

Ich hielt beide Handflächen in die Luft. «Wenn Sie mir mit Namen kommen wollen, dann stecke ich die Zeigefinger in die beiden Ohren, die ich habe. Und ich werde sie nicht herausnehmen, nicht einmal, wenn Sie mich wieder mit Ihrer albernen Pistole bedrohen.»

«Sie gefallen mir», sagte er und nickte. «Es ist eine große Erleichterung für mich, dass Sie kein Trottel sind. Sagen wir, Sie haben recht. Dass das gesamte Heroingeschäft von St. Georg in ... nun ja, lassen Sie uns von Familienhänden sprechen. Ein ungeheuer lukratives Unternehmen, das ist Ihnen sicher klar. Wir wollen nun weiter ...»

«Hören Sie jetzt um Gottes willen auf mit diesem Quatsch! Sie wollen mir von dieser verdammten ‹Familie› etwas ausrichten und ich finde jetzt ehrlich gesagt Sie sollten zur Sache kommen.»

Ich trank aus, ging selber an die Bar und füllte mein Glas noch einmal.

«Es passt ihnen nicht, dass Peter Feld in St. Georg begraben liegt», sagte er knapp, jetzt mit einer ganz anderen Stimme. Sein Zögern und die wohlklingenden Phrasen waren vorbei, jetzt kam die Sache auf den Tisch, hier saß der Advokat des Teufels und sprach direkt mit mir, Victor von Falk. «Und es passt ihnen noch viel weniger, dass er im Hotel Marlene umgebracht worden ist. Und schließlich: Es passt ihnen nicht, dass Peter Feld im Geschäft war. An der ganzen Affaire Peter Feld passt diesen Herren also rein gar nichts.»

«Und wie komme ich ins Spiel?», fragte ich und ließ einen Eiswürfel in den Dreifachen plumpsen. «Passt es den Herren vielleicht, dass Victor von Falk den Idioten in einem anderen Stadtteil wieder verbuddelt?»

«Aber nein», antwortete er und war wieder die Jovialität selber. «Was ihnen passt, ist, dass Sie herausfinden, wer Peter Feld ermordet hat. Und dass Sie nicht verraten, wo er liegt, bis dieser Fall geklärt ist.» Er fügte hinzu, als er aufstand, um sein eigenes Glas zu füllen: «Ich glaube, Sie werden feststellen, dass das mit Ihren eigenen Interessen hervorragend übereinstimmt.»

Ich setzte mich vorsichtig. Ganz an den alleräußersten Rand meines Stuhls. Dann kippte ich meinen Dreifachen mit einem Schluck. In meiner ganzen lächerlichen Karriere hatte ich noch niemals etwas so Wahnwitziges erlebt.

«40000», hörte ich von weit weg. «40000 DM. Und vielleicht können wir Ihnen sogar helfen.»

Aus «sie» war jetzt «wir» geworden. Das fiel mir auf. Gleichzeitig sah ich die 40 Riesen vor mir. Das war ungefähr das, was ich in einem Jahr mit harter Arbeit verdienen konnte. Heroingeld. Blutgeld. Ich wollte es nicht. Ich wollte, verdammt noch mal, von diesen Gorillas keinen Scheißpfennig annehmen.

Aber gleichzeitig flüsterte mir der Teufel ins Ohr, dass Peter Feld auf ganz entsetzliche Weise umgebracht worden war. Er war tot, an dem Fall war nichts mehr zu machen. Und ich gehörte zu dem Teil der Menschheit, der einen Axtmörder lieber sicher verwahrt sah. Sam Spade hätte nein zu diesem Geld gesagt. Lew Archer auch. Marlowe hätte sich eine Zigarette angesteckt und sich den Vorschlag ruhig angehört.

Ich sagte ja. Ich weiß nicht, ob der viele Whisky den Ausschlag gab oder ob einfach mein allgemeiner Mangel an Moral daran schuld war, aber ich sagte ja.

Und danach, als ich ja gesagt hatte, folgten Stille und Finsternis.

Als ob die bösen Mächte ihren Mantel über mich ausgebreitet hätten.

13

Ich war im Blauen. Alles war blau. Eine ganz unglaubliche Eröffnung für einen neuen Tag. Ich befand mich in einem riesigen Doppelbett mit geschnitzten Pfosten, in einem hellblauen Schlafzimmer mit handgemalten Rokokoschnörkeln an den Deckenleisten.

Alles war blau. Blaue Laken, blaues Bettzeug, blauer Teppich, blaue Vorhänge. Die Vorhänge waren zurückgezogen und durch die Kreuzfenster konnte ich noch mehr Blau sehen; draußen waren Himmel und Tag.

Ich war davon überzeugt, dass ich mich in Hamburg befand. Ansonsten war ich von gar nichts überzeugt. Ich drehte mich abrupt um, aber neben mir lag keine Frau. Ich fiel auf das blaue Kissen zurück und atmete erleichtert auf – ich war jedenfalls nicht im Kneipensumpf untergegangen. Keine leichtfertigen Vögeleien in diesen gefährlichen Zeiten mit neuen Viren und immer hitzigeren Ehemännern.

Hotel? Nein. Es war schon vorgekommen, dass ich im Vollrausch auf solche Ideen gekommen war, aber nur, wenn ich wirklich viel Geld gehabt hatte. Und die großen Scheine tanzten schon lange nicht mehr Ringelpiez auf meinem Konto.

Scheine. Große. Mit kaltem Windstoß kehrte die Erinnerung zurück.

Aber diese Wirklichkeit gefiel mir nicht. Ich befand mich mit großer Wahrscheinlichkeit immer noch in der Höhle des Löwen und ich wusste, was ich dem Untier am letzten Abend versprochen hatte. Die verbuddelte Leiche hinter dem Hotel Marlene bis auf weiteres zu vergessen. Und mich auf die Suche nach Peter Felds Mörder zu konzentrieren. Für 40 000 kohlschwarze deutsche Westmark. Worauf zum Teufel hatte ich mich da eingelassen?! Ich war bei meinem Job nicht immer ganz lammfromm gewesen, gut. Aber mein Handel mit Christian Galikowski stellte eine neue und erschreckende Wendung dar. Und dennoch, redete ich mir ein – es handelte sich um einen brutalen Mord, der aufgeklärt werden musste. Und ich hatte keinen Grund zu der Annahme, dass Maria Dammert mir ein Vermögen dafür bezahlen würde, dass ich den Mörder fand.

Um mich herum war alles so sauber, dass mir beim Gedanken an meine eigene Verfassung unwohl wurde. Ich hatte einen säuerlichen Müllgeschmack im Mund und brauchte eine Dusche. Die Sonnenstrahlen zeichneten ein feines goldenes Fenstermuster an die gegenüberliegende Wand, eine Lichtpause eines der Fenster, eine Illusion. Diese ganze verdammte Sauberkeit war ja auch eine Illusion. Ich brauchte mich nicht zu schämen, jedenfalls nicht wegen meines eigenen verschwitzten Körpers, meines stinkenden Mundes. Hier drinnen stank wirklich alles. Wenn ich mich nicht sehr irrte, war nicht ein einziger Pinselstrich mit ehrlich verdientem Geld bezahlt worden. Ich sah vor mir die zertrampelten Spritzen, die schlappen Kondome, die AIDS-Warnschilder. Die vielen heruntergekommenen Wracks, die auf dem Sprung ins Erwachsenenleben gestoppt oder besser, die dort hineingejagt worden waren, ehe sie richtig aufgehört hatten am Daumen zu lutschen. Und hier, dachte ich, hier liegt Vic mitten im Profit, mitten im frisch angestrichenen Ergebnis dieser Schweinerei. Um mein Selbstbild war es schlecht bestellt. So schlecht, dass ich annahm, meine Begegnung mit dem

Spiegel würde sich als die reine Bagatelle erweisen. Irgendetwas klopfte an die Tür. Auch die war hellblau. Vorsichtiges Klopfen, das konnten kaum Galikowskis Pranken sein.

«Ja!»

Irgendwann im Laufe der Nacht mussten meine Stimmbänder unter eine Kehrmaschine geraten sein. In Wirklichkeit war das nur das Ergebnis von 40 Roth Händle, eingeweicht in teuerem Whisky.

Sie war 18 oder 19 und sah völlig schwedisch aus. Ihre Haare waren blond, fast weiß und reichten ihr bis auf die Brüste. Die Farbe ihrer großen Augen konnte ich vom Bett aus unmöglich sehen, hätte aber 1000 schwarze Mark darauf verwettet, dass sie blau waren. Sie war reizend. Sie trug Blau. Ich dachte, ich würde verrückt.

«Papa wartet unten», sagte sie. «Mit dem Frühstück.» Ein langer weißer Zeigefinger wies auf eine Tür rechts neben dem Bett. «Die Dusche ist da draußen.»

Als ob sie schon in meinem Arm gelegen hätte.

«Wie heißt Papa?», fragte ich. «Der mit dem Frühstück?»

Sie sah mich bloß an.

«Wer ist dein Papa?»

«Du warst ja vielleicht blau! Wir hätten dich fast nicht die Treppe hochgekriegt.»

«Ich bete zu Gott, dass ich nicht unangenehm war. Dir gegenüber, meine ich.»

Sie lächelte. «Das hättest du gar nicht mehr geschafft.»

«Frühstück», sagte ich. «Was isst dein Vater denn zum Frühstück? Zerknüllte Geldscheine und betäubte Rotzgören?»

Sie glaubte, ich hätte mich um den Verstand gesoffen. Das war ganz deutlich. Vorsichtig schloss sie hinter sich die Tür.

Ich steuerte meinen blauweißen Körper in ein blaues Badezimmer mit blauen Handtüchern und blauer Seife und gab mir alle Mühe mich vom Dreck zu befreien. Bei dem, der an meinem Korpus klebte, klappte das sogar.

Christian Galikowski saß in einer Küche beim Frühstück, die so vom Sonnenlicht erfüllt war, dass es in den Augen wehtat. Er saß mit dem Rücken zu einer der großen Fenstertüren, die zum Garten führten, und um seinen Kopf bildete sich ein höchst unverdienter Heiligenschein. Es war eine große altmodische Küche, eingerichtet von einem Menschen mit Sinn für Essen und Kochen. Die weißen Wände waren bedeckt mit Geschirrschränken und allerlei Küchengeräten, die Anrichte an der Längswand wies eine reichhaltige Auswahl von Körben mit Gemüse und Obst auf. Der rustikale Tisch vor dem Fenster war für zwei gedeckt.

«Guten Morgen», sagte er munter mit vollem Mund. Was er am Vorabend getrunken hatte war ihm nicht anzuhören.

Ich setzte mich und goss mir selber Kaffee ein. Eine Uhr an der Wand zeigte 9.15.

Er hob seine Tasse. «Ich schlage vor, dass wir uns duzen. Sonst wird alles so formell. Und außerdem: die Karten auf den Tisch. Ich wollte sie dir schon gestern aufdecken. Aber du warst wohl ein bisschen müde.»

Sich duzen? Ich wollte alles so formell und unpersönlich wie nur möglich haben, verkniff mir aber ein paar gute Antworten. Ich musste jetzt an den Gewinn denken und durfte mich nicht wie ein Guttempler in der Kneipe aufführen.

Ich nickte. «In Ordnung, Christian. Ich hoffe, du hast viele von den Karten, von denen du redest.» Ich köpfte mein Ei. Es war von der lächelnden Sorte, aber mich lächelte es nicht an. «War das deine Tochter, die mich da oben eben angestrahlt hat?»

Er nickte. «Magda. Sie ist . . .

«Alles, was du hast», vollendete ich. «Ich habe in *Bild* gelesen, dass du Witwer bist.»

Es war ein rührender Artikel über Vaterliebe und die Probleme des Alleinerziehers gewesen. Eine echte *Bild*-Schnulze während der Bockmann-Geschichte. «Der Mensch Galikowski» oder so was. Mich überkam der wilde Wunsch, seine Kleine möge schneller als schnell mit dem Heroindrücken anfangen. So dass der «Mensch Galikowski» den Gestank seiner eigenen Scheiße zu spüren bekommen würde.

Er war mit seinem Ei fertig und schob den Eierbecher beiseite. Nahm sich eine Scheibe Schwarzbrot und beschmierte sie dick. «Du wüsstest sicher gern warum?»

«Ja.»

«Erst ein paar Worte über Peter Feld.»

Ich spitzte die Ohren.

«Feld ist drei, vier Jahre lang in regelmäßigen Abständen in St. Georg aufgetaucht», fuhr mein neuer Freund Christian fort. «Meine . . . äh, Klienten . . .»

«Kannst du nicht einfach ‹wir› sagen?», schlug ich vor. «Damit hast du doch gestern so nett angefangen. Ich hab kein Tonband bei mir, es besteht also kein Grund dich zu ängstigen. Selbst wenn ich zur Polizei gehen wollte, würde ich vor Gericht nicht weit kommen. Das weißt du doch besser als irgendwer sonst.»

«In Ordnung. Frisch von der Leber weg. St. Georg ist ein geschlossenes System. Kleine Fische kommen und kleine Fische gehen, aber als System ist das Viertel absolut dicht. Alles, was passiert, ist unter Kontrolle. Von den Jungs an der Ecke bis zu den Heimarbeitern.»

«Das weiß ich. Das wissen fast alle.»

«Aber Peter Feld hat nicht zu diesem System gehört. Wie dir natürlich klar ist, gibt es in Hamburg eine Reihe von Abnehmern. Und Feld hat irgendwo auf St. Pauli operiert.»

«Als Kurier aus Frankfurt.»

«Genau. Felds Auftraggeber in Frankfurt haben eine feste Route nach Hamburg und anderen norddeutschen Städten. Viel Dope. Und Feld war wichtig, ich weiß, dass er gut war. Ruhiger Typ. Keine Nerven.»

«Aber ein Konkurrent», sagte ich. «Für euch.»

«Ein Teil eines Apparates», sagte er mit großzügiger Handbewegung. Er war wie ein Reeder, der über einen jüngeren Angestellten in einer Schwestergesellschaft auf der anderen Seite der Bucht spricht.

«Aber etwas muss passiert sein», fuhr er fort. «Etwas, das Peter Feld auf irgendeine Weise unbeliebt gemacht hat.»

«Bei seinen eigenen Leuten?»

«Das glaube ich. Auf jeden Fall vor allem bei denen.»

«Was kann das gewesen sein?»

«Das weiß ich nicht. Das heißt, ich bin nicht hundert Prozent sicher. Aber ich glaube, ich habe eine Ahnung.»

«Die alte Leier. Feld hat von der Ladung genascht.»

«Ja. Aber nicht wie die Kleindealer. Feld hat das Heroin nicht selber benutzt, das weiß ich ganz sicher. Und vergiss nicht, dass er en gros gereist ist, das ging um Kilos, er hatte eine der Hauptlinien zwischen Frankfurt und Norddeutschland unter sich.» Galikowski legte eine Pause ein und nahm sich mehr Kaffee und mehr Brot. Dann sagte er: «Ein Vögelchen hat mir erzählt, dass das Heroin, das er hier oben abgeliefert hat, einige Prozent schwächer war als das, das er in Frankfurt übernommen hatte. Und da es um Kilos geht, bedeutet dieser Schwund ziemlich hohe Summen.»

Er zuckte die Schultern. «In dieser Branche ist es ja nicht anders als in anderen. Wenn ein getreuer Diener ihn betrügt, ist der Arbeitgeber traurig und verärgert.»

«Er kann im Laufe eines Jahres über ein Pfund erwirtschaftet haben», sagte ich. «Viel Geld, da hast du Recht. Und er war blöd genug diesen Stoff in St. Georg umzusetzen? Auf eurem Markt?»

«Da bin ich nicht so sicher. Ich glaube, Hans Dose hatte bei diesem Geschäft auch die Finger im Spiel. Aber zu wem er gegangen ist, lässt sich nicht sagen, er ist dumm genug, um auf mehrere Pferde gleichzeitig zu setzen. Außerdem bin ich davon überzeugt, dass Feld im Hotel Marlene einen Kontakt hatte. Das ist jedenfalls wahrscheinlich, wo er doch immer da abgestiegen ist.»

«Aber wo er den Kram verkauft hat, weißt du nicht.»

«Es kann durchaus in St. Georg passiert sein, aber dann nur tütenweise und in kleinen Partien, sonst wären gewisse Personen schon längst darüber informiert. Wahrscheinlicher ist, dass Feld, der das System von St. Georg kannte, darauf bestanden hat es anderswo zu erledigen, vielleicht nicht einmal in Hamburg selber.»

«Zwei Möglichkeiten», sagte ich. «Entweder habt ihr ihn fertig gemacht, weil er euch mit billiger Ware ins Handwerk gepfuscht hat. Oder die Frankfurter haben ihn erledigt, weil er ihrem guten Ruf hier in Hamburg geschadet hat.»

«Ach, es gibt noch viel mehr Möglichkeiten», meinte Galikowski und legte den Kopf schräg. «Wenn sein Bluff wirklich aufgeflogen wäre, dann hätten Hamburg und Frankfurt eine Krisensitzung abgehalten. Dabei hätten sie vermutlich diskutiert, wie die Sache in Ordnung gebracht werden könnte. Aber du darfst trotzdem nicht alles glauben, was in der Zeitung steht, Victor. Liquidierungen kommen nicht sehr oft vor. Es wäre viel näher liegend, davon auszugehen, dass Feld einen ordentlichen Denkzettel verpasst bekommen sollte. Ich glaube, sie hätten ihm eine Chance gegeben – auf jeden Fall eine Chance, auf irgendeine Weise weiterzuleben. Es kommt natürlich darauf an, wie viel er beiseite geschafft und wie viel er gewusst hat. Was aber die Herren in St. Georg angeht», Galikowski trank gierig seinen Kaffee, «für die käme es natürlich niemals in Frage so eine unpassende Affaire mitten im Viertel durchzuziehen. Er würde auf jeden Fall nicht am selben Ort begraben sein wie jetzt.»

Er sah mich ernsthaft aus zwei Augen an, die ich nicht einmal mit dem bösesten Willen als böse bezeichnen konnte. «Ich weiß, dass die Familie aus St. Georg nicht dahinter steckt, Victor! Du glaubst doch wohl nicht, dass sie dir 40 000 bezahlen, damit du ihre Köpfe auf einer silbernen Schüssel präsentieren kannst?»

«Ich kann überhaupt nicht begreifen, warum ihr mich anheuert.»

«Ist das denn so schwer zu verstehen? Wir können uns eine verdammte Mordermittlung mitten in St. Georg nicht leisten, solange dieser Mord direkt mit dem Heroingeschäft in Verbindung gebracht werden kann. Feld war schon so lange dabei, dass er wahrscheinlich mindestens drei Sterne bei der Polizei hat. Und die interessieren sich kaum dafür, für welche Liga er gefahren ist. In St. Georg läuft ein ruhiges, offenes Geschäft. Die Polizei fischt ein paar Fussel aus den Rinnsteinen, mehr können sie nicht tun. Das spielt keine Rolle, es wird bei der großen Rechnung einkalkuliert. Aber ein liquidierter Mann, der mit dem Drogenhandel zusammenhängt, würde das Geschäft lange ... ja, auf jeden Fall wochenlang lahm legen. Kennst du den wöchentlichen Umsatz in St. Georg, Victor? Kennst du den?»

«Nein. Ich weiß nur so ungefähr, wie viel sterben.»

«Dann bleibe bei deiner Unwissenheit. Das sage ich dir in aller Freundschaft.»

Ich bedankte mich für die Freundschaft. «Und du kannst garantieren, dass ihr nicht dahinter steckt?»

Er schüttelte den Kopf. «Natürlich kann irgendein kleiner Fisch Amok gelaufen sein. Aber das ist uninteressant. Wenn es so sein sollte, dann häng ihn zu Schmach und Schande auf – er wird doch nichts Wichtiges wissen. Was wir wollen, ist ein Schuldiger. Und dann wollen wir Ruhe haben.»

«Und warum bietet ihr mir nicht einfach 40 Riesen, damit ich die ganze Sache vergesse?»

«Das ist nach allem, was du und ich gestern gesehen haben, nicht mehr aktuell. Außerdem glaube ich nicht, dass es ebenso leicht wäre dein Schweigen zu kaufen wie deine Neugier. Ich habe dich von weitem beobachtet. Lange. Und nachdem ich gesehen habe, wie unmöglich diese ‹Beerdigung› ausgeführt worden ist ... Himmel, Mann, das kann doch einfach nicht gut gehen. In ein paar Tagen werden genauso viel Polizisten um diese Leiche herumstehen wie Maden in ihr herumkriechen.»

«Wenn sie nicht weggeschafft wird», sagte ich.

«Und wie zum Kuckuck sollte das gehen?»

«Ja, da sagst du was Wahres. Das Ganze wird einfach platzen.»

Ich goss mir noch einmal Kaffee ein und bekam Feuer für die erste Roth Händle des Tages. Sie schmeckte vorzüglich und ungemein giftig. Ich hatte eine gewisse Hoffnung, die Zigarette würde mich augenblicklich umbringen, aber das klappte nicht.

Ich sagte: «Du hast gesagt, du hättest Gerüchte gehört, dass Feld auf irgendeine Weise seine Auftraggeber dazu gebracht hätte ihn mit neuen Augen zu sehen. Vögel haben's dir erzählt, na gut. Aber wenn das nicht der Fall gewesen sein sollte, dann sitzen wir in diesem Fall nur noch mit einem dürren Skelett da.»

«Ja, das ist natürlich wahr. Aber dieser Vogel frisst mir normalerweise aus der Hand.»

«Hatte der noch mehr zu erzählen, als du ihm ein paar Brotkrümel hingeworfen hast?»

«Ja. Dass Feld aller Wahrscheinlichkeit nach eine Tracht Prügel eingesackt hatte.»

«Prügel? Von einer Runde mit der Axt war nicht die Rede?»

«Prügel.»

«Von wem? Wer zum Henker waren diese Auftraggeber, in deren Stall Feld gelaufen ist?»

Er überlegte. Er fragte sich, bis wie hoch oben er gehen könnte. «Wie gesagt, ich glaube, Hans Dose hat etwas damit zu tun.»

«Komm mir mit etwas Besserem! Fang nicht ganz unten an.»

«Doch. Ich glaube, sehr viel spricht dafür, ganz unten anzufangen.»

«Warum?»

«Weil das Ganze so verdammt amateurmäßig aussieht.»

Da hatte er einen Punkt. Ein Profi macht aus andererleuts Gesichtern kein Schabefleisch. Und selbst, wenn ich mir Hans Dose nicht als Mörder vorstellen konnte, so konnte er doch bei einer möglichen Bestrafung Felds einfach durchgedreht sein. Das könnte auch erklären, warum er im Moment so arg ins Schwitzen gekommen war. Vielleicht saß weiter oben jemand, der nicht mit ihm zufrieden war. Andererseits war nicht leicht zu verstehen, warum sich Felds Auftraggeber darüber grämen sollten, dass Feld in St. Georg eingebuddelt war. Nicht, wenn sie selber auf St. Pauli saßen.

Aber natürlich war es auch möglich, dass Christian Galikowski mich ganz einfach belog. Ich bezweifelte weder sein Talent noch seinen Willen.

«Okay», sagte ich. «Dann fang ich also ganz unten an.»

Das Büro meines neuen Freundes war so grün, wie sein Gästezimmer blau gewesen war. Grüner Teppich, grüne Vorhänge, grüne englische Ledermöbel. An den moosgrünen Wänden hingen große Gemälde in kunstfertig geschnitzten Goldrahmen. Nicht im modernistischen Stil, der sein Wohnzimmer gekennzeichnet hatte. Hier dominierten düstere Portraits von seriös aussehenden Männern aus dem 17. Jahrhundert; ich hatte keine Ahnung, wer sie waren und ich mochte keinen von ihnen. Sie sahen aus wie Dealer von Religion und mieser Politik, wie frühere Inkarnationen des Arschlochs Galikowski.

«Nun», sagte er. «Und nun zum Geld.»

Er nahm Platz hinter einem Schreibtisch, auf dem man gut hätte Tennis spielen können. «Ich hoffe, dir ist klar, dass du jetzt nicht mehr aussteigen kannst.»

«Das hoffe ich auch.»

Galikowski legte einen Diplomatenkoffer aus hellbraunem Leder auf die blank polierte Tischplatte. «Willst du sie zählen?»

«Nein. Wenn Zeitungspapier im Koffer ist, oder wenn auch nur ein Zehner fehlt, dann geh ich sofort zur Bullerei. Du kannst jetzt nämlich auch nicht mehr aussteigen.»

Er gab mir die Kombination für das Schloss.

«Hol mir ein Taxi», sagte ich. «Ich will weg hier.»

Das tat er. Ich sagte, ich würde lieber draußen auf den Wagen warten, beim Tor. Ich gab vor seine ausgestreckte Hand zu übersehen.

Draußen war es schön und eiskalt. Der Nordwind konnte mir noch etliche verdiente Ohrfeigen verpassen, ehe das Taxi schließlich vor mir hielt.

14

Ich fuhr sofort in die Bremer Reihe. Es war kalt im Büro und in der Wohnung, es war kalt im Leben.

Ich hörte den Anrufbeantworter ab. Kurt fragte, ob alles in Ordnung wäre und warum ich ihn gelinkt hätte. Susanne wollte wissen, warum ich nie mehr ein Lebenszeichen von mir gäbe.

Kurt war im Grunde wirklich nicht so blöd.

Ich rief bei Susanne an.

Sie hörte sich reichlich fertig an. Sie sagte, sie sei gerade erst aufgestanden. Also mussten die beiden Anrufe nachts oder spät gestern Abend gekommen sein, dachte ich mit meinem cleveren Detektivgehirn. Meine Schlussfolgerungen fielen immer am besten aus, wenn es überhaupt keine Rolle spielte.

«Warum hörst du nicht auf mit diesem Quatsch?», fragte ich.

«Quatsch?»

«Mit dieser Telefonitis. Hat Gregor beschlossen nach Moskau zurückzugehen, jetzt, wo die neue Herrlichkeit losgebrochen ist?»

«Meine Güte, Vic! Fang doch damit nicht wieder an. Nein, ich treff mich ab und zu mit Gregor, genau wie früher.»

«Schön», sagte ich sauer. «Ja, du musst ihn natürlich grüßen.»

«Jetzt sei doch nicht so übellaunig. Bitte! Du fehlst

mir. Egal, was du meinst. Bist du immer noch sauer?»

Ich sah sie vor mir. Schlaftrunken und wunderschön, die dunklen Haare herrlich zerzaust, barfuß auf dem roten Läufer in der Diele.

«Nein», antwortete ich. «Ich bin nicht sauer. Nicht so schrecklich sauer jedenfalls. Vor allem bin ich kaputt.»

«Mehr zu tun als sonst?»

«Unangenehmeres als sonst.»

«Willst du das Tante Susanne erzählen?»

«Jedenfalls nicht am Telefon.»

«Hör mal, Vic, ich hab eine Idee!»

Deine Ideen gefallen mir nur selten, dachte ich.

«Ich hab vier Tage frei. Und weißt du was, ich hab mir eine Superkarre zugelegt, Honda, kirschrot. Bin gerade dabei ihn einzufahren. Kommst du mit auf einen kleinen Ausflug? Sag nicht nein, Vic, ich hab dich doch seit einer Ewigkeit nicht mehr gesehen.»

Ich wollte gerade nein sagen, aber dann leuchtete ein Funke in meinem verdunkelten Gehirn auf.

«Okay, Susanne. Aber es geht erst morgen.»

Früher konnte sie auch nicht. Sie wollte nämlich schwimmen gehen und war danach mit Gregor verabredet.

Ich legte auf, blieb am Schreibtisch sitzen und dachte an Gregor und Susanne. Ich hatte nie begriffen, dass es möglich sein sollte zwei Menschen auf einmal zu lieben. Ich verstand es immer noch nicht. Mit so was kannten sich nur Susanne und Gregor aus.

Gregor. Allein schon den Namen fand ich zum Kotzen. Ich hasste den Namen Gregor! Als er in Susannes Leben aufgetaucht war, hatte ich ihn immer nur als «den verdammten Exilrussen» bezeichnet. Wenn er dabei war, dann sagte ich, «dein verdammter Exilrusse». Das fand er witzig. Er war zwei Meter groß und hatte Haare auf dem Rücken. Außerdem schrieb er Gedichte. Ich hatte Susanne angefleht mir zu verraten was sie an diesem zottigen Kosaken fand, aber sie war mir immer ausgewichen. Als ich angedeutet hatte, dass sie ihre Teddybärphase vielleicht nie ganz überwunden hätte, wurde sie wütend und unsere Beziehung wurde zu einer eher sporadischen. Und so schleppte sie sich nun schon seit über zwei Jahren dahin, immer mit dem ewig lächelnden Gregor im Hintergrund.

Ich hasste Gregor. Er und Susanne «hatten sich beide gern». Ich hatte aufgehört, anderen von dieser Beziehung zu erzählen, die Leute lachten sich kringelig. Ich gab mir alle Mühe mich in andere Frauen zu verlieben, aber bisher war mir das noch nicht gelungen.

Ich sah die Post durch. Das einzig Interessante war Peter Felds Hochglanzgesicht. Direkt schön war er nie gewesen. Dominierende Nase und fliehendes Kinn. Niedrige Stirn. Tief liegende Augen. Nein, sein Äußeres war nicht gerade sein Trumpf gewesen. Aber im Vergleich dazu, wie er jetzt aussah ... Mir lief ein Schauer über den Rücken. Ich hätte sicher einen Mann mit einer Pistole ermorden können. Aus einer gewissen Entfernung wenigstens. Aber das Gesicht eines Menschen mit Axt oder Buschmesser zermatschen? Wer tat so etwas denn bloß?

Ich zündete mir eine Zigarette an und lehnte mich zurück. Dachte daran, dass Galikowski angenommen hatte, Feld müsste einen Kontakt im Hotel selber haben. Bauer? Oder einen zufälligen Logier- oder Bargast, der auf Verabredung auftauchte? Oder Ewald Kerl? Oder ... Es war eine lächerliche Schlamperei von mir, aber ich hatte vergessen herauszufinden, wie dieses verdammte Hotel organisiert war. Es war doch glasklar, dass Bauer nicht als einziger dort arbeiten konnte. Ich trank eine Tasse Kaffee und mahnte zwei ausstehende Honorare an. Dann verließ ich das Haus und spazierte zum Hotel Marlene hinüber.

Bauer war von einem jungen Spund von 18 oder 19 abgelöst worden, einem mit moderner Stachelfrisur und einem feuerroten Geschwür mitten auf der Stirn. Er stapelte gerade Handtücher und Laken auf den Tresen, als ich hereinkam. Derselbe Tresen diente einem ganz jungen Mädchen als Stütze, sie konnte kaum älter sein als 14, und sie schien nicht zu wissen, wer oder wo sie war. Ein großer Vorteil, schließlich würde sie bald ein halb volles Walross in sich aufnehmen müssen, das neben ihr stand und in einem skandinavischen Singsang vor sich hin murmelte. Er konnte natürlich ihr Vater sein, aber das kam mir nicht sehr wahrscheinlich vor. Die Kleine hatte die charakteristischen schwachen Fixerknie, konnte sich aber mit Mühe Bettzeug und Handtücher auf den einen Arm legen. Mit der freien Hand packte sie ihren Alptraum und zerrte ihn hinter sich her. Sie wackelten in den ersten Stock.

«Ich seh so gern Hochzeitspaare im Hotel», sagte ich und setzte mich auf einen Barhocker. «Dann denke ich daran, dass das Leben weitergeht. Echte Zuneigung und demnächst Kindersegen.»

Das Geschwür sah mich verständnislos an.

«Gib mir ein Bier», sagte ich. «Und wenn du irgendwo einen Kühlschrank hast, dann nimm es daraus.»

Er gehorchte.

«Wann kommt Bauer?»

Er sah mich genauso verständnislos an.

Tritt nach unten, dachte ich. Sei ein Arschloch. So oft hast du dazu nicht die Gelegenheit. Viel zu oft sind die anderen groß und du bist der Kleinste!

Dieser Fall ging mir im Moment wahnsinnig auf den Keks. Ich nehme an, dass mein Kuhhandel mit dem Teufel unter allem lag und in mir jeglichen Frust nach oben presste. Und wahrscheinlich tat der Gedanke an Gregor auch das seine. Ich hatte ganz einfach eine primitive Lust, irgendwem eine reinzusemmeln. Am liebsten einem, der kleiner war als ich und sich irgendetwas hatte zuschulden kommen lassen. Herr Geschwür war das perfekte Opfer. Das war mir ganz besonders klar, als er sagte:

«Keine Ahnung, von wem du redest.»

Ich sprang auf und lief hinter den Tresen. Er versuchte, sich ins Büro zu retten, aber meine Beine hatten noch nicht vergessen, dass sie einst gut im Hundertmeterlauf gewesen waren. Ich erwischte ihn an der Tür und stieß ihn weiter. Er wurde durch das viel zu enge Büro geschleudert und ein Aktenschrank an der gegenüberliegenden Wand nahm mit lautem Knacken seine Rippen in Empfang.

«Erinnerst du dich jetzt an Bauer?», fragte ich.

Er fing an zu weinen und meine Wut verrauchte. Er konnte doch schließlich dafür bezahlt worden sein, dass er den Mund hielt. Genau wie ich.

«Der hat heute frei», brachte er unter Schluchzen heraus.

Ich drückte ihn in einen verschlissenen Sessel. «Was du mir erzählst, erfährt sonst niemand. Wenn du leise genug redest. Okay?»

Er nickte und fasste sich an die Seite.

«Das tut weh», sagte ich. «Aber im Grunde ist es ganz harmlos.»

Wieder nickte er. Er war im Grunde ein tapferes kleines Arschloch.

Ich holte mir mein Bier ins Büro. Er hatte sich inzwischen nicht bewegt.

«Wie heißt du?», fragte ich.
«Klaus Dose», antwortete er.

15

«Was hast du gesagt?» Mein Gehör ist zwar ausgezeichnet und die Akustik hier im Büro war erstklassig, aber ich musste es trotzdem noch einmal hören.

«Klaus Dose», wiederholte er.

«Und wenn ich dich frage, ob du einen großen Bruder hast, dann sagst du wahrscheinlich ja?»

Er nickte. Er konnte gut nicken. Obwohl ich sah, dass die Rippen auf der linken Seite das spürten.

«Und hat Hans dir diesen Job hier besorgt?»

«Ja. Er kennt Bauer.»

«Und warum willst du Bauer nicht kennen, wenn jemand dich in aller Höflichkeit fragt?»

Er sah verlegen aus. «Es ist meistens dumm sich in die Angelegenheiten von anderen einzumischen.»

«Sag das nicht», meinte ich. «Ich verdien mir damit mein Brot. Aber jetzt erzähl mir ein bisschen über dieses prachtvolle Hotel.»

Er starrte die Zigarette, die ich mir zwischen die Lippen schob, hungrig an und deshalb gab ich ihm auch eine. Alter Trick. Brutalität und Freundlichkeit. Die Bullen spielen das in Zweierteams mit dem Verdächtigen, ich konnte mich nur auf Victor von Falk stützen.

Er sah mich jetzt so offen an, dass ich tatsächlich den Eindruck bekam es mit einem ehrlichen Menschen zu tun zu haben. Das machte mich skeptisch.

«Was soll ich sagen? Ich arbeite erst seit einem halben

Jahr hier. Und du siehst doch selber, was das hier für eine Art Hotel ist. Kommst du von der Polizei?»

«Nein. Erzähl weiter. Du kannst bei Peter Feld weitermachen. Einem der Stammgäste hier.»

Er nickte. «Den kenn ich. War vor kurzer Zeit noch hier. Ich glaub, er hat irgendeinen Job in der Autobranche.»

«Das glaubst du nicht», widersprach ich. «Du weißt, dass er mit Dope handelt. Du weißt, dass Peter Feld Heroin verkauft.»

Er wollte protestieren, machte das aber so halbherzig, dass ich keinen Bock hatte, mir das anzuhören. «Du bist trotz allem der Bruder deines Bruders. Du musst doch einen gewissen Durchblick haben.»

Er sah aus wie eine gejagte Ratte. Er suchte nach einem Fluchtweg und kämpfte mit seinem Gewissen.

«Wie alt bist du, Klaus?»

«19.»

«Mach dir mit diesem Pisskram nicht deine ganze Zukunft kaputt. Ich hab allen Grund zu der Annahme, dass Peter Feld etwas Ernstes zugestoßen ist. Und wenn ich Recht habe, dann wird es einen üblen Aufwasch geben. Du solltest bei der Sache lieber niemanden decken.»

Er fing an zu hyperventilieren. Er war kaputter als ich gedacht hatte. Ich ließ ihm Zeit.

«Du hast dich nicht mal vorgestellt», sagte er schließlich.

«Unhöflich von mir. Ich heiße Victor von Falk. Ich bin Privatdetektiv. Ich suche Peter Feld. Und die ganze Geschichte stinkt wie die Pest!» Ich dachte an den Vorabend und den Werkzeugschuppen. «Und ich glaube, dass dein Bruder etwas mit Peter Felds Verschwinden zu tun hat.»

«Hans ist mein Bruder», sagte er. «Aber er ist wie ein Vater zu mir gewesen.»

«Nicht sentimental werden», riet ich. «Verkauf ihn mir trotzdem.»

Er schüttelte den Kopf. «Hans hat Feld nicht zusammengeschlagen.»

«Wer denn dann?»

«Das weiß ich nicht. Ich war ja nicht einmal hier! Aber gut – ich weiß, dass Peter Feld mit Dope zu tun hat.»

«Woher weißt du das?»

Jetzt hatte er beschlossen nicht ganz ehrlich zu sein. Das konnte ich sehen.

«Sein Aussehen. Und sein ganzes Benehmen.»

«Falsch», sagte ich. «Versuch was Besseres.»

«Hans hat das mal erwähnt. Dass Feld in der ‹Branche› wäre. Ich bin davon ausgegangen, dass das Dope bedeutet.»

«Erzähl mir, wer sonst noch hier im Hotel arbeitet. Wie viele seid Ihr?»

Er sah erleichtert aus. Diese Frage gefiel ihm.

«Ich. Und Bauer. Und ein Mensch namens Christer Wolf. Wir wechseln uns hier an der Rezeption ab.»

«Und wem gehört das Hotel?»

«Ernst Lehmann. Aber der wohnt in Brasilien, soviel ich weiß. Bauer ist hier der Chef.»

«Sonst kommt niemand regelmäßig her?»

«Doch. Lise. Lise Schwartz. Sie putzt hier. Ist jetzt hier.»

«Allein? Nur sie?»

«Ja.»

«Okay. Grab mal die Adressen von Bauer, Wolf und Lise Schwartz aus.»

Er stand auf und mein Gewissen wurde rabenschwarz, als ich sah, wie dreckig es ihm ging. Er hinkte zu einem überfüllten Schreibtisch hinüber und machte sich an Papieren und Kugelschreibern, die nicht funktionierten, zu schaffen. Am Ende fand er einen zufrieden stellenden blauen Filzstift und notierte die Adressen, während er eine Gehaltsliste oder etwas Ähnliches studierte.

«Dass Feld ‹zusammengeschlagen› worden ist», sagte ich.

«Woher weißt du das? Hat Bruderherz da auch nicht dichthalten können?»

«Nein, das hat Lise erzählt. Sie glaubte jedenfalls, da hätt's 'ne Fetzerei gegeben. Vielleicht war das ja auch bloß Quatsch. Sie hatte mit Kerl gesprochen. So einem alten Heini, der fest hier wohnt.»

«Und du bist ganz sicher, dass Hans nichts mit der Geschichte zu tun hat?»

«Ja. Denn wenn überhaupt was passiert ist, dann in der Nacht vor Peter Felds Abreise. Und in der Nacht war Hans bei mir. Der war so blau, dass er auf meinem Sofa knacken musste.»

«Das, was du jetzt gesagt hast, wirst du wohl vor Gericht wiederholen müssen», sagte ich. «Ich hoffe, das war die Wahrheit.»

«Das war die Wahrheit.» Er gab mir den Zettel mit den Adressen. «Hans ist am Freitag am frühen Nachmittag zu mir gekommen, er hat einen nach dem anderen gezischt und war schon gegen neun völlig weg.»

«Macht er das oft? So saufen, meine ich.»

«Nein. Aber ab und zu kriegt er so einen Rappel.»

Nun wusste ich es also. Hans Dose bekam ab und zu einen Rappel. Das hatte ich schon lange geahnt.

«Ich glaube, Peter Feld hatte einen Kontakt», sagte ich. «Hier im Hotel. Was weißt du darüber?»

«Nichts. Ich glaube, da irrst du dich.»

«Du meinst also, er hat hier gewohnt, weil er *Marlene* für so ein wahnsinnig gemütliches Hotel gehalten hat?»

«Vielleicht, weil es ein billiges Hotel ist.»

«Und ich glaube, der hatte den Hintern voll Kohle.»

Er gab keine Antwort.

«Du hast überhaupt keine Vermutung?», fragte ich.

«Ich weiß bloß, dass ich es nicht war. Und dass ich ziemlich sicher bin, dass du dich irrst. Hier ist alles zu durchsichtig. Ich hätte das gewusst.»

Ja, dachte ich. Aber hättest du es mir auch erzählt?

Ich fand Lise Schwartz im ersten Stock. Sie war eine üppige Frau von vielleicht 50. Dunkelhaarig, mit grauen Strähnen. Sie saugte gerade die Reste eines Läufers im Flur ab. Bei der Energie, die sie dabei an den Tag legte, tippte ich, dass der Läufer vielleicht, vielleicht noch bis Weihnachten überleben würde.

Ich gab ihr ein Zeichen den Staubsauger auszuschalten. Das erledigte sie geübt mit der rechten Schuhspitze.

«Lise Schwartz?», fragte ich.

Sie musterte mich mit zwei braunen Augen und empfand meinem Auftreten gegenüber Skepsis. Wenn ich jetzt mit einem unsittlichen Antrag gekommen wäre, hätte sie das nicht überrascht, sie kannte dergleichen.

Ich stellte mich vor und drückte ihre etwas unwillige Hand. Dann erzählte ich, was ich auf dieser Welt so trieb.

«Können wir uns irgendwo für einen Moment hinsetzen? Ich möchte Ihnen ein paar Fragen stellen. Das dauert nicht lange.»

«Nummer 7», antwortete sie. «Ich bin gerade fertig mit Nummer 7. Privatdetektiv, sagen Sie? Das ist ja phantastisch.»

«Meistens ist es phantastisch langweilig», antwortete ich und lächelte.

Ihre Skepsis wich nun der Neugier. Ich nahm an, dass ihr noch nie ein Mann meiner Zunft begegnet war. Sie glaubte mir, weil sie mir glauben wollte, sie verlangte keinen Ausweis. Und das war gut, ich hatte nämlich keinen bei mir.

Zimmer Nr. 7 hatte ich schon gesehen. Es sah genauso aus wie Nr. 12 und Nr. 16. Wie das Zimmer vom alten Kerl schaute auch Nr. 7 auf die Straße. Das gefiel mir. Den Hinterhof hatte ich noch in frischer Erinnerung.

Wir setzten uns auf die Stühle und ich steckte mir keine Zigarette an, als ich sah, wie blank geputzt der Aschenbecher auf dem Tisch zwischen uns war.

«Es geht um Peter Feld», sagte ich. «Der, der hier vor einiger Zeit im Hotel zusammengeschlagen worden ist.»

«Wer weiß», erwiderte sie. «Wenn das nicht alles bloß Unsinn ist. Ich meine, Ewald ist doch fast dauernd betrunken. Er hat mir davon erzählt, aber ich weiß wirklich nicht, was ich davon halten soll. Ein netter Junge ist er jedenfalls, dieser Peter Feld. Ich weiß wirklich nicht, warum irgendwer ihm was tun sollte.»

«Er ist jedenfalls schon seit mehreren Wochen verschwunden, Frau Schwartz. Seine Freundin hat mich engagiert. Und er ist zuletzt hier im Hotel gesehen worden. Wann haben Sie ihn zuletzt gesehen?»

«Vor einigen Monaten. Aber ich weiß, dass er erst kürzlich hier war. Das haben Bauer und Kerl mir erzählt.»

«Und Sie haben ihn nicht gesehen? Ist das nicht ein bisschen seltsam?»

«Nein, ich putze hier, Herr von Falk. Und das mache ich allein, das heißt, Bauer hilft mir ab und zu ein bisschen. Und wenn ein Gast nicht auf seinem Zimmer ist, wenn ich mit meinem Eimer komme ... Ich meine, ich lese doch nicht die Namensschilder auf den Koffern oder so. In meinem Beruf gewöhnt man sich die Neugier schnell ab. Aber ich erinnere mich von früher an Peter Feld, er ist ein netter Bursche, der gerne mal ein Schwätzchen hält.»

«Sie wissen also nicht, in welchem Zimmer Feld zuletzt gewohnt hat?»

Sie schüttelte den Kopf.

«Und Kerl glaubte, die hätten Feld zusammengeschlagen?»

«Er hat so was erwähnt.»

«Zimmer 12», sagte ich. «Darin hat Feld zuletzt hier gewohnt. Haben Sie danach dort sauber gemacht?»

«Das kann aber nicht stimmen. 12 steht schon seit über einem Monat leer. Bauer sagt, an der Wasserleitung da drinnen stimmt was nicht.» Sie ließ eine bemerkenswert kleine Hand einen Bogen durch die Luft beschreiben. «Und Handwerker kommen ja durchaus nicht immer gleich auf den ersten Anruf . . . Bis auf weiteres brauche ich mich um Nr. 12 also nicht zu kümmern.»

Ich ließ diese Information unkommentiert. Ich merkte mir nur, dass Bauer abermals den Schnabel sehr weit aufgerissen hatte.

Stattdessen bedankte ich mich bei Lise Schwartz und stand auf. In der Tür drehte ich mich um: «Nur noch eins, Frau Schwartz . . . Haben Sie den Kellerschlüssel?»

Sie schüttelte den Kopf. «Da unten hab ich nichts zu suchen. Fragen Sie Bauer!»

«Ja», sagte ich. «Ich werde Bauer fragen.»

16

Aber zuerst war Christer Wolf an der Reihe. Ich spazierte in die Bremer Reihe zurück und betete die ganze Zeit halbherzig darum Maria Dammert nicht zu begegnen. Ich würde heute noch ein ernstes Gespräch führen müssen, aber das wollte ich so lange wie möglich aufschieben ich konnte sie später suchen gehen, nachdem ich mich mit ein paar Schnäpsen ermutigt hatte. Um mit Christer Wolf zu reden, brauchte ich nur eine extra Tasse Kaffee und die trank ich im Büro und las dazu die *Morgenpost.*

Natürlich konnte ich ihn anrufen. Er wohnte draußen in Alsterdorf, ich würde also viel Zeit sparen, wenn ich ihn anrief. Und Ärger, falls er nicht zu Hause war. Andererseits arbeitete ich nur ungern mehr als unbedingt nötig mit dem Telefon in der Hand. Menschen von Angesicht zu Angesicht zu treffen, gab mir immer etwas mehr, als der Betreffende tatsächlich ausspuckte.

Ich las mein Horoskop auf Seite 37 und schlürfte den feuerheißen Kaffee. *Sie haben zur Zeit viel zu tun und deshalb ist es besonders wichtig, dass Sie sich für jeden Einzelnen in Ihrem Umgangskreis Zeit nehmen. Machen Sie sich nicht allzu viel daraus, wenn Ihr Interesse vielleicht falsch verstanden wird.*

Ich fuhr mit der U-Bahn bis Lattenkamp und ging das kurze Stück zum Buchsbaumweg, wo Christer Wolf laut Klaus Doses Adressenzettel wohnen sollte, zu Fuß. Diese kurze Sackgasse lag zwischen dreistöckigen Ziegelhäusern, einer Art Null-Architektur, die irgendein Architekt vor einigen Jahrzehnten im Suff entworfen hatte.

Niemand zu Hause. Niemand, der mit mir reden wollte zumindest. Meine wiederholten Stöße mit dem Zeigefinger gegen den schwarzen Bakelitknopf blieben unbeantwortet.

Ich fluchte leise. Ich hätte doch wenigstens anrufen und wieder auflegen können wenn er zu Hause gewesen wäre. Oder höflich um Entschuldigung bitten, weil ich mich verwählt hätte.

Dann hörte ich hinter mir Schritte auf dem Asphalt, und als ich mich umdrehte, wusste ich, dass ich vor Christer Wolf stand ohne genau sagen zu können warum.

Er war groß. Und viereckig. Dunkelblauer Mantel und blank geputzte Schuhe. Seine Kieferpartie ließ mich an einen Comichelden denken. Zwei blaue Augen betrachteten mich leidenschaftslos. In der linken Hand hielt er eine Tragetüte aus einem Supermarkt, in der rechten ein Schlüsselbund.

«Wolf?», fragte ich.

«Zur Stelle.» Seine Stimme war angenehm. Ein tiefer, brummender Bariton.

«Kann ich kurz mit Ihnen reden? Es hat mit dem Hotel zu tun, in dem Sie arbeiten.»

Diesmal hatte ich Visitenkarten eingesteckt. Ich gab ihm eine.

Er betrachtete sie kritisch und gab sie mir zurück.

«Ich habe gehört, dass ihr nicht viel auf die Beine stellt», sagte er. «Ich lese ja Zeitung.»

Er hatte Recht. Längst nicht alle waren geschmeichelt, wenn ein Privatdetektiv sie aufsuchte und viele hatten dazu auch allen Grund. In einem Land mit so hoher Arbeitslosigkeit zieht ein Job wie dieser natürlich allerhand unbegabte Eumel an. Vor allem, wo die Behörden keine Ausbildung oder Konzession fordern. Hier kann jeder Trottel und Träumer sich mit dem Titel Privatdetektiv schmücken, und Trottel und Träumer gibt's ganz schön viele.

Also stimmte ich ihm zu, um ihm den Eindruck zu vermitteln, dass ich nicht zu den Schwindlern gehörte. «Kann ich trotzdem kurz mit Ihnen sprechen? Es dauert nicht lange.»

«Spucken Sie aus», sagte er. Und mir ging auf, dass Christer Wolf keiner war, der fremde Männer zu einer Tasse Kaffee in seine Wohnung bat.

«Was haben Sie für einen Eindruck vom Hotel Marlene?», fragte ich.

«Eindruck? Waren Sie schon da? Das *Marlene* ist ein Müllhaufen.»

«Und wer wohnt da?»

«Na, wer wohnt schon auf einem Müllhaufen?»

«Peter Feld», sagte ich versuchsweise.

«Soll das einer von den Gästen sein?»

«Ja.»

«Keine Ahnung. Interessiert mich auch nicht.»

«Er hat Ende Oktober ein paar Tage da gewohnt. Ich habe Grund zu der Annahme, dass ihm im Hotel etwas zugestoßen ist.»

«Sehr gut möglich. Dann haben die anderen Ratten ihn wohl gebissen.»

«Sie haben ja nicht gerade ein gutes Verhältnis zu Ihrem Arbeitsplatz!»

«Ich verabscheue ihn», sagte er schlicht.

«Ich verstehe», sagte ich.

«Nein, das glaube ich nicht. Aber wenn man über zwei Jahre arbeitslos gewesen ist und dann eine Chance bekommt ... ich bin verheiratet und habe zwei Kinder. Aber da arbeiten zu müssen! Auf einem menschlichen Müllhaufen schlimmster Sorte! Wie heißt doch der, nach dem Sie gefragt haben?»

«Feld.»

«Ich kann mich wirklich nicht erinnern. Aber da unten führen sie ja auch kein Gästebuch. Es ist ein einziges Chaos. Und dem Besitzer scheint es auch egal zu sein. Wohnt in Südamerika, glaub ich. Das Hotel kommt so gerade über die Runden, aber wirklich nur haarscharf. Das Neueste ist, dass das Hotel mit Asylanten und Negern angefüllt werden soll. Als ob die Taugenichtse, die wir ohnehin schon haben, nicht absolut ausreichten! Kein Stil, keine Moral – nur Verfall und Müll. Dieses Land geht einfach zum Teufel und die

Behörden sitzen auf dem Zaun und kratzen sich am Bauch. Es ist nicht zu fassen!»

«Wissen Sie, ob im Hotel mit Rauschgift gehandelt wird?»

«Nein. Aber ich nehme es durchaus an! Ganz St. Georg ist doch eine einzige Opiumhöhle!»

«Was haben Sie von Bauer für einen Eindruck?»

Er schnaubte. «Das fragen Sie noch? Kennen Sie ihn?»

«Ja», antwortete ich.

«Na, dann sollten Sie doch eine gewisse Ahnung haben. Wenn nicht, dann tun Sie mir Leid. Privatdetektive ohne Menschenkenntnis sind arm dran, stell ich mir vor.»

«Da haben Sie ganz Recht», sagte ich. «Aber von Ihnen hab ich mir jetzt zumindest einen guten Eindruck machen können.»

Ich drehte mich um und ging. Hinter mir hörte ich ihn etwas über Höflichkeit sagen, danach kamen noch einige Sprüche, die mit Müll zu tun hatten – dann klirrten Schlüssel und wir waren einander los.

17

Es wurde schon dunkel, als ich wieder in der Innenstadt ankam. Ich drängte mich durch das Gewimmel am Hauptbahnhof, die Stoßzeit war voll in Gang. Im Fußgängertunnel zwischen Bahnhof und Kirchenallee hatten die Schnorrer Schutz vor dem Schneematsch auf den Straßen gesucht. Ich registrierte, dass Bambi immer noch fehlte und jetzt nahm ich an, dass er tot war. Über zwei Jahre hatte er hier im Viertel draußen oder in den Unterführungen herumgesessen, Tag und Nacht, bei jedem Wetter. Jetzt hatte ich ihn schon seit Wochen nicht mehr gesehen. Zwei Beine amputiert und ein Loch im Hals. Von Krebs zerfressen und alle Innereien in Alkohol eingelegt. Er war nun an einen anderen Ort oder ins große Nichts gegangen, je nachdem, wie die Wirklichkeit aussah, wenn man zum letzten Mal die Augen schloss.

Ich lief die letzten Meter von der Treppe bis zu *Nagel.* Hoffte, dass meine Zeit noch nicht ganz vorüber war. Ich wollte meine zwei Schnäpse und dann wollte ich mich auf die Suche nach Maria Dammert machen.

Kurt saß mit einer blonden Frau, die ich noch nie gesehen hatte, an einem Fenstertisch. Sie war verdammt attraktiv, aber ich nahm trotzdem an, dass sie seine neue Flamme war.

«Da hast du den Mann, der gestern dafür gesorgt hat, dass ich so blau war und zu spät gekommen bin», sagte Kurt ohne weitere Einleitung.

Wir begrüßten einander. Sie hieß Sabine und studierte Kriminologie.

Kurt blickte mich sauer an, als ich losprustete.

Sabine sah verwirrt aus.

«Was zum Teufel ist gestern passiert?», fragte er.

«Nichts von Bedeutung», antwortete ich. «Ich hab einfach alles durcheinander geworfen.»

«Ich störe», meinte Sabine. «Das begreif ich immerhin.»

«Du irrst dich», sagte Kurt, der die Zeichen erkannt hatte. «Hier stört überhaupt niemand.»

Dann lächelten wir uns alle drei an und unterhielten uns über den letzten Monty-Python-Film.

Ich trank vier Schnäpse, keine zwei. Und drei Bier.

Und als ich mich auf die Suche nach Maria Dammert machte, graute mir immer noch davor.

Zweimal hatte ich versucht sie in der Koppel anzurufen, aber bei Silvia ging niemand ans Telefon.

Ich fand sie nicht. Über zwei Stunden latschte ich durch St. Georgs Scheißwetter, aber Maria Dammert ließ sich nicht blicken. Ich fragte die Frauen, die ich kannte, und die meisten wussten, wer Maria Dammert war. Aber keine hatte sie gesehen. Ob sie nach St. Pauli umgezogen war? Das glaubte ich nicht. Auf St. Pauli würde sie einen Zuhälter brauchen, und sich damit herumzuplagen, hatte keinen Sinn für eine Frau, die sich in Hamburg nicht fest niederlassen wollte. Außerdem waren die Chancen dafür, dass einer sie in seinem Stall haben wollte, arg gering, ich kannte doch die zynischen Arschlöcher da unten.

Schließlich traf ich statt Maria Gies. Er stand an der Ecke bei *Frau Möller* und sah blöd aus. Im selben Kostüm, mit demselben abwesenden Blick, er sah durch das Dreckswetter hindurch und ich nahm an, dass er von derselben Frau träumte wie ich.

«Hei, Gies», sagte ich. «Weißt du, wo sie steckt? Es ist wichtig, ich muss mit ihr reden.»

Er lächelte, als er mich erkannte. Er schien sich über das Wiedersehen mit mir zu freuen und war gleichzeitig ein bisschen verlegen. «Nein, sie ist schon seit einer Weile weg.» Er lächelte breit. «Aber ich ... ich habe heute mit ihr geredet. Ich habe mit Maria geredet. Und sie ... ach, bitte, gib mir eine Tasse Kaffee aus, mir ist so kalt, ich bin fast total abgebrannt.»

Ich schob ihn ins *Frau Möller.*

«Erzähl», sagte ich und blies auf den dampfenden Kaffee. «Du bis abgebrannt, du frierst, aber es scheint dir ja trotzdem gut zu gehen.»

Er wärmte seine Hände an der Tasse und lächelte noch breiter. «Ich habe mit ihr geredet. Mit Maria.»

«Beim letzten Mal kam es mir so vor, als ob du damit fertig wärst.»

Er runzelte die Stirn. «Ich glaube, du verstehst mich nicht ganz.»

Das kam mir auch so vor.

«Ich habe mich jetzt entschieden», sagte er. «Die Stadt ist nichts für mich. Weder Frankfurt noch Hamburg. Deshalb gehe ich zurück.»

«Nach Meldorf?»

«Nach Meldorf.»

«Und Maria?»

«Ich glaube, sie kommt mit. Ich glaube, sie hat begriffen, dass Peter . . .» Er sah mich aufmerksam an. «Hast du ihn gefunden?»

«Nein», log ich. Und ich dachte, wenn ich Maria erzählt hätte, was ich erzählen musste, dann würde sie vielleicht sogar tun, was dieser Halbidiot sich vorstellte.

«Wann hast du mit ihr gesprochen?», fragte ich. «Und wo?»

«Hier vor der Kneipe», antwortete er eifrig. «Da draußen an der Ecke.» Er sah auf die Uhr. «Ungefähr vor drei Stunden.»

«Das ist lange her», sagte ich. «Sie kann doch nicht drei Stunden mit einem einzigen Freier zu Gang sein! Warst du die ganze Zeit hier?»

«Die ganze Zeit, ja. Die ganze Zeit.»

«Und warum meinst du, sie würde Frankfurt hinschmeißen? Hat sie das gesagt?»

Er zögerte mit der Antwort. «Nicht direkt, aber . . .»

«Aber was?»

«Manchmal weiß ich einfach, was passieren wird», sagte er genervt. «Das fühle ich.» Er fuhr sich an der Stelle, wo das Herz sitzt, über die Jacke. «Hier drinnen.»

Ich nickte. Er tat mir Leid, und Maria Dammert tat mir auch Leid. Ich gab ihm zusammen mit meiner Karte einen Hunderter. «Ich muss jetzt gehen. Ich versuche

Maria zu finden. Wenn ich das in ein, zwei Stunden nicht schaffe, dann gehe ich nach Hause. Wenn du sie siehst, ruf mich an. Falls ich nicht zu Hause bin, sag etwas auf meinen Anrufbeantworter. Und bitte sie das auch zu tun!» Ich gab ihm noch eine Hand voll Münzen für das Telefon.

Er glotzte mich an. «Du gibst mir hundert Mark?»

«Du rufst an?», fragte ich. «Sofort?»

Er nickte eifrig und stand zusammen mit mir auf. Schüttelte meine rechte Hand mit seinen beiden Händen. «Du bist lieb zu mir! Du . . .»

Gleich würde er losheulen, die Leute starrten uns schon an, mir war das alles peinlich.

«Trink noch eine Tasse Kaffee», sagte ich und drückte ihn auf den Stuhl. «Das tut dir gut. Wir sehn uns!»

Ich ging. Sein rundes Mondgesicht leuchtete mir durch die Fenstertür entgegen, als ich wieder die Lange Reihe hochging. Aus irgendeinem Grunde regnete es nicht mehr und der verdammte Wind schlief auf meiner heißen Stirn langsam ein.

Silvia Krausser wirkte nicht gerade entzückt, mich zu sehen, aber sie ließ mich trotzdem ein. Ihre kleine Stupsnase war rot und ihre Augen tränten. Im superordentlichen Wohnzimmer lief der Fernseher. Eine Krimiserie aus den USA, mit wüstem Sirenengeheul und großen Worten.

Sie hatte Maria seit dem frühen Morgen nicht mehr gesehen.

Ich setzte mich ohne die Jacke auszuziehen. Zündete mir eine Zigarette an.

«Sollte ich mir Sorgen um sie machen?»

Silvia rollte sich auf dem Sofa zusammen und ging hinter einer karierten Decke in Deckung.

«Warum sagst du so was? Dass sie nicht auf der Straße steht, heißt doch wohl nur, dass sie eine Tour hat.»

«Ja, sicher.»

«Ist etwas Besonderes passiert?»

«Ja. Irgendein Blödmann hat Peter Feld umgebracht.»

Ich weiß nicht, warum ich ihr das erzählte.

«O verdammt!»

«Hast du was zu trinken?», fragte ich. Etwas anderes als Tee, meine ich.»

Sie starrte steif vor sich hin, als sie aufstand und in die Küche ging. Gleich darauf kam sie mit einer Flasche Mariacron und zwei Gläsern zurück.

Wir tranken und starrten stumm die Vorgänge auf dem Bildschirm an. Silvia stellte nicht eine einzige verdammte Frage. Ich liebte sie.

Nach etwas über einer halben Stunde wurde ich langsam beschwipst.

Und dann hörten wir, wie ein Schlüssel in die Wohnungstür gesteckt wurde. Und gleich darauf das charakteristische Scheppern, das Maria Dammerts Eintreffen ankündigte.

Auch sie war beschwipst, hatte aber ihre Krücken voll unter Kontrolle.

«Vic . . .» Sie blieb mitten im Zimmer stehen. «Ist etwas passiert?»

«Ja», sagte ich zum zweiten Mal. «Setz dich.»

Ich ging in die Küche und öffnete den Schrank über dem Spülbecken. Ich hatte Recht gehabt. Es gab sechs von allem. Ich nahm Schnapsglas Nr. 3 aus dem Schrank und ging damit zurück zu Maria. Zeigte auf die Flasche. «Du wirst ein paar davon brauchen.»

Ihre Hände zitterten, als sie sich einschenkte. Sie blickte ängstlich von mir zu Silvia.

«Er ist tot, Maria», sagte ich. «Tut mir Leid.»

Sie fing an zu weinen. Sie weinte so heftig, dass ihre Prothesen klapperten. Silvia wollte sie in den Arm nehmen, aber Maria schob sie weg.

Nach zehn Minuten war sie leer.

Als sie mich wieder ansah, hatte ich den Eindruck, dass der letzte Rest von Leben ihre braunen Augen verlassen hatte. Ich glaubte nicht an das Gefühl, das Gies früher am Tag im Herzen gespürt hatte.

«Erzähl mir . . . erzähl mir davon», sagte sie. Erst jetzt rührte sie den Schnaps an, sie goss ihn einfach herunter und schüttelte den Kopf, während frische Tränen über ihr Gesicht kullerten.

«Das ist alles nicht so leicht», sagte ich. «Ich habe nämlich gestern einen neuen Klienten bekommen. Für denselben Fall. Aber ich habe Peter gefunden und Peter ist tot, das musst du mir glauben. Er ist auf üble und brutale Weise umgebracht worden und was ich euch jetzt erzähle, ist eigentlich gefährlich zu wissen. Irgendein Irrer ist hier in St. Georg unterwegs und er weiß aller Wahrscheinlichkeit nach auch, dass der Mord entdeckt worden ist. Deshalb darf darüber auf keinen Fall geredet werden, bis ich weitergekommen bin.»

«Der neue Klient!», sagte Maria.

«Er will, dass ich den Mörder finde. Aber aus verschiedenen Gründen darf die Polizei vorerst nicht mit hineingezogen werden.»

«Warum will er das wissen? Wer ist er?»

«Das kann ich dir nicht sagen», antwortete ich. «Er bezahlt sehr viel und er bezahlt unter anderem für Diskretion. Aber ich gehe davon aus, dass es auch in deinem Interesse ist, wenn der Mörder gefasst wird?»

«Ich weiß nicht. Wenn du die Wahrheit sagst.»

«Es ist die Wahrheit, Maria. Ich habe die Leiche gesehen.»

«Wo?»

Ich schüttelte den Kopf. «Draußen im Freihafen. Mehr kann ich dir im Moment noch nicht sagen. Niemand kann Peter zurückholen, aber mit etwas Glück finde ich den Mörder. Es ist gefährlich in der Sache herumzuwühlen, die ganze Kiste stinkt nach H, nach viel H. Das hättest du mir eigentlich von Anfang an klarer sagen können, Maria.»

«Ich hab es ja nur geahnt», sagte sie traurig. «Peter war wie ein Buch mit sieben Siegeln, wenn es um seine Geschäfte ging. Nicht einmal mir hat er . . .»

«Übrigens hattest du Recht. Er hat hier in St. Georg gewohnt. Jedenfalls eine Zeit lang. Im Hotel Marlene, gleich um die Ecke.»

Maria sah Silvia an. «Weißt du, wo das ist?»

Silvia nickte. «Ich bin ein paar Mal zu oft da gewesen.»

«Aber Feld ist dir da nie begegnet?», fragte ich.

Sie schüttelte den Kopf. «Ist so lange her. Und ich habe die Gäste nicht nach ihrem Namen gefragt.»

«Sagt dir der Name Bauer etwas? Der gehört nicht zu den Gästen.»

«Ja, an den erinnere ich mich. Eine Art Ober-Piccolo, nicht wahr?»

«Bauer?» Marias Wangen waren hektisch rot angelaufen.

«Kennst du den?», fragte ich.

Sie runzelte die Stirn. «Bin nicht sicher. Kann sein, dass Peter ihn erwähnt hat. Glaubst du, er hat was mit . . . mit Peter zu tun? Mit dem Mord?»

«Ich bin ziemlich sicher, dass er bei diesem Drama irgendeine Rolle gespielt hat. Aber ich weiß nicht welche. Wenn ihr etwas über ihn wisst, dann spuckt bitte aus, es kann ungeheuer wichtig sein.»

«Er macht's gern ohne Gummi», sagte Silvia gleichgültig. «Aber das kann wohl kaum zur Aufklärung beitragen.»

«Maria? Denk nach!»

«Der Name kommt mir bekannt vor, das ist alles. Vielleicht hatte ich ihn schon mal als Freier.»

«Du linkst mich jetzt nicht?», fragte ich. «Wie damals, als ich dich nach Gies gefragt habe?»

Sie fing wieder an zu weinen.

«Warum kommst du mir ausgerechnet jetzt mit diesem Dödel?»

«Weil er auch in diesen Irrsinn verwickelt ist. Auf seine etwas unbeholfene Weise.»

«Er ist verrückt!», sagte sie wütend. «Seine Rotznase hängt mir am Hintern, solang ich mich erinnern kann. Als er in Frankfurt aufgetaucht ist, wär ich fast in Ohnmacht gefallen. Niemand hatte doch gedacht, dass er außerhalb von Meldorf überhaupt überleben könnte.»

«Erzähl ein bisschen mehr davon», bat ich.

«Wovon?»

«Du und Hans Magnus Gies, ihr seid Kinder in Meldorf. Wie sieht das Bild aus?»

«Bauernromantische Idylle», antwortete sie sarkastisch. Aber ihr Blick war nicht so hart wie ihr Tonfall. Sie sah jetzt in sich hinein, vielleicht hatte die Nachricht von Peters Tod den Eisklumpen in ihr zum Schmelzen gebracht. Sie wirkte so klein und jämmerlich, als sie da an ihren Zigaretten herumfummelte, und wieder sah ich, wie schön sie war. Man konnte durchaus normal in der Birne sein und ihr trotzdem nach Frankfurt folgen, ich war sicher, dass es Männer gab, die ihr noch viel weiter folgen würden.

«Meine Eltern hatten da oben einen Hof. Außerhalb der Stadt. Da bin ich aufgewachsen. Hans Magnus wohnte einen Steinwurf entfernt. Wir haben als Kinder zusammen gespielt und in den ersten Jahren sind wir zusammen zur Schule gegangen, . . . bis er hängen geblieben ist. Das war im fünften oder sechsten Schuljahr.»

«Hängen geblieben?»

«Ja, kleben geblieben. Sein armer Kopf konnte wohl nicht mehr in sich aufnehmen.»

«Aber irgendwie ist er ja doch zurechtgekommen», wandte ich ein.

«Ja sicher. Ich habe es nicht so wortwörtlich gemeint, als ich gesagt habe, dass er verrückt ist. Ein bisschen simpel ausgerüstet im Oberstübchen eben. Aber er war und ist ein guter Arbeiter. War da oben nach der Schule zwei Jahre lang bei einem Klempner angestellt. Dann ging die Firma konkurs und er hat auf dem Hof meines Vaters angefangen. Das war ja praktisch. Jedenfalls für meinen Vater und für Hans Magnus.»

«Ist er dir auf die Nerven gegangen?»

«Nein, das zu behaupten wäre ungerecht. Aber er war irgendwie sehr vorhanden, wenn du verstehst. Und als ich größer wurde, hat es ja auch nicht an Angeboten von den Jungen aus der Umgebung gefehlt. Und dann suchst du dir keinen rotzigen Halbidioten, auch wenn er lieb ist und wunderbar Mist schaufeln kann.» Sie zögerte. «Hans Magnus stand immer mit seinem blöden Lächeln da. Verdammt, von Falk, ich habe auch Gefühle im Leib. Ich weiß, dass er ein lieber Junge ist, aber es kam einfach nicht in Frage etwas mit Hans Magnus anzufangen. Nicht einmal danach . . .» Sie blickte kurz an sich herunter.

«Wie ist das passiert?», fragte ich.

«Wir waren 15. Es war Sonntag und meine Eltern waren in der Kirche. Ich habe Hans Magnus vollgelabert, ich wollte, dass er mir Traktor fahren beibringt. Nicht, weil mich der Traktor interessierte, aber ich wusste, ich würde leichter Auto fahren lernen, wenn ich mit dem

Traktor umgehen könnte. Und ich war verrückt nach Autos. Mein Vater weigerte sich, er meinte, ich müsste warten, bis ich älter wäre. Hans Magnus hatte schreckliche Angst davor, etwas zu unternehmen, was mein Vater ausdrücklich verboten hatte, aber natürlich hat er nachgegeben.»

Natürlich, dachte ich.

«Nach ein paar Runden auf dem Hof hatte ich das meiste kapiert und dachte, ich könnte jetzt allein fahren. Es war toll, ich fand es wunderbar. Ich wollte, ich musste einfach auf die Felder, du weißt sicher, wie die Landschaft da oben aussieht. Wir hatten ja kein Tempo, aber ich wollte alles aus dem Motor herausholen. Ich war ... ich glaube, ich war total berauscht. Das Gefühl, diese ganzen Kräfte zu beherrschen, das Motorendröhnen, der Geruch von Diesel und Abgasen ... aber an dem Weideland, das mein Vater damals hatte, floss ein Bach vorbei und wir mussten über die Brücke. Und da ist es passiert, frag mich nicht wie, ich weiß es wirklich nicht. Jedenfalls sind wir umgekippt. Es war nur ein Fall von etwas über einem Meter, aber ich kam unter dem Traktor zu liegen. Es war im Winter, im Bach war wenig Wasser, sonst wäre ich ertrunken.» Sie sah mich mit einem seltsamen Blick an. «Ich habe oft irgendeinen da oben gefragt, warum er mir den Unfall nicht im Frühling gönnen konnte.»

«Und Gies?»

«Ist mit dem Schock davongekommen. Er hat Leute geholt, als ihm aufging, dass er mich nicht frei bekommen konnte. Er war total in Panik, natürlich. Er hat das alles verdammt schwer genommen, meinte, alles wäre seine Schuld und mein Vater würde ihn umbringen. In Wirklichkeit gab es bei der ganzen Sache nur eine einzige Schuldige und das war ich selber. Wenn Kinder an ihrer eigenen Neugier schuld sind, meine ich. Ich habe mich für Hans

Magnus eingesetzt, das muss man mir jedenfalls zugestehen. Und die Erwachsenen haben mir geglaubt, wenn auch ungern. Niemand hat Hans Magnus auch nur ein Haar gekrümmt und er hat weiter bei meinem Vater gearbeitet, bis er dann plötzlich in Frankfurt aufgetaucht ist.»

«Und deine Eltern, haben die immer noch diesen Hof?»

«Nein. Meine Mutter ist vor vier Jahren gestorben und fast gleichzeitig hat mein Vater den Verstand verloren. Er sitzt in Ochsenzoll in der Geschlossenen. Er stirbt bald. Er konnte den Verlust meiner Mutter nicht überwinden. Und ich bin das einzige Kind. Du kannst dir das ja sicher vorstellen. Ich hab ihn vor etwas über einem Jahr besucht, aber er hat mich nicht erkannt. Das ist vielleicht auch nur gut so.»

«Und Gies? Seine Eltern?»

«Hans Magnus ist bei seinem Onkel aufgewachsen. Sein Vater ist abgehauen und seine Mutter gestorben, als er noch klein war.»

Ich schenkte noch einmal Schnaps ein, obwohl ich das hätte lassen sollen. «Wie gesagt, Maria, tut mir Leid, dass ihn noch vor mir jemand anders gefunden hat. Aber du musst versprechen dichtzuhalten, bis ich das Klarsignal gebe. Du auch, Silvia. Offiziell habt ihr in der letzten Zeit nichts von Peter Feld gesehen – das ist alles. Und offiziell suche ich in deinem Auftrag weiter, Maria. In Ordnung?»

«Nett von dir, das alles hier in meiner Wohnung und in meiner Anwesenheit zu erzählen», sagte Silvia spitz. «Wo es doch lebensgefährlich ist etwas darüber zu wissen, meine ich.»

Sie hatte Recht. Ich hatte mich wie ein zweifelhafter Amateur aufgeführt. Wie einer der vielen Idioten, die diesen Beruf in den Schmutz zogen.

Das sagte ich ihr, dann trank ich aus und ging.

18

Susanne kam kurz nach neun Uhr am nächsten Morgen zum Frühstück. Frisch wie ein Bergwind, vermutlich direkt nach einer poetischen Nacht mit Gregor. Ihre Haare glänzten stärker als in meiner Erinnerung, ihre Augen waren größer und ihr Lächeln breiter. Sie war schön. Ich liebte sie, ich konnte es einfach nicht lassen. Sie war bei *Fritz Fick* gewesen und brachte Schinken, knusprige Brötchen, Milch und frische Tomaten mit. Sie kannte meinen Kühlschrank und sie kannte mich.

«Du hast abgenommen», sagte sie und gab mir einen Kuss. Einen richtigen, einen Kuss, den Liebende einander geben. Sofort fühlte ich mich einsam.

«Immer wenn ich die Kartoffeln aufsetze, kommt irgendwer und verdirbt mir den Appetit», sagte ich und ging Kaffee kochen. «Das ist ungerecht und ungesund.»

Sie zog den Mantel aus und setzte sich an den Küchentisch. Sie sah in den Hinterhof hinunter, wo acht Garnituren apfelsinengelben Bettzeugs ihr im Wind zuwinkten. «Bin ich gemein zu dir, Vic? Nimmst du das mit Gregor so verdammt schwer?»

Ich ließ Wasser in den Kessel laufen. «Du bist nicht gemein zu mir. Das mit Gregor nehme ich schwer, aber es bringt mich nicht um. Was mir den Appetit raubt, ist mein Job.»

«Was machst du denn jetzt gerade? Den üblichen Mist mit kleinen Mädchen und weißem Pulver?»

«Eine Leiche. Ein Toter. Ich versuche herauszufinden, wer ihm eine Axt ins Gesicht gehauen hat.»

«Ach Herrgott! Möchtest du darüber reden?» Sie sah mich mit einem Blick an wie früher meine Mutter, wenn ich weinend aus der Schule kam.

«Erst essen wir», sagte ich. «Ich glaube, es ist besser, wenn wir erst essen.»

Danach erzählte ich ihr das meiste. Das heißt, ich verschwieg, dass ich mit Christian Galikowski Brüderschaft getrunken hatte, das wagte ich nicht. Wenn ich ihr von meinem Freund Christian und all den schönen Tausendern erzählen würde, die er mir gegeben hatte, dann würde Gregor sehr bald sehr viel gratis bekommen und ich würde Susanne kaum mehr zu sehen kriegen. Und dass sie mir hier quicklebendig gegenübersaß, vielleicht mit der vagen Idee, auch in Zukunft ab und zu einmal vorbeizukommen, war zwei und mehr Notlügen wert, fand ich.

Sie schüttelte den Kopf, als ich beschloss jetzt fertig zu sein. «Das ist so viel Mist, dass ich manchmal kotzen könnte. Du musst dir einen anderen Job suchen, Vic, sonst wirst du verrückt.»

«Ich war zwei Jahre arbeitslos», sagte ich. «Das hat mich verrückt gemacht.»

«Nein, es ist nicht leicht. Es ist nicht leicht, zum Teufel. Du, Vic, ich glaub, ich hab eine Idee.»

«Macht nichts», sagte ich und goss ihr Kaffee ein.

«Sei doch nicht so gemein! Ich mein das wirklich, ich hab eine Idee. Du kommst doch mit mein neues Auto testen, nicht wahr, du steigst nicht aus?»

«Natürlich nicht.»

«Aber du kriegst ein schlechtes Gewissen? Wenn du nicht arbeitest. Sag nichts, ich kenne dich.»

Ich sagte nichts.

«Und deshalb fahren wir jetzt ganz einfach nach Meldorf», sagte sie. «Und sehen uns mal an, wie's da oben so aussieht. Meldorf hat doch mit dem Fall zu tun, nicht wahr?»

Ich wollte ihr gerade erzählen, dass ich mich noch nie in ihre Arbeit eingemischt hätte, als ein Bild in mein

Bewusstsein schnitt und mich verstummen ließ. Ein Bild einer Kirche in einer kleinen Stadt, einer in allen Richtungen von grünen Feldern umgebenen Stadt. Eine Postkarte aus Meldorf. Eine Postkarte, die ich hinter dem Tresen im Hotel Marlene gefunden hatte, eine Postkarte an Gerhard Bauer, von irgendeinem Frauenzimmer, wie hieß sie doch noch gleich . . . Ulla?

«Ja», sagte ich. «Okay.» Das schlechte Gewissen, das ich ohnehin schon hatte, reichte mir wirklich.

Auch in Hamburg gibt es bisweilen gutes Wetter. Es kommt nicht häufig vor, aber es passiert. Es war einer dieser Tage. Eine blasse Wintersonne hing über der Stadt und wurde von Glasfassaden und Eisbuckeln, Autofenstern und vernickeltem Stahl reflektiert. Und als wir die Stadt verlassen hatten und sich die Landschaft in allen Richtungen mit bereiften Feldern und kleinen Wäldchen ausdehnte, hing die Sonne immer noch an Ort und Stelle, es war wirklich kaum zu fassen. Ein perfekter Tag für einen Ausflug mit der Frau, die man liebt, eine Frau, die mit sicherer Hand einen neuen Honda lenkt, bei dem noch die kleinste Einzelheit die Sicherheitsanforderungen der Republik befriedigt. Ich lehnte mich mit einer Dose Tuborg und einer Zigarette zurück und fand das Leben lebenswert.

«Geht's dir jetzt besser?», fragte sie. «Oder ist dein Leben immer noch so schwierig?»

«Mein Leben ist nicht so schwierig, Susanne. Die Leben von all diesen anderen Idioten gehen mir auf die Nerven. Ganz zu schweigen von ihren Todesfällen.»

«Weißt du mehr über diesen Fall, als du mir erzählt hast?»

«Ein bisschen. Nur ein bisschen.»

«Das stinkt doch nach Mafia, wenn du mich fragst.»

«Ja.»

Ich dachte, ich sollte vielleicht hinzufügen, dass diese Mafia wohl kaum in Meldorf residierte, nahm mich aber zusammen. Ich brauchte eine Pause und mit Susanne zusammen konnte ich gut nachdenken.

Ich dachte zum Beispiel: Eine Postkarte aus Meldorf an Gerhard Bauer. Einen Glückwunsch zum Geburtstag. Und ich dachte an die Kindheit von Maria Dammert und Hans Magnus Gies – die sich in Meldorf abgespielt hatte. Und daran, dass ich bestimmt 15 Jahre lang nicht mehr da oben gewesen war und im Laufe dieser Jahre Meldorf kaum je einen Gedanken gewidmet hatte. Jetzt tauchte der Name Meldorf auf, wo ich nur ging und stand, wenn ich ein bisschen übertreiben wollte, und ich muss zugeben, dass ich gern übertreibe. Ich glaubte nicht, dass ich auf irgendeiner Spur war, das nun wirklich nicht. Aber Maria und ihr hilfloser Anbeter waren mir im Laufe der letzten Tage und ihrer Ereignisse so dicht auf die Pelle gekrochen, dass ich nichts dagegen hatte, zu sehen, wo sie ihr Leben damals gelebt hatten, als sie noch einigermaßen nett zusammen gewesen waren.

«Worüber lächelst du?»

Offenbar hatte ich gelächelt.

«Weiß nicht. Aber ich hab daran gedacht, dass ich heute Abend aus Bauer den Saft herausquetschen werde.»

«Und das gefällt dir?»

«Nur, wenn sie kleiner sind als ich. Oder dümmer.»

«Du hast noch kein Wort über mein neues Auto gesagt.»

«Ich such schon die ganze Zeit nach den richtigen Worten. Aber ich bin ganz einfach sprachlos, Susanne! Ich geb's auf!»

Sie schlug mit einer Landkarte nach mir.

«Ganz ruhig», sagte ich. «Hier ist's spiegelglatt. Oder hat die Karre auch noch einen Autopiloten?»

«Ich hab dich lieb», sagte sie. «Das ist wahr. Ich weiß, dass du mir nicht glaubst, aber es ist trotzdem wahr.»

Sie wusste, dass ich ihr glaubte, wenn sie es so sagte.

Wir überquerten den Nord-Ostsee-Kanal, den Kaiser Wilhelm, der Geschäftige, vor hundert Jahren hatte bauen lassen, um Nord- und Ostsee durch ein an die hundert Kilometer langes blaues Band zu verbinden. Und als ich die leicht gekräuselte Wasseroberfläche unter uns sah, machte ich mir so meine Gedanken darüber, wie ich zwischen mir und Susanne einen mentalen Kanal graben konnte. Kaiser Wilhelms Problem war die Landzunge Schleswig-Holstein gewesen. Mein Problem hieß Gregor. Kommunikation, hatte Wilhelm gedacht. Zwischenmenschlicher Kontakt. Und so dachte ich eigentlich auch. Und kam nicht an Susanne heran. Sie nicht an mich. Wir spielten miteinander ein Spiel, und zwischen uns stand der Exilrusse Gregor mit seinen unbegreiflichen Gedichten. Ich konnte mit Susanne nicht reden, solange er dastand und uns beide zuvorkommend anlächelte.

«Wir brauchen einen Kanal», sagte ich. «Eine direkte Linie zwischen uns. So kann's doch nicht weitergehen.»

«Ich hab doch gesagt, dass du jederzeit anrufen kannst. Aber das tust du ja nicht!»

Ich nickte. Wenn aus dem Kanal etwas werden sollte, dann würde ich ihn allein anlegen müssen, und ich wusste nicht, ob meine Kräfte dazu ausreichten.

Es steht nicht fest, ob Meldorf die langweiligste Stadt der Welt ist. So viele Städte kämpfen um diesen Titel, und die allermeisten Kleinstädte sind dafür sehr gut qualifiziert. Aber falls irgendwer statistisches Material vorlegen würde, um zu beweisen, dass sich alle Einsamkeit der Welt in

Meldorf konzentriert, dann würde ich ihm glauben. Ehe wir losgefahren waren, hatte ich ein paar Reisehandbücher aus meinem Bücherregal konsultiert und festgestellt, dass in dieser Stadt so gut wie nichts passiert war, abgesehen davon, dass die Menschen sich gepaart und einander ermordet hatten, wie das im Menschenleben nun mal ist. Wenn ein Reiseführer über eine Stadt berichtet, «Lord Byron übernachtete hier», dann weiß man genug.

Na, dachte ich, als ich am Südermarkt aus dem Auto stieg. Hier hast du also geschlafen. Eine ganze Nacht. Aber was in aller Welt hatte dich in diese Stadt getrieben? In Meldorf kann kein Mensch auch nur eine Zeile eines Gedichtes schreiben, das begreif ja sogar ich. Nicht einmal Gregor würde hier ein geflügeltes Wort aus sich herausquetschen können.

Susanne schloss das Auto ab und legte den Arm um mich. «Was machen wir?»

«Gute Frage», antwortete ich. «Ich hab mir gerade den Kopf darüber zerbrochen, was Lord Byron hier gemacht hat. Abgesehen vom Schlafen.»

Susanne interessierte sich nicht für andere Dichter als Gregor.

«Ich hab Lust auf Kaffee.»

«Dann schlage ich vor, wir gehen Kaffee trinken», sagte ich. «Und wie wär's mit einem Stück Kuchen? Würde deinem Hintern gut tun.»

«7 Kilo abgenommen.»

«Die fehlen mir. Gehn wir?»

Wir gingen. Wir brauchten nicht weit zu gehen. Wir fanden gleich in der Nähe eine Konditorei und wir konnten von unserem Tisch am Fenster die Sonnenstrahlen in den Pfützen oder den Meldorfer Dom bewundern, einen sehr schönen Dom. Langweilig? Nein. Was ich gedacht hatte, hatte nur meinen Großstadtsnobismus zum Ausdruck gebracht. Friedlich, das war das richtige Wort. Kein Messerstecher oder halb tote Fixer, so weit das Auge reichte. Nur kleine grauhaarige Damen mit Einkaufskörben und krummrückige Männer mit Prinz-Heinrich-Mützen. Und Kinder. Kinder auf Fahrrädern, Kinder in Wagen, Kinder, die zwischen den Pfützen im Zickzack liefen. Wir bekamen frisch aufgegossenen Kaffee und ich lockte Susanne auf wilde Abwege – zwei große Stück Marzipantorte mit Walnusscreme.

«Es ist ja wie in einer anderen Welt», sagte sie. «Ich finde es schön.»

«Das ist wie mit Marzipantorte und Alkohol», sagte ich. «Man darf nicht übertreiben.»

Sie lachte. «Nein, dann würdest du auch zu selten Arbeit kriegen. Willst du etwas Konstruktives unternehmen, wo du schon einmal hier bist oder willst du einfach bloß ein paar Stunden herumlatschen?»

«Ich hab keine festen Pläne. Aber Peter Felds Mörder finde ich hier bestimmt nicht.»

Einen Moment lang hätte ich mich fast vergessen und verraten, dass Maria nicht mehr meine Auftraggeberin war.

Ich fuhr fort: «Aber trotzdem ist mir etwas aufgefallen . . .»

Ich erzählte ihr von der Postkarte aus Meldorf, die ich hinter dem Tresen im *Marlene* gefunden hatte. «Meldorf hoch drei. In kurzer Zeit. Das ist komisch.»

«Wer hatte Bauer diese Karte geschrieben?»

«Irgendeine Ulla.»

«Sie muss ihn jedenfalls gut kennen», meinte Susanne. «Von Außenstehenden kriegt man doch keine Geburtstagskarten.»

«Die kriegt man nicht mal unbedingt von den Allernächsten», sagte ich. Dankbar für eine Gelegenheit, ihr einen Tritt in den Hintern zu geben, weil sie schon zum zweiten Mal den 30. August vergessen hatte.

«Wart nur bis nächstes Jahr», sagte sie. «Dann komm ich mit Rosen.»

Ulla in Meldorf. Wie sollte ich Ulla in Meldorf finden? Und sollte ich Ulla in Meldorf finden? Wenn sie Bauer gut kannte und nicht wusste, dass ich sein Feind war, könnte sie mir vielleicht etwas erzählen, was ich heute Abend gegen ihn verwenden könnte. Es fehlte mir zwar nicht gerade an Brennholz für das Feuer, das seinen Hintern wärmen sollte, aber man weiß ja nie, welcher Brennstoff die schlimmsten Blasen macht.

Ein kleiner Mann in schnupftabakbraunem Mantel überquerte den Südermarkt und ging die Treppe zu einem Seiteneingang des Domes hoch. Ich zündete mir eine Zigarette an, und als ich das Feuerzeug wieder hinlegte und aufblickte, war er verschwunden.

«Bleib hier einen Moment sitzen», sagte ich zu Susanne. «Ich will nur schnell 'ne Runde beten.»

Der Dom in Meldorf ist aus rotem Ziegelstein und in gotischem Stil errichtet. Ein gewaltiges Bauwerk hier mitten im Flachland, mit zwei zum Himmel strebenden Türmen. Als guter Katholik wollte ich natürlich zum Haupteingang hinein, aber der Dom zu Meldorf ist nicht für gute Katholiken erbaut, sondern für gute Protestanten – und die finden sich damit ab, dass die Kirchentüren unter der Woche meist abgeschlossen sind. Also ging ich um den Dom herum und fand den Seiteneingang, in den der kleine Mann aller Wahrscheinlichkeit nach vorhin verschwunden war. Hier stand die Tür offen; ich hoffte, der protestantische Gott vergab dem Öffner, und mir auch – denn ich betrat Sein Haus mitten an einem schnöden Dienstagvormittag.

Drinnen konnte ich feststellen, dass Gott in Meldorf

ein schönes Haus hat. Die Decke war reich verziert, Messingleuchter hingen herab, schöner roter Ziegelstein schuf eine fast intime, behagliche Stimmung.

Der kleine glatzköpfige Mann hatte den braunen Mantel ausgezogen und über eine Bankreihe rechts vom Altar gehängt. Ich konnte nicht begreifen warum, hier drinnen war es mindestens genauso kalt wie draußen. Der kleine Mann wechselte gerade die Kerzen in den Leuchtern auf dem Altar aus und ich hatte den Eindruck, dass er mich für einen Mörder hielt. Er fuhr bei meinem Anblick zusammen und sah sich schnell nach rechts und links um, als ob er einen Fluchtweg suchte. Um ihn zu beruhigen, blieb ich stehen und sagte Entschuldigung und meinen Namen. Das machen Mörder nur selten unmittelbar vor ihrer Untat, das musste ihm klar sein. Jedenfalls hörte er auf, seinen blanken Schädel hin und her zu drehen. Ich ging zu ihm hin, griff aber nicht nach seiner Hand, es gab keinen Grund zur Übertreibung.

«Wissen Sie, wo ich den Pastor finden kann?», fragte ich.

«Herrn Meier?» Sein Adamsapfel hüpfte auf und ab und erinnerte mich an einen Gummiball, den ich als Kind gehabt hatte.

«Wenn das sein Name ist. Ich kenne mich hier nicht aus, ich bin auf Durchreise.»

Er sah jetzt einen anderen vor sich, das sagte mir sein Blick. Jetzt war ich der unbekannte Geschäftsmann, der unterwegs zwischen Hamburg und Husum von seelischen Qualen überfallen worden war.

Er lächelte. Es war ein freundliches Lächeln, aber er hatte schon sehr lange keinen Zahnarzt mehr damit bedacht. «Ja, ich warte selber auf ihn. Ich dachte eben schon, er kommt. Deshalb ... ja, Sie müssen entschuldigen, ich bin wohl ein bisschen schreckhaft. Setzen Sie sich doch solange, er ist bestimmt gleich hier.»

Ich setzte mich und er wandte sich wieder seinen Kerzen zu. «Ich heiße Heidegger», sagte er, mir halb zugewandt. «Und meinen Beruf können Sie sich wohl denken.»

«Das glaub ich schon», antwortete ich.

«Es ist ein guter Beruf. Herr Meier nennt mich den Hausmeister des Herrn. Haben Sie hier in der Stadt Bekannte? Verwandte vielleicht?»

Ich brauchte die beiden Fragen nicht zu verneinen, denn plötzlich hörte ich Schritte hinter mir und Heidegger rief: «Ach, Herr Meier! Hier ist ein Herr, der mit Ihnen sprechen möchte.»

Herr Pastor Meier war nicht mein Mann. Das wusste ich sofort, als ich mich umdrehte und ihn mit federndem Schritt und einem glücklichen jungenhaften Lächeln um den Mund auf mich zukommen sah. Er hatte halblange Haare und blauschwarzen Bartwuchs und er war jünger als ich, ich konnte wohl kaum etwas mit ihm anfangen.

Er schüttelte meine Hand und sah mich offenen Blicks an. «Was kann ich für Sie tun?»

Ich sagte es lieber gleich: «Jetzt, wo ich sehe, wie jung Sie sind, bezweifle ich, dass Sie überhaupt etwas für mich tun können.»

Er lachte. «Sagen Sie das nicht.»

«Verstehen Sie mich nicht falsch, Herr Meier. Aber ich grabe in der Vergangenheit. Und Sie sind doch bestimmt noch nicht länger als . . .»

«Ich bin seit acht Monaten hier. Aber das Evangelium hat sich in dieser Zeit nicht erwähnenswert verändert.»

Ich erzählte ihm, dass ich Privatdetektiv war. Dass ich an einem Fall arbeitete, bei dem zwei junge Leute, die ursprünglich aus Meldorf stammten, in eine üble Lage geraten waren.

«Ich brauche Auskünfte über die beiden. Und aus verschiedenen Gründen kann ich nicht auf die Eltern rechnen. Ich dachte, dass vielleicht der Pastor ... Ich habe keinen Grund die beiden für eifrige Kirchgänger zu halten, aber aller Wahrscheinlichkeit nach sind sie hier in Meldorf konfirmiert worden.»

Meier nickte. «Das ist sicher so.»

«Schnibben!», rief der Hausmeister des Herrn.

«Genau!», meinte Meier. «Ich schicke Sie zu Pastor Schnibben, Herr von Falk. Den alten Pastor», fügte er hinzu. «Er war länger als ein Menschenleben hier Pastor. Jetzt ist er über 80, aber er ist noch klar wie Kristall. Einen Moment, ich ruf ihn eben an. Er hat einigen Ärger mit dem Rücken, aber wenn es nicht zu schlimm ist, dann empfängt er Sie sicher gern.»

Meier verschwand in der Sakristei, und ich hörte, wie Türen geöffnet und geschlossen wurden.

Der kleine Mann räusperte sich. «Ja, ich habe ja nichts damit zu tun, aber ...»

Warum nicht, dachte ich.

«... aber ich habe mein ganzes Leben hier verbracht.»

«Dann haben Sie sicher von Maria Dammert und ihrem Unfall gehört.»

Er brauchte nicht einmal nachzudenken. «Die kleine Dammert, ja! Das war doch ... das war doch ganz entsetzlich. Ich erinnere mich noch gut. Kannte die Familie nicht persönlich, aber ich weiß gut, wer sie sind. Oder wer sie waren, sollte ich wohl richtiger sagen. Ja, die sind jetzt ja wohl alle weg. Er soll in Ochsenzoll sitzen, habe ich gehört. Die Frau ist vor einigen Jahren gestorben. Aber Maria, die Kleine ...» Er sah mich unsicher an.

«Wohnt in Frankfurt», sagte ich.

«Ja, das was damals passiert ist, war jedenfalls ganz entsetzlich. Beide Beine zerstört, zerschmettert. Schön war sie auch, das weiß ich noch gut. Ist sie in irgendwelche Schwierigkeiten geraten?»

Ich fand, das ginge ihn nichts an und sagte nein.

«Und Gies? Hans Magnus?»

Der Hausmeister des Herrn lächelte. «Hans Magnus, ja, alle hier oben kennen ihn. Er hat es nicht so gut gehabt. Die Eltern sind verschwunden, ehe er trocken hinter den Ohren war und dieser Onkel, bei dem er auf gewachsen ist ... Na ja, es steht mir nicht an zu verurteilen, aber Gottes bravstes Kind war er nicht. Aber bei dem Jungen ist alles in Ordnung, habe ich gehört. Irgendwer hat mir erzählt, dass er irgendwo Arbeit gefunden hat. Als er hier aufwuchs, hätten viele nicht damit gerechnet, das kann ich Ihnen sagen, Herr von Falk.»

Meier kam zurück. «Alles in Ordnung, Herr von Falk. Ich soll Sie schön grüßen und sagen, dass Sie willkommen sind.» Mit einem kleinen Lächeln fügte er hinzu: «Ich hoffe wirklich, Sie haben Hunger und Durst, sonst werden Sie bald ziemliche Probleme bekommen.»

Heidegger meinte: «Da haben Sie ja Glück. Herr Schnibben kennt Dammert und Gies bestimmt.»

Ja, dachte ich. Damit hatte ich im Grunde gerechnet. Aber hat er von Gerhard Bauer gehört? Und was ist mit Ulla?

Ich schrieb mir die Adresse auf.

Nach getaner Tat hatte Schnibben sich in ein Ziegelsteinhaus in der Griebelstraße zurückgezogen. Das Haus war von einem Garten umgeben, der sehr gut gepflegt war, das konnten wir sogar jetzt, mitten im Winter, sehen. Rechts neben dem schmiedeeisernen Tor lag ein Goldfischteich mit einer flachen Kante aus rotem Stein, eine dünne Eisdecke verbarg die roten Fische, die jetzt unten auf dem Grund lagen und über Fragen philosophierten, die zu dieser Jahreszeit nur sie interessierten.

Wir wurden erwartet. Wir brauchten nicht einmal zu schellen, die Tür ging von selber auf. Eine winzigkleine weißhaarige Frau sah aus großen Augen zu uns auf. «Herr von Falk? Anna Schnibben, freut mich sehr.»

Ich grüßte und stellte ihr Susanne vor, die ich der Einfachheit halber als «meine Verlobte» ausgab, möglicherweise inspiriert von Maria Dammert. Meine Verlobte kniff mich in den Hintern, als wir der Alten durch eine finstere Diele ins Wohnzimmer folgten.

Otto Schnibben war ein großer Mann. Weißhaarig wie seine Gattin und mit humorvollem Funkeln in den Augen. Er saß nah am Fenster in einem Sessel und wir ruinierten ihm eine Patience, die fast schon aufgegangen war. Vor ihm auf dem Tisch befanden sich neben den Karten noch ein steinerner Bierkrug und sein gut gefülltes Pfeiffengestell. Zwischen seinen Lippen baumelte die größte Meerschaumpfeife, die ich je gesehen hatte, dunkelbraun nach vielen aktiven Jahren, eine Wolke von süßem Tabak hing im Zimmer.

«Setzen Sie sich!» Er reichte mir eine Riesenpranke und ich wiederholte meine Behauptung von der zwischen mir und Susanne eingegangenen Verlobung. Er lächelte sie an. «Das Alter hat mich unhöflich gemacht. Es ist eine Schande, das zuzugeben, aber ich stehe nur noch auf, wenn die Natur mich dazu zwingt.»

«Um Himmels willen», sagte Susanne. «Ich bin auch nicht mit galanten Herren verwöhnt.»

Sie lachten sich an.

«Ich setze mal Kaffee auf», sagt Frau Schnibben. «Und dann haben Sie sicher Hunger!»

«Nein, nein, gar nicht, machen Sie sich unseretwegen

keine Mühe», riefen Susanne und ich höflich im Chor. Umsonst natürlich. Sie war schon in der Küche verschwunden.

«Bring für Herrn von Falk ein Bier mit», rief Schnibben hinter ihr her. «Und kein schlaffes Holsten, nimm ein bayerisches.»

Er sah mich mit offenem Blick an. «Ich erkenne einen Mann mit Sinn für gutes Bier, wenn ich ihn sehe.»

«Leugnen hat wohl keinen Sinn», sagte ich und strich mit einer Hand über den Bauch, den ich schon unzählige Male hatte wegtrainieren wollen.

Nach einigen einleitenden Phrasen kam ich zur Sache und gleichzeitig bekam ich mein Bier.

«Maria Dammert», sagte ich mit Schaum auf der Oberlippe. «Und Hans Magnus Gies.»

Er schwieg eine Weile und nickte mit seinem großen runden Kopf, während er immer wieder neue Rauchwolken ausstieß. Dann sagte er: «Maria Dammert kenne ich nicht so gut. Aber ihre Mutter, Anke, habe ich sehr gut gekannt. Sie war aktiv in der Kirche und der Gemeinde. Und ich hatte viele lange Gespräche mit ihr, nachdem ihre Tochter diesen entsetzlichen Unfall erlitten hatte. Sie war ... ja, Sie können sich wohl vorstellen, in was für einer Verfassung eine Mutter in einem solchen Fall ist.»

«Und der Vater?», fragte ich.

Schnibben schüttelte den Kopf. «Er wollte nichts mit mir und dem, wofür ich stehe, zu tun haben. Ich bin ihm begegnet, aber ich kenne ihn eigentlich nicht. Und jetzt höre ich, dass es ihm nicht so gut geht. Das tut mir Leid. Er war ein starker und solider Bauer, durchaus nicht der Typ, der seelische Probleme bekommt, aber das ist ihm nun doch passiert, habe ich gehört. Maria habe ich kurz vor dem Unfall konfirmiert. Hans Magnus auch. Sie war ein munteres und offenes Kind, aber für das, was ich ihr zu erzählen hatte, hatte sie kein allzu großes Interesse. Und danach ... ich glaube, sie wurde sehr bitter. Hart. Ihre Mutter hat mir das erzählt. Und das ist im Grunde ja auch nur natürlich. In so jungem Alter schon die Gesundheit einzubüßen, ist ein Kreuz, das für viele einfach zu schwer ist.»

Er versank in seinen Gedanken und ich machte keinen Versuch sein Tempo zu erhöhen.

Dann warf er mir einen schrägen Blick zu, strich ein Streichholz an und zündete sich die Pfeife wieder an. «Haben Sie Schweigepflicht, Herr von Falk, oder wollen Sie mir erzählen, worum es geht?»

Ich sagte, dass ich Schweigepflicht hätte, wann mir das passte, und dass ich ihm gegenüber den Schleier gerne lichten wollte. Erzählte, dass Maria mich angestellt hatte, um ihren Verlobten zu finden, verschwieg jedoch, dass ich ihn tot im Hinterhof vom *Marlene* gefunden hatte. Ich erzählte natürlich auch nichts von Galikowski. Als ich Marias Gewerbe erwähnte, legte sich ein Schatten über sein Gesicht, aber er gab keinen Kommentar dazu ab.

Er seufzte. «Und Hans Magnus, der arme Wicht, steht also einfach nur da und sieht sich alles an. Wie er es immer getan hat.»

«Viel mehr kann er wohl auch nicht tun.»

«Ein seltsamer Junge, dieser Hans Magnus. Er galt ja als Idiot, aber ich weiß wirklich nicht, ob das richtig ist. Ein großes Licht war er natürlich nicht, das muss doch nicht heißen, dass er eine Schraube locker hat. Er ist langsam und nicht sehr geistesgegenwärtig, aber der Junge ist nicht dumm. Ein Sonderling, sicher, aber das sind wir doch alle auf unsere Weise. Ja, das meine ich jedenfalls und nach über 50 Jahren als Seelsorger kann ich das mit einer gewissen Autorität behaupten.» Er trank einen Schluck Bier. «Aber dass es mit den beiden dazu kommen sollte ... Hans Magnus hat mir oft im Garten geholfen. Manchmal ist er auch in die Kirche gekommen. Gott hat ihm zwar keine Macht über Wörter und Zahlen gegeben, aber mit seinen Händen kann er wahre Wunderwerke verrichten. Ja, ich meine das natürlich nicht wortwörtlich», fügte er mit verräuchertem Lachen hinzu. «Aber er hatte eine schwere Kindheit. Und das mit Maria hat ihm arg zu schaffen gemacht.»

«Er ist bei seinem Onkel aufgewachsen?»

«Ja, das stimmt. Onkel Gerhard war auf seine Weise ja nett zu ihm, aber ich würde ihn niemals als Vorbild für einen kleinen Jungen bezeichnen.»

Frau Schnibben brachte Kaffee und etwas zu essen. Eine riesige Schüssel mit gewaltigen Broten. Schinken und Käse und Gewürzgurken, ein Glas Silberzwiebeln und einen Krug starken belgischen Senf.

«Onkel Gerhard?», fragte Susanne interessiert und entfernte den Fettrand einer Schinkenscheibe.

«Er ist im Gefängnis gelandet», sagte Frau Schnibben.

«In dem Mann steckte nicht viel Böses», meinte Otto Schnibben mild. «Aber er liebte das Geld zu sehr. Das Geld anderer. Ach ja.» Er nahm die Kaffeetasse, die seine Frau ihm über den Tisch reichte. «Er hat in seiner Firma Geld unterschlagen. Zum Glück war der Junge da schon groß genug, um allein zurechtzukommen. Das war 1984, wenn ich mich richtig erinnere. Er hat ein Jahr oder etwas mehr bekommen. Und seitdem ...»

«Er ist seitdem nie wieder hier gewesen», sagte Frau Schnibben. «Hat das Haus verkauft. Ich weiß nicht, was aus ihm geworden ist.»

«Gerhard?», fragte Susanne noch einmal.

Otto Schnibben nickte. «Gerhard Bauer heißt er. Er dachte wohl, dass er hier in Meldorf keine Zukunft mehr hätte, nachdem er seine Strafe abgesessen hatte.»

Das Brot mit Edamer Käse fiel mir aus der Hand. «Gerhard Bauer?» Das muss ich gebrüllt haben, denn die Alten sahen mich bestürzt an. Verwirrt fischte ich Brot und Käse aus meinem Schoß. «Tut mir Leid. Aber das war eine Neuigkeit, mit der ich wirklich nicht gerechnet hatte. Bauer spukt nämlich am Rand dieses Falles herum.»

Nein. Das tat er nicht. Auch wenn ich im Moment kein klares Muster sehen konnte, so war mir doch klar, dass Gerhard Bauer als Onkel von Hans Magnus Gies ein völlig neues Bild schuf. Vor allem, wenn ich in Betracht zog, dass Maria Dammert gestern mit keinem Wort erwähnt hatte, dass sie ihn kannte. Warum nicht? War die Frau ganz einfach eine Lustlügnerin, oder hatte sie konkrete Gründe mir das zu verheimlichen? Und wenn ja – welche? Dass Gies Bauer nicht erwähnt hatte, war natürlich genug. Ich hatte ihn ja ihm gegenüber auch nicht erwähnt. Aber bedeutete diese Verwandtschaft, dass Hans Magnus Gies' Hamburger Adresse das Hotel Marlene war? Nein. Kaum. Falls mir nicht auch Ewald Kerl die Hucke vollschwindelte.

«Erzählen Sie mir mehr über Bauer», bat ich das alte Ehepaar.

«Er kommt hier aus Meldorf», sagte Schnibben. «Und er hat sich um Hans Magnus gekümmert, als dessen Mutter gestorben war. Damals war er verheiratet, aber die Ehe ging einige Jahre später in die Brüche. Er hat starke Getränke immer ein bisschen zu gern gemocht, aber ich glaube nicht, dass das ein besonders großes Problem war. Er hatte jedenfalls seine Arbeit als Buchhalter, bis die Unterschlagung ans Licht kam. Hans Magnus konnte nur Gutes über ihn sagen und ich bin ganz sicher, dass er es mir erzählt hätte, wenn zwischen den beiden etwas nicht gestimmt hätte.»

«Jetzt lebt er in Hamburg», berichtete ich. «Als Portier

in einem zweifelhaften Hotel. Wie war er mit Hans Magnus' Eltern verwandt? Sie sagen, Bauer sei der Onkel des Jungen?»

«Bruder der Mutter. In der Bauernfamilie gab es vier Mädchen und einen Jungen. Der Vater, Johannes, war bei der Gemeindeverwaltung angestellt. Mein Vater hat den alten Bauer sehr gut gekannt.»

«Ich fühle mich, gelinde gesagt, verwirrt», sagte ich und trank einen Schluck Kaffee. «Maria muss doch gewusst haben, dass Gerhard Bauer Gies' Onkel ist. Aber mir gegenüber macht sie ein Pokergesicht, wenn ich ihr erzähle, dass Bauer Portier in dem Hotel ist, in dem Feld zuletzt gesehen wurde. Ja, Peter Feld, so heißt ihr Verlobter.»

Als ich die beiden Alten ansah, ging mir plötzlich auf, dass die Überraschung dieses Tages noch bevorstand. Beide sahen mich mit Blicken an, die ich nicht deuten konnte.

«Was haben Sie da gesagt?», flüsterte Frau Schnibben. «Sie ist mit Peter Feld verlobt?»

«Himmel», platzte es aus mir heraus, «nun sagen Sie mir bloß nicht, dass der auch in Meldorf aufgewachsen ist!»

Sie sagten nichts. Sie dachten nach. Otto Schnibben fischte Asche aus der Meerschaumpfeife und stopfte sie langsam mit frischem Tabak aus einem verschlissenen Lederbeutel. Bei diesem Ritual darf man Pfeifenraucher nicht stören und so übte ich mich in Geduld.

Er räusperte sich und drückte den Tabak im Pfeifenkopf mit einem stumpfen Zeigefinger an die richtige Stelle. «Peter Feld ist also auch mit im Spiel. Nein, er ist nicht aus Meldorf, Herr von Falk. Soviel ich mich erinnere, ist er in Frankfurt geboren und aufgewachsen. Ich habe ihn viele Jahre lang nicht mehr gesehen, aber als Junge war er oft hier oben.»

Ich schluckte.

«Erzählen Sie weiter!», bat Susanne eifrig. «Das stellt ja alles auf den Kopf.»

Otto Schnibben sagte: «Peter Feld ist der Vetter von Hans Magnus. Der Sohn von Erna, einer von Gerhard Bauers anderen Schwestern. Er war immer in den Sommerferien hier oben. Ich wüsste das wahrscheinlich nicht mehr, wenn er bei diesem unglückseligen Ereignis nicht so eine wichtige Rolle gespielt hätte.»

«Bei welchem Ereignis? Hatte er etwas mit Maria Dammerts Unfall zu tun? War er auch dabei?

«Er auch?» Schnibben blickte mich verständnislos an.

«Maria hat erzählt, dass Gies ihr Traktor fahren beibringen sollte», sagte ich ungeduldig.

«Das kann gut sein. Aber es ist eine Tatsache, dass Peter an dem Tag, an dem das Unglück passiert ist, hinter dem Steuer saß.»

Ich sprang auf. Mir war schwindlig. «Susanne», sagte ich. «Wir müssen sofort los. Ich hab das Gefühl, dass die Zeit drängt.

Nur noch eine letzte Frage, Herr Schnibben: Heißt eine von Gerhard Bauers anderen Schwestern vielleicht Ulla?»

«Ulla war die älteste», antwortete Frau Schnibben. «Sie ist vor einem Monat gestorben. Aber lieber Herr von Falk, Sie wollen doch wohl nicht sagen, dass sie auch . . .»

Ich schüttelte den Kopf. «Das Einzige, was sie in diesem Fall unternommen hat, war ihrem Bruder in Hamburg eine Postkarte zu schicken. Und dafür werde ich ihr ewig dankbar sein!»

19

Bei Silvia bekam ich keine Antwort. Ich ließ es 20-mal schellen, dann schmiss ich den Hörer auf die Gabel. Susanne saß bleich auf der «Klientenbank» mir gegenüber.

«Was macht dir denn bloß solche Sorgen, Vic? Nun hab ich dich unterwegs 150-mal gefragt und du bist genauso mitteilungsfreudig wie eine Gipsfigur. Rede mit mir, zum Henker!»

«Ich weiß nicht», antwortete ich gereizt. «Aber diese Leute lügen sich doch gegenseitig geradezu in Grund und Boden. Was für Motive können sie denn haben? Dammert heuert mich an, um Feld zu finden. Kein Wort davon, dass sie ihn schon ihr ganzes Leben kennt! Und Gies! Kein Piep davon, dass Peter sein Vetter ist. Warum? Und dieser verdammte Bauer! Onkel von Feld und von Gies. Warum erzählt Maria mir das nicht? Und mitten in dieser verdammten Familienbande steht die halbe Unterwelt von Hamburg bis ans Knie in der Soße. Haben sie Feld umgebracht, weil er Heroin in einem Laden verkauft hat, der nicht ihm gehörte, oder weil er von seinen Waren genascht hat? Und in welchem Zusammenhang steht sein Geschäft mit Bauer, Gies und Dammert? Denn es gibt einen Zusammenhang, das ist verdammt klar. So viele Lügen müssen einfach einen Grund haben!»

«Oder mehrere verschiedene Gründe.»

«Ja. Wahrscheinlich gibt es mehrere Gründe. Aber kein einziger von diesen Trotteln erzählt mir irgendwas, das der Wahrheit auch nur nahe käme! Was mich am meisten wundert, ist, dass Maria über ihren eigenen Unfall ein Märchen erfindet.»

«Du weißt doch nicht einmal, welche von beiden Versionen die richtige ist.»

«Ich muss zugeben, dass ich einem alten Pastor in Meldorf eher glaube als einer Göre, die sich im Laufe weniger Tage als nahezu manische Lügnerin entpuppt hat!»

«Das kann an ihrer Verliebtheit liegen, Vic! Es ist sogar möglich, dass sie selber glaubt, was sie sagt. Wenn sie schon als kleines Mädchen diesen Knaben im Kopf hatte, dann kann diese Liebe zu ihm doch ernst sein.»

«Ja», sagte ich. «Oder krankhaft. Und weil ich in diesem Fall immer deutlicher einen krankhaften Aspekt ahne, habe ich Angst. Ich habe Angst, dass es noch mehr Leben kosten kann. Ich muss einfach das Messer in den Nebel stechen und hoffen, dass ich etwas Wichtiges treffe. Maria hat einen Schlüssel, ob sie das nun weiß oder nicht. Aber ich kann nicht in alle Ewigkeit hier sitzen und versuchen Silvia anzurufen. Und ich hab auch keine Zeit alle Straßen nach meiner phantastischen Klientin durchzukämmen.»

«Also kommt jetzt Bauer an die Reihe», meinte Susanne. «Oder hab ich mich da verrechnet?»

«Kann gut sein, dass du dich verrechnet hast. Aber ich rechne genauso. Wenn er bei der Arbeit ist, dann knöpf ich ihn mir jetzt sofort vor.»

«Ich komm mit.»

Ich schüttelte den Kopf. «Du bleibst hier. Hier steht Silvias Nummer. Ruf sie in regelmäßigen Abständen an. Wenn du Maria an die Strippe kriegst, dann bitte sie herzukommen, und zwar sofort. Saug dir irgendeine Erklärung aus den Fingern. Sag, ich glaubte, dass sie in Gefahr ist. Zum Teufel, ich hab den Verdacht, dass das sogar stimmt, auch wenn ich das Muster jetzt noch nicht erkennen kann.»

Susanne stand auf. «Ich hab dich noch nie so gesehen, Vic! Du bist ja total durchgedreht.»

«Die meisten Fälle sind ein Kinderspiel. Aber über diesen hier hab ich einfach keine Kontrolle. Jetzt muss ich endlich einen Durchbruch schaffen.»

Ich griff nach meinem Mantel. «Versprich mir, dass du hier bleibst. Vielleicht ruft Maria ja an, und dann sollte sie nicht auf einen Anrufbeantworter treffen.»

«Und Gies?»

«Der soll auch herkommen, falls er anruft. Vielleicht ist er als nächster dran. Durchaus möglich, dass sich noch andere von diesen Irren aus Meldorf mit der Heroinmafia angelegt haben. Peter Feld braucht durchaus nicht der einzige Pfuscher im Spiel gewesen zu sein. Dass die anderen leugnen einander zu kennen, kann bedeuten, dass sie irgendwas gemeinsam laufen haben.»

Das Telefon schellte.

Es war Galikowski. Er wollte wissen, wie die Sache stünde.

«Auf der Kippe, glaube ich. Aber ich habe Besuch, ich kann jetzt nicht so lange reden. In ein paar Minütchen geh ich ins *Marlene* und quetsch Bauer die Pickel aus. Ich hab festgestellt, dass es da einige gibt, von denen er mir nichts erzählt hat.»

«Brauchst du Hilfe?»

«Bleibt bloß weit weg!»

Er legte auf.

«Wer war das?»

«Ich muss jetzt weg. Sind wir uns einig?»

«Ja. Aber ich würde lieber die Polizei anrufen.»

«Susanne», sagte ich. «Wenn du heute Abend die Polizei anrufst, ist das kleine Dreiecksdrama zwischen dir, Gregor und mir ein für alle Mal gelöst!»

Dann ging ich.

Ich hatte Glück. Jedenfalls war ich dieser Meinung, als ich die Rezeption betrat und Bauer hinter dem Tresen sah. Was er dachte, als er mich erblickte, weiß ich nicht so recht, aber wenn ich seine Miene richtig deutete, dann war er nicht begeistert. Er hatte eine Bierflasche in der Hand und eine rauchende Zigarette im Mundwinkel und die Zigarette senkte sich immer tiefer, als ich die Tür hinter mir zumachte und guten Tag wünschte. Auf meiner Tresenseite saß Ewald Kerl und starrte in ein Glas mit scharfer Ware. Er wandte den Blick erst vom Schnaps ab, als ich hinter dem Tresen stand und eine volle Flasche Korn aus dem Regal riss. Die stellte ich vor ihn.

«Die geht aufs Haus, Väterchen. Geh ein bisschen Hans Albers hören!»

Bauer wollte protestieren, aber ich hatte mit einem Tritt rückwärts Glück, er stöhnte und brachte nichts von Bedeutung heraus.

«Bauer und ich haben etwas zu besprechen», fuhr ich fort. «Ohne Zuhörer.»

Ich trat ein wenig zur Seite, für den Fall, dass Bauer der Versuchung erläge mich von hinten niederschlagen zu wollen. Kerl betrachtete uns beide mit wässrigem Blick.

«Mach, was er sagt», sagte Bauer. «Und nimm die Flasche ruhig mit. Von Falk soll ein spendabler Mann sein, er bezahlt bestimmt.»

Kerl nahm die Flasche und schlurfte zur Treppe hinüber. Ehe er die steilen Stufen in Angriff nahm, drehte er sich um. «Ruf, wenn etwas ist, Gerhard.»

«Hier ist alles in Ordnung.»

«Nein», sagte ich. «Hier ist nichts in Ordnung. Und du kannst dich aus der Unordnung auch nicht rausreden.»

«Wir gehen ins Büro», erwiderte Bauer. «Willst du ein Bier?»

«Du bist ja vielleicht nett», sagte ich. «Und dabei wollte ich dein Gesicht am Linoleum zerreiben.»

Er öffnete ein Bier und gab es mir. Wir gingen ins Büro.

«Ich nehme an, dir ist klar, dass ich nicht gekommen

bin, um mir ein Märchen oder zwei anzuhören.» Ich trank einen Schluck. «Onkel Gerhard.»

Er ließ sich auf seinen Bürostuhl sinken. «Gut. Ich verstehe.»

«Das freut mich für dich. Ich verstehe von der ganzen Sache nämlich nicht sehr viel. Aber ich habe einen heiligen Eid geschworen, dass ich hier erst weggehe, wenn ich etwas mehr Durchblick habe. Lass uns mit Hans Magnus Gies und Peter Feld anfangen. Deinen beiden Neffen. Ja, und soviel ich weiß, ist Gies ja sogar so was wie dein Stiefsohn. Stimmt das?»

«Ja, das stimmt.» Er blickte mich verwundert an. «Das ist doch kein Geheimnis?»

Da konnte er durchaus Recht haben. Jedenfalls hatte ich ihm gegenüber Gies nicht erwähnt. Eins zu null für Onkel Gerhard.

«Aber Peter Feld wolltest du lieber ein kleines Geheimnis bleiben lassen?»

Er seufzte und fummelte an der Marlboro-Packung herum. «Ja.» Er steckte sich eine Zigarette in den Mund und gab sich Feuer. «Weil er selber so viele Geheimnisse hat. Ich will nirgendwo hineingezogen werden.»

Ungefähr dasselbe hatte mir vor zwei Tagen Ewald Kerl gesagt.

«Du bist schon drin, Bauer. Kapier das doch endlich!»

Vorsichtig jetzt, dachte ich. Eine Karte nach der anderen ausspielen.

«Er hat hier gewohnt», sagte er glatt. «Ich habe dich belogen. Ich habe ihn gedeckt, weil ich ihn nicht im Gefängnis sehen wollte. Er hat irgendwas vor. Es würde mich auch nicht überraschen, wenn es dabei um Stoff geht. Er handelt jedenfalls nicht mit Autos, wie er behauptet. Die Autos, mit denen er hier auftaucht, sind allesamt Mietwagen.»

Ein tiefer Seufzer entrang sich mir. «Mach hier nicht den Ehrlichen, Bauer! Sei ehrlich! Meine Auftraggeberin war Maria Dammert. Jetzt habe ich einen neuen Auftraggeber. Das hängt damit zusammen, dass ich nicht mehr Peter Feld suche, sondern seinen Mörder. Und mein neuer Auftraggeber hat nichts mit dem Gesetz zu tun, das ist dir ja wohl klar. Der, der Feld umgelegt hat, hat große Unruhe in einer Szene erregt, die überhaupt nicht geil auf Veränderungen ist. Findest du jetzt, dass ich klug bin?»

«Peter Felds Mörder?!»

«Du bist ein unbegabter Schauspieler. Aber ich habe ein gewisses Talent als Privatdetektiv. Mein Instinkt hat mich zum Beispiel auf die Idee gebracht, einen Blick in den Keller hier im Haus zu werfen.»

Ich lockte ihn jetzt langsam auf dünnes Eis. Er schwitzte stark im Gesicht und hatte Angst vor der kalten Tiefe.

«Hast du ihn umgebracht?», fragte ich, ehe er mir noch mehr leeres Gefasel servieren konnte.

Er starrte leer vor sich hin, während er an seinem Feuerzeug herumfummelte. Seine gelben Nägel, die am weißen Plastik herumkratzten, waren das Einzige, was im Zimmer zu hören war.

Ich fuhr fort. «Denn wenn du das warst, dann verspreche ich, dir einen Riesengefallen zu tun. Gratis-Eskorte zur Polizei in der Kirchenallee. Du ahnst ja nicht, wie angenehm diese Lösung im Vergleich zur Alternative sein würde. Denn die Alternative ist dich den Wölfen in St. Georg zum Fraß hinzuwerfen. Du musst dich jetzt entscheiden, Bauer. Ich habe heute Abend sehr viel zu tun.»

«Nein.» Seine Stimme war leise und rau. «Ich war es nicht, von Falk. Aber du hast recht, Peter ist umgebracht worden und noch dazu hier in diesem verdammten Haus.»

«Na gut», sagte ich. «Und du hast ihn in seinem Blut

vorgefunden und ihn still und ruhig im Gartenhaus begraben?»

«Ach, Herrgott!»

«Begreifst du, dass es keinen Weg zurück gibt?»

«Ja. Aber es gibt auch keinen Weg vorwärts. Egal wie ... ach Gott, was sitz ich tief in der Tinte!»

«Daran besteht nicht der geringste Zweifel. Aber wenn du ihn nicht umgebracht hast, dann musst du jetzt anfangen zu kämpfen. Du kommst hier nicht raus, ohne gehörig einen auf die Finger zu kriegen – dazu wissen ich und andere zu viel über dich. Aber ich finde du solltest retten was zu retten ist. Und vergiss eins nicht, Bauer: Ich serviere der Polizei nichts anderes als den Namen des Mörders. Die Identität dieser Person ist alles, was mich interessiert.»

«Ich hab ihn nicht umgebracht, von Falk! Ich hab ihn wirklich nicht umgebracht!»

Ich sagte nicht, dass ich ihm glaubte. Es gab schließlich keinen Grund zum Übertreiben. Aber wenn er mich jetzt anlog, dann hatten sich seine schauspielerischen Leistungen in den letzten Minuten gewaltig gesteigert.

«Erzähl», sagte ich.

Er zündete sich mit zitternden Händen eine Zigarette an. «An dem Abend ...»

«Nein. Fang mit Meldorf an. Du ziehst Hans Magnus groß. Maria wohnt gleich um die Ecke. Peter Feld kommt in den Sommerferien zu Besuch.»

Er zögerte. «Ich weiß nicht, wie detailliert ich das erzählen soll. Das kann doch nichts mit unserer Angelegenheit zu tun haben?»

«Vielleicht nicht. Ich sag Bescheid, wenn du zu sehr abschweifst. Du hast dich um Hans Magnus gekümmert, als er noch klein war?»

«Ja, das stimmt. Ich glaube, er war damals so um die

fünf. Es war keine schwierige Entscheidung. Meine Frau und ich hatten den Jungen gern, wir hatten selber keine Kinder. Und als Klara gestorben war ... ja, es ging im Grunde nur noch darum, die Formalitäten in Ordnung zu bringen.»

«Klara war Hans Magnus' Mutter?»

«Ja. Meine Schwester. Ihr Freund verschwand, nachdem er sich ein bisschen mit ihr amüsiert hatte, ich habe ihn nie kennen gelernt.»

«Und deine eigene Frau?»

Er lächelte freudlos. «Wir haben uns ein paar Jahre später scheiden lassen. Ich mache ihr keine Vorwürfe. Ich habe ziemlich getrunken. Mit mir konnte einfach niemand leben.»

«Aber Hans Magnus ist bei dir geblieben», sagte ich. «Bis deine Unterschlagung euch schied, sozusagen.»

«Was du für eine Arbeit hast», meinte er. «In andrerleuts Dreck herumstochern.»

«Scheiß drauf!»

«Ja, Hans Magnus blieb bei mir. Und als ich diese verdammte Dummheit gemacht habe, war er zum Glück alt genug, um allein zurechtzukommen. Er kümmerte sich um das Haus und alles Praktische, während ich saß. Viele halten ihn für einen Idioten, aber so sehe ich ihn wirklich nicht. Damals war er mir eine gute Stütze.»

«Und während seiner ganzen Jugend hat er Maria Dammert sehnsüchtige Blicke hinterhergeworfen?»

Er schnaubte.

«Sommer in Meldorf», sagte ich. «Peter Feld kommt aus der Metropole Frankfurt in die Kleinstadt.»

«Ja. Er hat mehrere Sommer bei uns verbracht. Das waren schöne Zeiten. Nur wir drei. Hans Magnus, Peter und ich. Wir sind viel angeln gegangen.»

«Ihr wart doch wohl nicht nur zu dritt?», fragte ich.

«Maria Dammert war ja auch dabei. Lief damals schon etwas zwischen ihr und Peter?»

«Sie waren doch noch Kinder. Herrgott, vielleicht haben sie im Heu Doktor gespielt, aber wenn schon. Jedenfalls endete das Ganze mit einer Tragödie, das weißt du ja wohl.»

«Ich würde deine Version aber trotzdem gern hören. Ich habe schon zwei Versionen des Ereignisses gehört und die sind, gelinde gesagt, recht unterschiedlich.»

«Peter war schon als kleines Kind ein Wildfang. Nicht direkt böse, aber wild, das reine Energiebündel. Das mit dem Traktor war seine Idee. Es war an einem Sonntag. Marias Eltern waren nicht auf dem Hof. Ich weiß eigentlich nur, dass Peter und Maria den Traktor gestohlen haben und dass sie schließlich darunter im Bach lagen. Den Rest weißt du, wenn du die Kleine getroffen hast.»

«Peter ist gefahren?»

«Ja. Hans Magnus war auch dabei, aber aus dem war nachher nicht viel herauszuholen. Ich glaube, er hatte einen Schock erlitten.»

«Aber du hattest weiterhin Kontakt zu Peter?»

«Warum in aller Welt hätte ich den abbrechen sollen? Sie waren Kinder, von Falk, und was passiert ist, war ein Unfall!»

«Versteh mich nicht falsch. Ich will wissen, wie nahe ihr euch gestanden seid, du und Peter. Nachdem er größer geworden war, meine ich.»

«Zuerst habe ich ihn jahrelang nicht gesehen», erzählte Bauer finster. «Er konnte ja nicht mehr in den Ferien zu uns nach Meldorf kommen. Aber ich bekam ab und zu einen Brief von ihm. Hab ihm auch selber geschrieben. Wir sind in Kontakt geblieben. Eine Weile. Dann kam meine Scheidung. Und danach ...» Er drückte seine

Zigarette hart aus. «Ich habe ihn erst im Knast wiedergesehen.»

Das interessierte mich. «Aber Maria behauptet, der Junge hätte keine einzige Vorstrafe am Hals gehabt?»

«Er hat mich zweimal dort besucht. Außer Hans Magnus war er der Einzige, der in den beiden Jahren da aufgetaucht ist.»

«Ich verstehe. Aber ich kann einfach nicht glauben, dass Peter Feld die lange Reise von Frankfurt nach Norddeutschland nur gemacht hat, um hallo zu sagen und dir 20 Marlboro und vier Bananen zu verehren.»

Er zündete sich eine neue Zigarette an. «Nein, du hast Recht. Er konnte durch mich Nachrichten in den Knast schicken.»

«Was für Nachrichten?»

«Das kannst du dir doch wohl denken. Er war damals schon in der Rauschgiftbranche. Großer Junge mit viel Geld. Und im Knast saßen noch größere Jungs.»

«So hast du also angefangen dich mit Heroin zu beschäftigen?»

«Weiß nicht, was ich sagen soll. Ich hatte nicht gerade ein rabenschwarzes Gewissen, weil ich anderen Knackis ein paar Nachrichten übermittelt habe.»

«Und nach deiner Entlassung bist du nach Hamburg gegangen?»

«Ich werd dir alles erzählen, was ich weiß, von Falk. Ich weiß nicht, ob ich mich auf dich verlassen kann, aber ich habe keine Wahl. Ich werde langsam alt. Ich kann eine lange Strafe einfach nicht mehr durchhalten. Und das Einzige, was die Polizei jetzt gegen mich vorbringen kann, ist, dass ich Peter da draußen begraben habe. Wer außer dir weiß das noch?»

«Niemand», log ich. «Aber du kommst da trotzdem nicht raus, egal, ob ich dichthalte oder nicht. Und was ist mit dem Dope? Deinen und Felds Geschäften hier im Hotel? Das Pulver hat er doch wohl an dich weitergereicht, nicht wahr?»

«An Dose und mich. Das heißt, ich war bloß der Mittelsmann zwischen Peter und Hans Dose. Nach meiner Entlassung war ich hier in Hamburg ein Jahr lang arbeitslos. Dann hab ich durch einen Glückstreffer den Job hier gekriegt, wirklich reines Schwein. Später habe ich auch eine kleine Wohnung gefunden. Und ich bekam hier im Haus die Verantwortung. Das Leben kam mir langsam wieder lichter vor, ich glaubte, ich wäre jetzt aus dem Loch heraus.»

«Wie man sich doch irren kann», sagte ich. «Wie bist du mit Hans Dose ins Geschäft gekommen?»

«Der kam regelmäßig her. In den ersten Jahren, in denen ich hier gearbeitet habe, war hier einfach mehr los. Und eines Tages tauchte Peter auf. Er brauchte einen diskreten Abnehmer. Ich hatte keine besondere Lust darauf und fragte mich, warum er es nicht an der üblichen Stelle abliefern konnte.»

«Das konnte er natürlich nicht, weil er sein Pulver gerade von diesen Leuten geklaut hatte.»

«Stimmt. Er hat unterwegs einiges abgezweigt.»

«Um wie viel Stoff drehte es sich dabei?»

«Um etwas über 100 Gramm, wenn ich mich richtig erinnere. Beim ersten Mal, meine ich. Danach ... es war mal mehr, mal weniger. Ich würde sagen, der Durchschnitt lag bei 100 Gramm. Und er tauchte alle zwei Monate hier auf, manchmal auch öfter.»

«Und du hast Dose mit ins Vergnügen gezogen?»

«Hab gefragt, ob er Interesse hätte. Das hatte er natürlich. Ich habe nur das Paket angenommen und hier im Büro aufbewahrt, bis Hans auftauchte. Dafür hab ich jedes Mal eine ziemlich dicke Summe erhalten. Es war einfach verlockend weiterzumachen. Ich meine, ich hab diesen Mist ja nicht mal gesehen. Es war so, als ob ich für jemand, der hier wohnt, einen Brief aufbewahrt hätte.»

«Aber die Folgen hast du wohl ab und zu mal zu Gesicht gekriegt, oder was? Wenn die Mädels mit einem steifen Schwanz in der Hand angetorkelt kamen?»

«Sollen wir jetzt Moral und den Sinn des Lebens diskutieren?»

«Nein, das sollen wir nicht. Mir wurde nur plötzlich schlecht, als du angefangen hast wie ein missverstandener Postbote herumzulabern. Wer waren Peter Felds feste Auftraggeber? Die Empfänger hier in Hamburg, meine ich?»

«Das weiß ich nicht.»

«Doch, ich denke schon. Ich erwarte ja nicht, dass du mich an der Hand nimmst und in die Villenviertel führst. Aber ich erwarte doch, dass du mir ein paar kleine Fische liefern kannst! Und das kannst du bestimmt, wenn du es dir richtig überlegst.»

Er schüttelte den Kopf. «Keine Namen. Aber ich kann dir erzählen, was bei Peters letztem Besuch passiert ist. Ich wusste, dass er kommen wollte. Er hatte eine Woche vorher angerufen und mir Bescheid gesagt. Deshalb hatte ich auch Hans Dose informiert, damit er genug Zeit hatte, um Geld zu beschaffen. So machten wir das immer. Aber zwei Tage, ehe Peter kommen sollte ...» Er zögerte. «Ich hatte gerade Dienst und ich kriegte einen anonymen Anruf. Das kommt ab und zu vor, meistens blödes Gefasel von irgendeinem unzufriedenen Freier. Aber diesmal ging es um etwas anderes. Der Mann hat wirklich etwas gesagt. Er hat natürlich seinen Namen nicht genannt und seine Stimme kannte ich nicht. Nachdem er sich vergewissert hatte, dass er wirklich mit mir sprach, hat er mir kurz und bündig mitgeteilt, dass Peters Unternehmungen nicht mehr geduldet werden würden. Er hat auch gesagt, ihm wäre klar, dass Hans und ich in diesem Geschäft mitmischen.» Gerhard Bauer lächelte schwach. «Er hat sogar den Ausdruck ‹illegales Geschäft› verwendet. Er sagte, sie würden jetzt reagieren, es sei höchste Zeit, dass Peter kapierte, wo die Grenzen sind.»

Er schluckte und schwieg einige Sekunden. «Er sagte, es müsste im Hotel passieren.»

«Aber darauf wolltest du dich natürlich nicht einlassen», sagte ich sarkastisch.

«Was sollte ich denn machen? Er hat gedroht Hans und mich umzubringen. Und was Peter betraf, war ja klar, dass seine Schiene aufgeflogen war.»

«Du hättest ihn anrufen und ihm sagen können, er sollte sich bloß nicht hier blicken lassen.»

«Nein, das konnte ich nicht. Er war hier in Hamburg, aber ich wusste nicht wo. Er erledigte den offiziellen Teil anderswo.»

«Und als er kam, hattest du alles vergessen?»

«Du kannst hier leicht den Schnabel aufreißen, von Falk. Für mich stand alles auf dem Spiel. Job, Wohnung.»

«Und auch die Kohle», sagte ich. «Denn der Anrufer hielt doch wohl eine kleine Aufmerksamkeit für angebracht?»

«Nein, das war ganz offenbar nicht der Fall.»

«Na gut. Du hast also deinen Neffen hier im Hotel Marlene herzlich willkommen geheißen, obwohl du wusstest, dass jemand vorbeikommen und ihn mit der Axt klein hacken würde? Nachdem er dir jahrelang leicht verdientes Geld hintenrein geschoben hatte. So ein reizender Onkel ist mir wirklich noch nie untergekommen.»

«Nein, zum Teufel! Von Liquidierung war doch überhaupt keine Rede.»

Jetzt war er stocksauer. Er sprang auf und richtete einen

zitternden Zeigefinger auf mich. «Versuch nicht, mich als Menschen mit unnormalen Gefühlen darzustellen! Ich bin kein Untier! *Ich bin kein Untier!*»

Er zitterte am ganzen Körper.

«Vielleicht fand der Anrufer es hätte keinen Sinn zu erwähnen, dass er seine Axt mitbringen wollte», schlug ich vor. «Das Wichtigste war vielleicht sich hier ein Zimmer zu reservieren. Mit aller Diskretion. Was sagst du zu dieser Theorie?»

Die Theorie gefiel ihm überhaupt nicht. Er ging wie ein wütender Ochse auf mich los. Ich konnte gerade noch halbwegs auf die Beine kommen, da traf seine breite Stirn auch schon meine rechte Schulter. Seine Arme suchten nach meinem Hals, wir stürzten in einem Chaos aus Schimpfwörtern und Gefühlen zu Boden.

Es wurde ein kurzer Kampf. Nicht, weil ich ein guter Raufbold bin, sondern weil Gerhard Bauer so schnell müde wurde. Oder vielleicht erledigte ihn auch seine Verzweiflung. Jedenfalls blieb er unter mir liegen und weinte.

Ich stand auf. Ich ging zum Kühlschrank und holte zwei neue Bier.

«Ich glaube dir», sagte ich und half ihm sich vor das Bier zu setzen, das ich auf seinen Schreibtisch gestellt hatte. «Ich glaube ganz einfach, dass du so blöd bist und angenommen hast, die würden vorbeikommen und ein bisschen mit dem Zeigefinger wedeln. Erzähl mir noch mehr so blödes Zeug über dich.»

Er trank und wischte sich die Tränen ab. «Gott mag wissen, dass die sich nicht damit begnügt haben mit dem Zeigefinger zu wedeln. Aber sie haben ihn nicht umgebracht.»

«Ich bin sicher, dass Gott alles über diesen Fall weiß», sagte ich. «Aber damit will ich mich nicht zufrieden geben. Er hat hier in der Gegend zu wenig Einfluss.»

«Ich hatte versprochen die Hintertür anzulehnen», sagte er mit verheulter Stimme. «Aber das ist wirklich alles was ich zu tun hatte.»

«Eine schöne Handlung voller Symbolik. Weiter.»

«Der Alte aus dem ersten und ich saßen hier und tranken. Ich hatte ihn nach unten geholt, nachdem Peter abends hier eingetroffen war. Ich wusste, dass sie ihn im Blick hatten. Ich wusste, dass bald etwas passieren würde. Also bin ich raufgegangen und hab Kerl etwas vorgeflunkert. Ich wollte ihn unten haben, damit er sich nicht einmischte. Er war außer Peter der einzige Gast im Haus.»

«Wie lange musstet ihr warten?»

«Nicht lange. Eine halbe Stunde. Im zweiten Stock gab es einen Höllenlärm. Kerl hatte natürlich Angst. Wollte rauf und sehen, was los war. Ich konnte ihn beruhigen. Sagte, ich hätte zwei zweifelhafte Typen im ersten untergebracht. Ging davon aus, dass er nicht hören könnte, dass der Krach aus dem zweiten kam. Es dauerte auch nicht sehr lange. Als sich alles wieder beruhigt hatte, ging ich rauf, um Kerl versichern zu können, dass niemand seine Tür aufgebrochen hatte.» Bauer leerte die Flasche. «Und um mich selber zu vergewissern, dass Peter noch am Leben war.»

«Und das war er?», fragte ich ungläubig.

«Ja. Sie hatten ihn ohnmächtig geschlagen und ziemlich übel rangenommen, aber der Junge lebte noch. Daran bestand kein Zweifel.»

«Er kann doch später noch gestorben sein. An seinen Verletzungen.»

«Es stimmt, dass er später an diesem Abend gestorben ist. Aber nicht an den Verletzungen, die er erlitten hatte, als ich das erste Mal nach ihm gesehen habe. Er hatte ziemlich viele Schrammen und Wunden. Aber er hatte nicht viel Ähnlichkeit mit dem Mann, den ich vorfand, als ich später, als Kerl nach all dem Schnaps eingeschlafen war, noch einmal nach ihm sah.»

«Wann war das?»

«Irgendwann zwischen zwölf und halb eins. Ich kam mir vor wie eine Ratte. Wollte sehen, ob Peter zu sich gekommen war und ob ich irgendwas für ihn tun konnte.»

«Und, ging das nicht? Wollte er nicht mal ein Glas Wasser haben?»

«Irgendwer hatte ... Herrgott! Irgendwer hatte ...»

«Ihn liquidiert», sagte ich. «Du brauchst nicht ins Detail zu gehen, ich habe ihn gesehen.»

«Nach einer Stunde habe ich dann endlich Hans Dose erreicht», fuhr Bauer fort. «Ich glaube, Hans hat eine gewisse Ahnung, mit wem Peter seine Geschäfte machte, und er wollte versuchen die Leute zu finden, die hier gewesen und Peter zusammengeschlagen hatten. Soviel ich weiß, ist ihm das auch gelungen, aber das hat uns nicht viel weitergebracht. Da hieß es, sie hätten dem Jungen eine Tracht Prügel verpasst und mehr wollten sie mit ihm oder der ganzen Angelegenheit nicht zu tun haben. Hans sagte am nächsten Tag ... Hans sagte, sie hätten ihm voll ins Gesicht gelacht. Sie fanden die Klemme komisch, in der wir jetzt steckten. Hans meinte, das bedeutete wohl, dass ihnen nichts passieren könnte. Sie haben klar gesagt, ich sollte den Dreck einfach verbuddeln. Himmel, das Ganze war völlig unwirklich. Grotesk. Ich hatte nur wenige Stunden, ich konnte ihn doch nicht im Zimmer liegen lassen. Das mit dem Werkzeugschuppen war natürlich nur eine Notlösung. Ich brauchte Zeit zum Nachdenken.»

«Und was hast du gedacht? An den folgenden Tagen?»

«Nicht sehr viel, fürchte ich. Alles war nur ein einziges Chaos. Und ich hatte das Gefühl, dass Hans sich von mir zurückzog. Dass er nichts mehr mit der Sache zu tun haben wollte. Und ich . . . Ich glaube, ich habe im Laufe dieser Tage den Gedanken an den Mord verdrängt. Das hört sich vielleicht komisch an. Aber niemand fragte nach Peter. Das Leben ging weiter. Manchmal dachte ich, das sei alles nur ein böser Traum gewesen.»

«Und dann kam Hans Dose zu Besuch und erzählte, dass er mir auf der Reeperbahn ein Bier ausgegeben hatte.»

Bauer nickte. «Und da war der Alptraum wieder voll in Gang. Und als du auftauchtest . . .»

«Das kann nicht leicht für dich gewesen sein. Ich kann dir sagen, das Leben hat dir in der letzten Zeit ganz schön mitgespielt. Wußtest du nicht, dass Maria auf dem Kiez herumhinkte und nach ihm fragte?»

«Hatte überhaupt keine Ahnung, dass sie hier war.»

«Und Gies?»

«Lässt nichts von sich hören.»

«Die Hintertür, Bauer. Die du auflassen solltest, damit die Gorillas Zutritt hatten. Wann hast du sie wieder abgeschlossen?»

«Gar nicht. Sie haben sie hinter sich ins Schloss gezogen.»

«Wer sind sie?»

«Die, die Peter zusammengeschlagen haben, nehme ich an.»

«Das nimmst du also an. Hast du vor dich vor Gericht so auszudrücken? Wann hast du die Tür überprüft?»

Er überlegte. «Als ich auf den Anruf von Hans wartete. Das muss gegen zwei, halb drei in der Nacht gewesen sein. Hans war bei seinem Bruder. Besoffen.»

«Du bist ein schlampiger Hausmeister. Die Tür kann also stundenlang offen gestanden haben, nachdem Feld zum ersten Mal durch die Mangel gedreht worden war.»

«Ja», sagte er leise. «Aber wer?»

«Ja, gute Frage. Du hast lange gebraucht, um Hans Dose zu finden, sagst du.»

«Sei nicht lächerlich. Für Hans war Peter eine wichtige Milchkuh.»

«Egal wie viel Milch eine Kuh gibt, früher oder später wird sie geschlachtet», sagte ich.

«An die Theorie glaubst du doch selber nicht. Was willst du als Nächstes unternehmen?»

«Das werd ich dir nicht auf die Nase binden. Aber ich werde mein Versprechen halten. Wenn du ihn nicht umgebracht hast, dann bist du uninteressant für mich. Wann arbeitest du in der nächsten Zeit?»

Er sah auf die Uhr. «Ich habe in einer halben Stunde Feierabend. Morgen hab ich frei. Mittwoch bin ich wieder hier. Mittwoch, Donnerstag und Freitag. Tag und Nacht.»

«Ziemlich lange Schichten.»

«Wie du siehst», sagte er und breitete die Hände aus, «gibt es hier nicht viel zu tun. Es wird zu einer Art zweitem Zuhause. Hier habe ich im Grunde alles, was ich brauche. Ich mach so viel Überstunden wie möglich.»

Wenig zu tun. Sagte der Mann, der Peter Feld während der Arbeitszeit im Schuppen vergraben hatte.

Ich gab ihm meine Telefonnummer für den Fall, dass ihm eine gute Idee käme.

20

Bei *Frau Möller* versuchte ich, meine Gedanken über einem Glas Bier zu sammeln. Nachdem das Glas zweimal gefüllt worden war, gelang mir das auch; ein System in das

Ganze zu bringen, war jedoch schwerer. Ich rief Susanne vom Telefon hinter dem Billardtisch an. Die einzige, die vor mir an diesem Nachmittag dort angerufen hatte, war ein Frauenzimmer aus Wedel, die bei einer kühnen Lüftungsaktion in ihrer Wohnung ihren Papagei verloren hatte. Susanne hatte fleißig Silvia angerufen, aber Silvia war offenbar anderswo fleißig.

Susanne sagte, sie finge langsam an sich zu langweilen und hätte alle meine Comics schon früher gelesen. Ich sagte, sie könnte ruhig nach Hause gehen. Das wollte sie nicht. Sie wollte da sein, wo ich war.

Ich sagte, ich wüsste nicht, wo ich sein wollte. Dann legte ich auf.

Nachdem ich das dritte Bier gekippt hatte, fiel mir nichts Besseres ein, als einen Blick auf das Dschungelleben in der Langen Reihe zu werfen. Keine Maria. Kein Gies. Nur ein Schock von jungen Mädels in rosa Stretchhosen oder Miniröcken.

Zum tausendsten Mal wunderte ich mich, dass sie sich nicht die Muschi abfroren. Aber wahrscheinlich taten sie genau das. Es brauchte nur seine Zeit. In wenigen kurzen Jahren würden die Winternächte Invalidinnen aus ihnen gemacht haben und dann würden die eiskalten Herren den Schlusspunkt setzen und sich für die bezahlte Gesellschaft bedanken. Falls Galikowskis Heroin dem Winter und den Kavalieren nicht zuvorkommen würde.

Nein, ich fand keine Bekannten, keinen Menschen, den ich in dieser Sache um Rat fragen konnte, nur fremde Masken an den Hauswänden oder in hohem Tempo unterwegs durch die Dunkelheit.

Ich hatte den kahlen Marktplatz auf halber Höhe der Straße gerade erreicht, als mich endlich jemand fand.

Bruce Springsteens Halbbruder tauchte mit einem so herzlichen Lächeln aus dem Nichts auf, dass ich in Panik geriet. Ich dachte, dass ganz schön viel Kokain nötig wäre, um einen Heini wie ihn dermaßen zum Strahlen zu bringen.

«Wir müssen mit dir reden», sagte er und nahm meinen Arm. «Jetzt.»

«Fass mich nicht an!», sagte ich.

Er ließ mich los.

«Wer ist wir?»

«Wolfgang und ich. Er sitzt im Auto auf dem Parkplatz oben vor *Max*.»

«Bis dahin sind's 300 Meter. Und überall sind Leute.»

Immer noch lächelte er genauso warm. «Du verstehst das falsch.»

Ich verstand das falsch. Es war wohl kaum der Auftakt zu einer Entführung. Obwohl Hayer nicht gerade wegen seiner geistigen Fähigkeiten berühmt war, ging ich davon aus, dass die beiden mit etwas bösem Willen Besseres leisten könnten.

Wir gingen los. «Worum geht's denn?»

«Wolfgang wäre so enttäuscht, wenn ich unsere Geheimnisse ohne ihn ausplaudern würde.»

«Wenn ihr so unbedingt mit mir reden wollt, dann finde ich es komisch, dass ihr mich nicht im Büro angerufen habt.»

«Wir fanden, das hätte keinen Zweck, wo du doch im *Marlene* saßt und mit dem alten Bauer Bier getrunken hast. Der ist sicher ganz schön ins Schwitzen gekommen?»

«Das wird wahrscheinlich noch anderen so gehen, eh dieser Tag vorbei ist.»

Wir überquerten bei Rot die Straße und fanden Wolfgang Hayer in einem weinroten Camaro genau vor *Max & Consorten.* Durch die Kneipenfenster konnte ich sehen, dass es dort langsam voll wurde, und durch die

Camarofenster konnte ich sehen, dass Hayer allein war und rauchte.

Er kurbelte auf seiner Seite das Fenster hinunter. Blauer Rauch stieg in der kühlen Luft auf, Gespenster lösten sich auf, erhoben sich zum Loch in der Ozonschicht und weiter ins Universum.

«Hallo Vic! Steig ein!»

«Kommt nicht in Frage.»

Er seufzte. Zog den Zündschlüssel heraus und reichte ihn mir. «Setz dich nach hinten.»

Das tat ich. Hesse stieg vorn ein.

«Wer hat dir bloß so viel Scheiße über uns erzählt, Vic?»

«All meine Erfahrungen», antwortete ich.

Hayer lachte und bot Zigaretten an. Da er dieselbe Marke wie ich bevorzugte, nahm ich eine. «Wir lassen uns mal einen Abend zusammen voll laufen, ja? Ich glaube, in deiner Gesellschaft würde ich mich köstlich amüsieren.»

«Lass uns mal sehen, wie amüsant das hier jetzt wird», sagte ich. «Eine Art Probe ohne Alkohol.»

«Fragt sich, ob jetzt der richtige Zeitpunkt ist. – Hast du Bauer ein bisschen auf den Bauch gedrückt?»

«Ja. Er hat die ganze Zeit ‹Mama, Mama› gerufen.» Hesse kicherte. Hayer fragte: «Hat er dir gesagt, wo er Feld begraben hat?»

«Nein. War nicht nötig. Das wusste ich schon.»

Einer von beiden pfiff anerkennend.

Hayer drehte sich um und sah mich interessiert an. «Hatte er ihn in die Tiefkühltruhe gesteckt?»

«Nein, er war noch blöder. Wollen wir den Brei zusammen essen oder wollen wir weiter darum herumschleichen?»

«Wir waren unten im *Marlene* und haben uns Peter vorgeknöpft», sagte Hesse.

«So weit war ich auch schon gekommen. Die große Frage ist nicht, ob ihr den Knaben umgebracht habt oder nicht, sondern ob ihr damit rechnen könnt, dass ein Richter euch glaubt, wenn ihr das abstreitet.»

«Wir haben ihn nicht umgebracht», erklärte Hayer. «Ich hätte ja nichts dagegen gehabt, dieser kleinen Ratte den Hals umzudrehen, aber das hätte doch keinen Zweck gehabt. Peter war ein kleiner Furz, der an den Kilos geknabbert hat. Das hat Geld gekostet, sehr viel Geld. Aber nicht so viel, dass wir uns deswegen eine Leiche an den Hals holen würden. Niemand, den ich kenne jedenfalls.»

«Wenn die Sache rauskommt, wird dich überhaupt keiner mehr kennen», sagte ich. «Außer dem, der hier neben dir sitzt. Und das ist nicht genug.»

«Glaubst du denn, was ich sage?»

«Ich finde, du sagst viel zu wenig.»

«Peter war fällig. Wir mussten Schluss mit seinen Nebengeschäften machen. Die Beziehung zwischen Frankfurt und uns wurde langsam immer schlechter. Wir bezahlten für 55 Prozent und bekamen 45. Also ist Fritz runtergefahren und hat die Pakete vor dem Absenden überprüft. Die da unten wollten natürlich unbedingt ihre sauberen Hände zeigen.»

«Alles war in Ordnung», sagte Hesse. «Wie wir uns das vorgestellt hatten.»

«Aber das war es nicht mehr, als Peter in Hamburg ankam», erzählte Hayer. «Der Junge muss geradezu blöd gewesen sein. Zehn Prozent ist zu viel.»

«Viele müssen blöd gewesen sein», meinte ich. «Wo das so lange laufen konnte.»

«Er ist mit den Jahren gieriger geworden, das ist alles. Zu Anfang hat er sich wahrscheinlich mit zwei Prozent begnügt. Und das lässt sich immer erklären.»

«Genug davon. Ihr habt Bauer also angerufen und unter Druck gesetzt.»

«Nicht wir. Ein Bekannter», korrigierte Hesse.

Ich überhörte das. «Und Bauer hat versprochen, die Hintertür offen zu lassen.

«Ja», sagte Hayer. «Und wir sind raufgegangen und haben unseren Job gemacht. Mehr gibt's im Grund nicht dazu zu sagen.

«Das bezweifele ich», meinte ich.

Lange blieb es still. Wir saugten den Rauch ein und glotzten die Nutten an.

Nach einigen Minuten sagte Hayer: «Warum steigst du nicht aus der Sache aus? Wenn du die Leiche gefunden hast, wie du behauptest.»

«Weil ich den Mörder noch nicht gefunden habe.»

«Ein bisschen riskant, oder was? Die Polizei freut sich nur selten, wenn sie bei solchen Fällen außen vorgehalten wird.»

«Jemand bezahlt mich gut für dieses Risiko.»

Hayer drehte sich wieder um. «Das glaub ich nicht. Maria Dammert kann unmöglich das große Geld zusammenficken.»

Ich gab keine Antwort.

«Ich hab einen Vorschlag», fuhr er fort. «Du lieferst der Polizei die Leiche. Du weißt, was einige wissen, nämlich dass Fritz und ich an dem Abend da oben zu Besuch waren. Das erzählst du ihnen. Und wenn die Sache dann hochkommt, dann werfen wir alles Bauer und Hans Dose in den Schoß. Du kriegst zehn Riesen von uns, hier und jetzt. Und du brauchst keine moralischen Skrupel zu haben. Denn wenn sie den Job nicht zusammen durchgezogen haben, dann war es einer alleine. Und das können die Grünen klären.»

Die Situation war nicht direkt lustig, aber ich hätte

trotzdem um ein Haar losgelacht. Fritz Hesse hatte mich gefragt, ob Bauer geschwitzt hatte. Ich hatte geantwortet, dass auch noch andere schwitzen würden, ehe der Fall gelöst wäre. Und jetzt roch es so herb wie in einer alten Turnhalle.

«Verlockendes Angebot», sagte ich. «Aber ich muss leider ablehnen.»

Sie fuhren herum. Sie trauten ihren eigenen Ohren nicht. Sie selber hätten vermutlich ihre eigenen Mütter für eine solche Summe als Freudenmädchen an eine AIDS-Klinik verkauft.

«Tut mir Leid, Jungs, aber es gibt hier im Viertel größere Arschlöcher als euch. Ich kann euch nur damit trösten, dass der Handel, den ihr gerade vorgeschlagen habt, ohne eine müde Mark klappen wird, wenn sich herausstellt, dass ihr Feld wirklich nicht umgelegt habt.»

Ich ließ den Zündschlüssel auf den Boden fallen und stieg aus.

21

In dieser Welt können wir zwischen vielen Wegen wählen. In jeder Lage. Nach meinem Gespräch mit Hayer und Hesse ging ich rasch die Koppel hinab. Ich wählte nicht bewusst. Aber es ist durchaus möglich, dass mich mein Unterbewusstsein in diese enge, finstere Straße führte statt mich vor zwei brutalen Idioten ins Licht treten zu lassen.

Ich ging schnell. Ich hatte Angst, sie könnten mich verfolgen. Trotzdem ließ ich die Panik nicht an mich herankommen. Hier war mein Stadtteil, nicht ihrer. Ich kannte eine Menge Durchgänge zwischen Koppel und Langer

Reihe auf der anderen Seite des Blocks. Schmale Passagen, die nur die Eingeweihten benutzten. Es würde verdammt schwer sein mich hier zu erwischen.

Aber sie kamen nicht. Das einzige Lebewesen, das mich verfolgte, als ich bei Silvia Kraussers Haus ankam, war ein alter Mann mit einem Boxer an der Leine.

Mir fiel ein, dass ich nichts verlieren konnte, wenn ich ein elektrisches Signal nach oben schickte und deshalb tat ich es. Mann und Boxer spazierten vorbei. Zuerst der Hund, mit sicherem Kurs auf einen Laternenpfahl weiter hinten. Der Besitzer und ich wechselten ein höfliches Guten Abend, ehe sein Schoßtier ihn weiterzerrte.

Dann bekam ich ein elektrisches Signal zurück, ein Signal, das berichtete, das Schloss sei nun offen und oben erwarte mich jemand.

Aber wenn ich mich auf dem Weg die Treppe hinauf ermuntert gefühlt haben mochte, so stürzte dieses fremde Gefühl ein wie ein mentales Kartenhaus, als ich Silvia Krausser erblickte. Sie stand in einem gelben Trainingsanzug in der Tür ihrer ordentlichen Wohnung und machte ein Gesicht, das einen kampfbereiten Samurai hätte dazu bringen können, zu erröten und sich das Schwert in den eigenen Bauch zu stechen. Da ich kein Schwert hatte, begnügte ich mich damit vor ihr stehen zu bleiben und nach Zigaretten und passenden Worten zu suchen. Sie fauchte mit leiser Stimme: «Vielleicht hast du mich missverstanden, von Falk. Aber ich betreibe keinen Club für behinderte Traktorfans und heruntergekommene Detektive!» Bei ihr klang «Detektive» wie ein Wort, das sie für besonders masochistische Kunden mit Zahlungsschwierigkeiten reserviert hielt.

«Was um Himmels willen ist passiert?», fragte ich. «Wo ist Maria?»

Ich konnte auch meine Zigaretten nicht finden.

«Ich weiß nicht, was ihr vorhabt. Ich weiß nur, dass ich mein eigenes Leben hüten muss.»

Da ich noch immer nicht die richtigen Worte fand, vesetzte ich ihr eben einen Stoß und sie taumelte rückwärts in ihr Puppenhaus. Ich folgte ihr auf dem Fuße und ließ hinter uns die Tür zufallen.

Eine richtig männliche Handlung. Wie aus einem Kriminalfilm aus den vierziger Jahren herausgeschnitten. Nur mit dem Unterschied, dass hübsche Mädchen mit Stupsnasen in den vierziger Jahren nicht einmal im Film Springmesser besessen hatten. Und nun stand ich breitbeinig mitten in einer modernen Wirklichkeit, die hauptsächlich aus meiner eigenen Angst sowie einer wütenden jungen Prostituierten bestand, die ihr Springmesser unter die Haut meiner Oberlippe geschoben hatte.

Ich stand stocksteif. Blut lief aus meiner Lippe in meinen offenen Mund. Es schmeckte nach Eisen und eigenem Tod. Ich war fast froh darüber, dass es nicht möglich war Worte zu formulieren. Da konnte ich auf jeden Fall nicht wieder etwas Falsches sagen.

«Du kommst her und erzählst mir massenhaft Dinge über Peter, die ich absolut nicht zu wissen brauche. Informationen, von denen du selber zugibst, dass sie gefährlich sind. Vor zehn Minuten hatte ich deine Freundin an der Strippe. Und die lädt glattweg zu einer Versammlung in deinem Büro ein. Was bildet ihr euch eigentlich ein?»

Sie zog ihre Messerspitze etwas zurück, für den Fall, dass ich vielleicht Lust hätte, ihr zu erzählen, was ich mir eigentlich einbildete.

Stattdessen sagte ich: «Ein dicker Patzer, Silvia. Ich versteh gut, dass du sauer bist. Bitte, nimm das Messer weg, sonst wird dein Teppich nass. Ich bin so was nicht gewohnt.»

Sie tat es sogar. Und erst jetzt sah ich, wie erschöpft sie

war. Ihre blonden Haare waren fettig und unfrisiert, sie ließ die Arme hängen, das Messer zeigte schräg auf zwei nackte Füße auf dem Teppich. Hinter ihr, vor einer weißen Wand, standen eine türkise Reisetasche und zwei Plastiktüten.

«Du brauchst nicht abzuhauen», sagte ich. «Ich bin ziemlich sicher, dass du auf keiner Todesliste stehst.»

Ihre Wut war wie weggeblasen. Mein Blut, das ich jetzt mit dem Taschentuch abwischte, hatte ihr vielleicht eine Art Auslösung gegeben. Oder vielleicht hatte sie Angst vor sich selber bekommen. Denn Angst hatte sie, das war klar zu erkennen.

«Es ist wegen Maria», sagte sie. «Ich kann sie nicht mehr hier wohnen lassen. Sie flippt total aus. Ich glaube wirklich, dass sie eine Schraube locker hat. Nachdem du zuletzt hier warst . . . Irgendwas ist mit ihr passiert.»

«Das ist doch wohl nicht so seltsam. Was ich ihr zu erzählen hatte, war ja trotz allem, dass der Mann, den sie liebt, tot ist. Dass ihn irgendwer auf bestialische Weise umgebracht hat. Und wenn das mit der erwiderten Liebe auch vielleicht nur ein Traum war, so war dieser Traum doch ihre Wirklichkeit.»

Sie blickte schräg zu mir auf. «Ich bin mir da nicht so sicher. Ich glaube, sie ist vielleicht viel berechnender, als du ahnst.»

Silvia Krausser hatte wahrscheinlich im Laufe eines Jahres zehnmal so viele Kunden wie ich. Deshalb war sie wahrscheinlich auch eine viel bessere Psychologin.

«Es ist leicht, mit Maria Mitleid zu haben», fuhr sie fort. «Es ist ganz unmöglich, das nicht zu tun. Aber . . .»

Nun war sie es, die die richtigen Worte nicht fand.

«Du meinst, es ist auch möglich, von ihrem Zustand geblendet zu werden?» schlug ich vor.

«Genau.»

«Erzähl, was passiert ist, nachdem ich weg war.»

Silvia drückte auf einen Knopf und die Messerklinge verschwand mit einem Geräusch in ihrem Schaft. «Nachdem du weg warst, wirkte sie, als ob sie hohes Fieber hätte. Manchmal hab ich wirklich geglaubt, jetzt dreht sie durch, aber ich weiß nicht. Peter hat sie fast mit keinem Wort erwähnt. Es ging nur um Geld, Geld, Geld. Herrgott, ich denke selber viel an Geld. Ich arbeite hart, um aus diesem Dreck rauszukommen und dazu brauche ich Geld, viel Geld. Aber Maria . . . sie hatte etwas Krankhaftes. Sie sagte, sie hätte eine verdammt gute Idee.»

Irgendwo in meinem Kopf fing eine Uhr an zu klingeln. «Hat sie etwas Konkretes gesagt?»

«Nein. Nur, dass sie für die nächsten Jahre mit einer festen ‹Rente› rechnen könnte, wenn alles nach Plan ginge. Und dass diese Rente mehr als genug sein würde.»

«Und ehe ich zuletzt hier aufgetaucht bin, hat sie das nie erwähnt?»

Silvia schüttelte den Kopf. «Du musst etwas gesagt haben, was sie auf die Idee gebracht hat. Keine Ahnung, was das war.»

Aber ich hatte diese Ahnung. Mir wurde heiß, und mir brach der Schweiß aus. Mein verdammtes Mundwerk, dachte ich, mein verdammtes Mundwerk!

22

Im Taxi zur Oelkersallee war ich kaum bei klarem Bewusstsein. Der Fahrer hatte irgendwo in Afrika seine Wurzeln und war von der segensreichen Sorte, die keinen Quatsch reden, sondern Musik hören will. Miles Davis blies sein Horn, wie nur ein Visionär das kann, wir rasten etwas schneller als erlaubt über die Kennedybrücke, ich hatte ja gesagt, dass es um Leben und Tod ginge. Draußen auf der Alster segelte ein einsamer Windsurfer im Gummianzug. Ein geblähtes zitronengelbes Segel hob sich vor der schmutzig grauen Wasseroberfläche ab. Der Mann in Gummi auf dem dünnen Brett da draußen auf dem See ließ mich an die Einsamkeit denken, daran, wie verletzlich wir alle sind. Mein Magen schien eine Giftschlange zu beherbergen, in die jemand einen Knoten gemacht hatte, sie biss wütend um sich und kämpfte darum von sich selber loszukommen.

Vielleicht hatte ich übertrieben, als ich dem Fahrer gesagt hatte, es ginge um Leben und Tod. Aber ich konnte es mir nicht leisten mich darauf zu verlassen.

Am Dammtor gab es einen Stau. Mir brach an den Händen der Schweiß aus und mein Herz wurde eifriger als mir lieb war. Auf beiden Seiten des Taxis trommelten die Leute ungeduldig auf ihre Lenkräder und wollten nach Hause zu Fleisch und Kohl, zu Kindern, Ehemännern oder -frauen und zu den Fernsehnachrichten. Meine Ungeduld war von anderer Art. Auf mich wartete keine sichere Routine, weder zu Hause noch anderswo. Was jetzt vor mir lag, konnte ich mir nur vorstellen, aber ich versuchte, das nicht zu tun. Die Bilder, die in mir auftauchten, waren eher düster.

Endlich löste sich der Stau auf. Wir jagten an dem alten Bahnhof vorbei und hatten eine ganze Zeit grüne Welle. Ich hatte einen feuchten Zwanzigmarkschein in der Hand gehabt, seit ich ins Taxi eingestiegen war. Jetzt trennte ich mich von ihm und sprang aus dem Wagen ohne mich darum zu kümmern, dass das Taxameter nur 12,80 zeigte.

Das Haus, das angeblich Gerhard Bauers feste Adresse in Hamburg darstellte, lag ganz unten an der Ecke Eimsbütteler Straße. Ein vierstöckiges Gebäude, das wahrscheinlich um die Jahrhundertwende errichtet worden war und den Feuersturm im Jahre '43 heil überstanden hatte. Die Haustür hatte kein Schloss, Flur und Treppenhaus waren ohne Licht. Die Briefkästen waren nagelneu und bisher noch ohne Beulen.

Das alles aber interessierte mich nur minimal im Verhältnis zu der Frage: War Klaus Dose ein ebenso großer Lügner wie sein Bruder?

Das war er nicht. Ich fand Bauers Namen in bemerkenswert schöner Schrift auf einem der Kästen.

Hinter der Tür links vor mir, der einzigen in dieser Etage, wohnte eine Frau Stoltenberg. Die Treppe zum ersten Stock war ungeputzt und voll von Kippen und Dreck. Im Haus war es still. Das Einzige, was ich hören konnte, war ein fernes Gitarrensolo, es war Clapton und er musste sich im vierten Stock oder auf dem Boden aufhalten.

Bauer wohnte in einer Wohnung im ersten Stock, rechts. Ich blieb stehen und horchte an der Tür.

Es gab keine Klingel. Ich wollte mich gerade mit meinen Fingerknöcheln bemerkbar machen, als ich glaubte, drinnen etwas zu hören.

Schritte. Schleppende Schritte. Und das Geräusch von etwas, das über den Boden gezogen oder geschoben wurde. Und dann plötzlich das vertraute Scheppern, das ich im Laufe der letzten hektischen Tage so oft gehört hatte. Metall auf hartem Plastik.

Irgendwer schien das Bleigewicht zu entfernen, das seit meinem Besuch bei Silvia auf meinen Schultern gelastet hatte. Ich hatte total danebengehauen und darüber freute ich mich.

Ich klopfte energisch an.

«Maria! Bauer!»

Stille. Sogar Erics Gitarre verstummte.

Und schon war sie wieder da. Die gute alte Angst.

Ich versuchte die Tür. Abgeschlossen. Ich ließ die Universalschlüssel da, wo sie waren und warf mich mit der Schulter gegen die Tür. Es tat verdammt weh, aber das Resultat war mager. Das Schloss schien nachgeben zu wollen, aber noch war es unmöglich in die Wohnung zu kommen. Ich nahm Anlauf und probierte es mit der linken Schulter. Und bretterte in eine übel riechende Diele, wo leere Flaschen und Mülltüten nur so beiseite flogen. Ich hätte fast die Balance verloren, rettete mich aber durch den Griff zu einem Garderobenständer; der ging daraufhin zu Boden, nicht ich.

Der erste klare Gedanke, der mir kam, war, dass Gerhard Bauer den Verstand verloren hatte. Das hatte ich seit über einer Stunde befürchtet. Der zweite war, dass Maria Dammert tot war. Und davor hatte ich mich am allermeisten gefürchtet.

Eine offene Tür führte vom Flur ins Wohnzimmer. Und dort, mitten im Zimmer, in einem seligen Wirrwarr aus umgestürzten Möbeln und zerbrochenen Einrichtungsgegenständen, stand Bauer und schwankte, während er mich aus blutunterlaufenen Augen musterte. Sein Hemd war ihm halb vom Leibe gerissen, er blutete aus drei langen Schrammen auf der rechten Wange. Er atmete schwer. Als ob er gerade nach einem beinharten Achthundertmeterlauf durchs Ziel gegangen wäre.

Aber Bauer war kein Läufer. Er hielt mir die Waffe entgegen und mir wurde schlecht, als ich sah, was es war. Er musste ihr die Prothese brutal abgerissen haben, denn der Teil der einen Oberschenkel vorstellen sollte, war voller Blut. Zwei scharfe Stahlarme ragten aus dem fleischfarbigen Plastik heraus und erinnerten mich an eine übergroße Sardellengabel.

Herrgott, dachte ich. Was sagt man zu einem Verrückten?

«Du bist verrückt», sagte ich.

Das machte keinen Eindruck auf ihn. Er schwankte immer noch vor und zurück ohne etwas anderes von sich zu geben als die Geräusche, die seiner tabakgeschädigten Lunge entstammten.

«Wo ist Maria?» Die Worte wirkten fremd in meinem Mund. Ich ging einen Schritt auf ihn zu und einen zurück.

Und dann sah ich sie.

Sie lag wie eine zerstörte Puppe unter einem Fenster. Auch die andere Prothese hatte er ihr abgerissen. Der Minirock, in dem sie so viel gefroren hatte, war um ihre schmale Taille hoch geschoben und darunter trug sie nichts. Aber jetzt fror sie nicht mehr. Ihr Hinterkopf war zerschmettert. Eine rote Rose hatte sich von der Fensterbank bis fast zur Fußbodenleiste über die helle Tapete verbreitet. Soviel ich sehen konnte, war die Fensterbank aus Marmor, jedenfalls aus hellem Stein. Maria Dammert war genauso tot wie Peter Feld. Irgendwer hatte ihren Hinterkopf gegen die Fensterbank geschlagen, bis der Himmel sie zu sich genommen hatte und der Betreffende stand mir gegenüber und war verrückt. Oder vielleicht völlig normal. Die korrekte Charakterisierung von Bauers Gemütszustand interessierte mich im Moment nicht sehr. Mich quälte der Gedanke, dass ich der Hauptverantwortliche für sein Austicken war. Besonders lustig war es auch nicht, zu wissen, dass Maria für mich die Rechnung bezahlt hatte.

«Ganz ruhig, Bauer», sagte ich. «Aus diesem Zimmer führt jetzt kein Weg mehr. Sie hat versucht dich zu erpressen. Das war dumm von ihr. Aber jetzt seid ihr beide, du und Maria, am Ende des Weges angekommen. Auch wenn dir der Mord an Feld vor Gericht nicht angehängt werden kann, bist du jetzt trotzdem fertig. Was hat sie gewusst, das ich noch nicht herausgefunden hatte?»

Seine Stimme war trocken und heiser. «Sie wusste überhaupt nichts. Aber sie wollte mit ihrem Nichtwissen zur Polizei gehen. Wenn ich nicht bezahlte. Himmel, sie dachte, ich wäre reich. Sie dachte, durch das Geschäft mit Peter könnte ich wie ein Fürst leben.»

«Vielleicht wusste sie, dass das, was sie von Peters Kapital zu sehen bekam, nur der Gipfel des Eisbergs war. Vielleicht war ihr klar, dass sie mit ihm in geliehener Zeit lebte. Und nachdem Peter umgebracht worden war, was erwartete sie da? Sein schwarzes Kapital konnte sie nicht an sich bringen. Aber deins ...»

«Aber das existiert doch nicht!»

«Das ist schon möglich. Aber das hat sie geglaubt. Sie war ganz sicher, dass dein Anteil am Geschäft größer war als in Wirklichkeit.»

«Sie war steinhart. Und du darfst nicht glauben, dass es dir so gut gegangen wäre, wenn sie zur Polizei gegangen wäre. Du warst nämlich ihre Trumpfkarte, weil du ihr erzählt hattest, dass du weißt, wo Peter liegt. Wenn ich sie nicht daran gehindert hätte ... Jetzt sitzen wir beide im Dreck.»

«Herzlichen Dank», sagte ich. «Du bist wirklich ein dufter Kumpel. Und jetzt vergraben wir die Leiche schön wieder im Garten und leben weiter und lassen uns nichts anmerken. Willst du das? Himmelarsch, Mann, begreifst du denn gar nicht, dass du dich so tief in die Lüge verwickelt hast, dass du dich bald selber damit erwürgst? Du bist fertig, Bauer.»

Sein Angriff überrumpelte mich. Ich war an solche Situationen einfach nicht gewöhnt. Ich war noch nie einem Menschen von Angesicht zu Angesicht gegenübergestanden, der heißes Blut an den Armen und keinerlei Zukunft hatte. Er kam brüllend auf mich zu und hob gleichzeitig die groteske Waffe über seinen Kopf. Ich versuchte auszuweichen, aber dort lag ein umgekippter Stuhl. Ich stürzte zu Boden und Bauer traf mich mit voller Wucht vor dem rechten Ohr. Der Schmerz kam auf Stippvisite, dann zog er sich zusammen mit meinem Bewusstsein zurück.

23

Ich stieg in einem Tunnel oder in einer Art engem Schacht immer höher. Weit oben ahnte ich ein schwaches Licht, das rasch näher kam. Ich wusste, wo ich war, oder zumindest, wohin ich unterwegs war. Bald würde ich den Tunnel verlassen und von Licht und Wärme umfangen werden, ich würde Frieden und Harmonie und die Anwesenheit freundlicher Wesen spüren. Jedenfalls, wenn ich Susannes New-Age-Bettlektüre glauben wollte und das wollte ich. Ich, Victor von Falk, war auf dem Weg vom Leben in den Tod. Ich folgte Maria Dammert auf dem Fuße.

Aber da hatte ich mich geirrt. Wie so oft in der letzten Zeit. Als mich das strahlende Licht umfing, empfand ich alles andere als Frieden und Harmonie und es befand sich nicht ein einziges freundliches Wesen in der Nähe. Das Licht kam von einer Schreibtischlampe, die schräg auf einem Tisch stand, eine 60-Watt-Birne strahlte mir voll in die Visage. In meinem Kopf war der Bär los. Ich hatte noch nie solche Kopfschmerzen gehabt.

Ich hatte mich wie ein Idiot benommen. Ich hatte mit dem Mörder geredet wie ein Steuereinzieher mit einem etwas schwierigen Drückeberger, der meint, er würde ungerecht behandelt.

Ich brauchte eine Weile, bis ich mich wenigstens aufsetzen konnte. Ich war total benebelt und mein Körper fühlte sich immer noch feindlich an. Meine Umgebung war chaotisch. Ich fand es natürlich, dass ein fliehender Mann sich keine Zeit zum Aufräumen lässt. Aber warum er mich nicht umgebracht hatte, ging über meinen Verstand.

Endlich kam ich auf die Beine. Musste gleich wieder in die Knie gehen, weil sich alles Blut im Unterbau gesammelt hatte.

Maria lag noch so wie vorher. Sie bot einen grotesken Anblick. Eine nähere Untersuchung war bei ihr nicht nötig. Auf ihrer nackten Haut konnte ich dunkle Leichenflecken sehen. Ich hätte mich fast erbrochen. Meine Uhr zeigte, dass ich etwas länger als eine Stunde weggewesen war.

Ich wusste nicht so recht, wie ich jetzt meine Karten ausspielen sollte. Ich wusste auch nicht, was ich überhaupt für Karten hatte. Dass Bauer Maria Dammert umgebracht hatte, stand fest. Aber hatte er auch Peter Feld auf dem Gewissen? Das glaubte ich. Er hatte die Möglichkeit dazu gehabt und er konnte mehrere Motive haben, die mir unbekannt waren. Partner in der Heroinbranche haben in der Regel ein ambivalentes Verhältnis zueinander.

Aber ich war in diesem Fall zu schnell vorgegangen. Die ganze Zeit hatte ich einen Schritt vor meinem eigenen Fassungsvermögen gelegen. Obwohl starke Kräfte in mir ganz schnell aus dieser Wohnung herauswollten, hatte ich doch vor mich zuerst gründlich umzusehen. Außerdem wäre es wohl kaum besonders klug gewesen, einfach hinaus zu spazieren nach allem, was ich hier erlebt hatte. Dass ich beschlossen hatte, Felds Versteck zu vergessen, war eine Sache. Die Polizei jedoch nicht über einen frischen Mord zu informieren, war etwas ganz anderes. Nicht einmal 40 Riesen würden mir viel Vergnügen machen, wenn ich sie hinter Mauern für Cola und Tabak ausgeben müsste. Telefon, dachte ich. Oder ein schnellles Taxi zur nächsten Bullenwache.

Aber im Wohnzimmer gab es kein Telefon. Dort gab es nur Maria Dammerts misshandelte Leiche, einen umgekippten Fernseher und Möbel, die während des Kampfes hierhin und dorthin geschoben worden waren. Das Bücherregal war an der Wand festgeschraubt, das hatten sie also nicht umkippen können. Ehe Bauer ausgetickt war, hatte er Reiseberichte über Afrikas Tierwelt gelesen. Er hatte sich ganz offenbar aus seiner Rolle als Portier im Hotel Marlene fortgesehnt. Jetzt bestand nur noch wenig Hoffnung, dass er je einer Giraffe ins Auge sehen würde. Vor allem, nachdem ich seinen Pass in einer kleinen Schublade unter der exotischen Lektüre gefunden hatte. Ich steckte ihn in die Tasche und nahm mir das erste von zwei Schlafzimmern vor.

Das Bett war nicht gemacht. Klamotten und benutztes Bettzeug lagen überall herum. Die einzigen Möbel, abgesehen vom Bett, waren eine Art Wandschrank und ein Nachttisch. Ich fand absolut nichts von Interesse. Kondome mit Apfelgeschmack kannte ich schon, ich ließ sie in der Nachttischschublade.

Schlafzimmer Nr. 2 lag gegenüber der Küche. Auf den ersten Blick sah es unbewohnt aus. Das Bett war militärisch genau gemacht, aber das Bettzeug roch nicht so, als ob es direkt von der Leine käme. Auch hier gab es einen Wandschrank, aber keinen Nachttisch. Der Kleiderschrank enthielt einen alten Rucksack. Leer.

Erst als ich mich bückte, um einen Blick auf eventuelle Wollmäuse zu werfen, fielen mir zwei zerknitterte Plastiktüten aus dem Kaufhaus Horten auf, die ganz an die Wand geschoben worden waren. Ich zerrte sie heraus. Eine war voll gestopft mit schmutziger Wäsche. Dreckige Unterhosen, T-Shirts und Hemden. Stinkige Socken und ein feuchtes Handtuch. In der anderen Tüte fand ich einen zusammengerollten schwarzen Regenmantel – und ein Buschmesser von der Sorte, wie Bootsbauer sie in alten Zeiten benutzt hatten. Ein hervorragendes Werkzeug. Und eine lebensgefährliche Waffe. Und dass gerade dieses Exemplar nicht für Zimmermannsarbeit verwendet worden war, stand absolut fest. Die lange, kräftige Klinge und der Holzschaft waren mit geronnenem Blut überzogen. Und der Regenmantel war steif und klebrig, als ich ihn auseinander rollte.

Du alter Trottel, dachte ich. Warum hast du das nicht schon längst in der Elbe verschwinden lassen?

Ich hörte ein leises Geräusch. Wieder Bauer, dachte ich. Der Pass. Neue Runde. Und diesmal wird's ernst. Ich stand langsam auf und nahm das Buschmesser in die rechte Hand.

Ich horchte. Die Wohnzimmertür stand halb offen, ich konnte aber nur einen Teil des Sofas und den kaputten Fernseher sehen.

Dann wurde die Stille durch einen heiseren Schrei zerrissen und ich wusste, dass ich es nicht mit Bauer zu tun hatte. Als ich mit der Schuhspitze die Tür aufstieß, wurde mir auch sonst allerhand klar – und die neue Erkenntnis überflutete mich wie ein eiskalter Fluss.

Halb gebückt über Maria Dammerts Leiche, die Hände vors Gesicht geschlagen, stand dort Hans Magnus Gies. Als Junge hatte ich einmal eine Kuh gesehen, die an einem Stacheldrahtzaun ihr Euter zerrissen hatte. Gies' Schrei erinnerte mich stark an den Schrei dieser Kuh.

Die Tür schlug gegen die Wand. Er fuhr herum.

Und jetzt war er keine verletzte Kuh mehr, sondern ein gequälter Stier. Die Tränen liefen ihm über die Wangen, als er langsam auf mich zukam. Auf dem Boden lagen zwei umgekippte Plastiktüten mit Lebensmitteln. Porree, Brot und Milch. Bier und Möhren. Ich sah, dass er wieder bei Horten eingekauft hatte.

«Ruhig, Gies!» Ich wog das schwere Buschmesser in meiner Hand.

Er blieb stehen und starrte mich wild an. «Du . . . du!»

«Ich hab sie nicht angerührt. Jetzt nimm dich zusammen! Ich hab Bauer fast auf frischer Tat ertappt!»

Er schüttelte den Kopf. Er sah aus wie ein verwirrter Zombie östlich der Milchstraße und westlich aller Vernunft. «Onkel Gerhard? Du lügst!»

«Sie hat versucht, ihn zu erpressen. Dachte, er wäre für Peters Tod verantwortlich. Blöd von ihr. Und da muss er wohl ausgerastet sein.»

Er kam näher. «Ich fühle, dass du lügst, von Falk. Wo ist Onkel Gerhard jetzt?»

«Bleib, wo du bist! Versucht, aus der Stadt herauszukommen, nehm ich an.»

Er blieb stehen und sah mich drohend an. «Du hast Maria umgebracht, von Falk.»

Wieder Tierschreie. Er ließ die Hände sinken. «Herrgott, du hast Maria umgebracht! Ich hab nichts . . . jetzt hab ich nichts mehr! «

«Es tut mir aufrichtig Leid, dass sie tot ist, Gies! Aber du hättest sie ohnehin verloren. Auch wenn Bauer sie am Leben gelassen hätte. Ihm war das zwar nicht klar, aber bei einem Prozess gegen ihn in Verbindung mit Peter Feld, wäre er freigesprochen worden. Und ich glaube wirklich nicht, dass Maria dich im Gefängnis besucht hätte.»

Er verzog keine Miene.

«Du musst doch, verdammt noch mal, begreifen, dass die Polizei bei einer Hausdurchsuchung dieses Buschmesser gefunden hätte. Es hätte wahrscheinlich auch nicht viel gebracht, wenn du Grips genug gehabt hättest, um es beiseite zu schaffen. Das Einzige, was bei dieser Sache noch unklar ist, ist, ob Bauer Maria ermordet hat, weil er dich decken wollte. Komische Situation, was? Bauer hat sicher nichts Genaues gewusst, aber er hat den Zusammenhang geahnt. Jedenfalls war ihm klar, dass er die Leiche so schnell wie möglich beiseite schaffen musste. Deshalb können wir auch annehmen, dass er es mit der Mordwaffe genauso gemacht hätte, wenn er der Schuldige gewesen wäre. Aber du bist ein Gefühlsmensch, Gies. Du handelst nur und kümmerst dich nicht um die Folgen. Es ist das pure Glück, dass du nicht schon längst entlarvt worden bist.»

Er kam wieder auf mich zu. «Peter war böse! Er war ein Schwein, er hat Maria kaputtgemacht.»

«Ganz ruhig jetzt», sagte ich. «Sonst mach ich zwei aus dir.»

So was gibt man eben von sich, wenn man wirklich Schiss hat.

In Wirklichkeit war ich so kaputt, dass ich ihm gerade noch mit der flachen Klinge einmal auf den rechten Arm klopfen konnte, ehe er über mir war.

Und das war leider nicht genug. Gies hatte seit seiner Kindheit hart gearbeitet. Er brachte einen Schlag, der mich genau unter dem Herzen traf. Ich wurde rückwärts ins Schlafzimmer geschleudert, während die Schmerzen mit meiner Angst um die Wette wuchsen. Das Buschmesser fiel mir aus der Hand, ich versetzte ihm einen Tritt und es verschwand unter dem Bett.

Verdammte Hemmungen!, dachte ich. Du hättest ihm doch wenigstens den Arm zerfetzen können! Das hätte ihn erst mal ausgeschaltet. Jetzt . . .

Jetzt kriegte ich noch einen ab. Diesmal traf er mich unter dem Auge, ich spürte, wie die Haut platzte. Ich stieß ihn weg und während ich rückwärts taumelte, wurde ich endlich so brutal, wie die Situation es erforderte und verpasste ihm einen soliden Tritt in die Eier. Er sank in sich zusammen. Ich trat noch einmal. Ich hatte auf seinen Bauch gezielt, aber er hielt seinen Kopf zu tief gesenkt, ich traf sein Gesicht. Irgendetwas zerbrach mit einem ekelhaften Geräusch, seine Nase oder seine Zähne müssen dabei zum Teufel gegangen sein.

Aber ich konnte meinen Fuß nicht schnell genug wieder zurückziehen. Er packte ihn mit seinen Pranken und schob mich mit Gebrüll rückwärts durchs Zimmer.

Die Fensterscheibe nahm meinen Hinterkopf in Empfang, als ich das Gleichgewicht verlor und ich spürte im Nacken einen brennenden Schmerz. Wir schlugen gleichzeitig auf dem Boden auf und kämpften in den Glasscherben weiter.

Er schlug mir mit seiner breiten Stirn ins Gesicht. Ich heulte vor Schmerz und sah, dass Blut aus seinen Nasenlöchern quoll, als er sich zurückzog. Mir war schlecht, ich musste kotzen, ich wollte einfach aufgeben, durch eine Ohnmacht aus diesem Alptraum befreit werden. Ich spürte, wie mein eigenes kostbares Blut mir Nacken und Rücken hinunterlief. Meinten die freundlichen Wesen da oben, dass das mein letztes Erlebnis auf Tellus sein sollte ehe sie mich endgültig zu sich nähmen?

Seine Stirn traf noch einmal krachend auf meine auf. Ich fiel wieder rückwärts, vielleicht war ich einige Sekunden lang weg.

Und das war genug für Hans Magnus Gies. Als mein Gehirn wieder anfing zu funktionieren, saß er rittlings über mir und hielt eine riesige Glasscherbe in seinen blutigen Händen.

«Ist mir doch egal, ob ich in den Knast muss, von Falk!»

Er atmete schwer. «Ich bin mein ganzes Leben lang im Gefängnis gewesen! Meine einzige Freiheit . . .»

War die Liebe zu Maria, dachte ich. Ich fragte mich, wie ich in das Gefängnis, das er zwischen den Ohren hatte, eine Nachricht einschmuggeln konnte. Einen kleinen, zerknüllten Zettel, auf dem stand, dass nicht ich sie umgebracht hatte.

«Und jetzt ist es egal.» Er spuckte Blut auf mein Hemd. «Es geht ja doch alles zum Teufel.»

«Ich hab sie nicht umgebracht, Hans Magnus! Was zum Henker hätte mir das denn gebracht? Du musst doch begreifen, dass es idiotisch von mir wäre meine Klientin umzubringen!»

Er schüttelte den Kopf. «Ich komm hier rein. Und ich seh Maria verstümmelt und ermordet auf dem Boden. Und ich seh dich mit dem Buschmesser. Das ist alles, was ich weiß.»

«Wenn du ins Wohnzimmer gehst, dann siehst du, dass Maria an der Fensterbank umgebracht worden ist! Sie sieht übel aus, aber im Vergleich zu Peter ist sie bildschön!»

Sein Gesicht verzog sich zu einer Grimasse. Er senkte die Glasscherbe, bis sie auf meinem Adamsapfel ruhte. Ich registrierte ziemlich gleichgültig, dass ich mir in die Hose pisste.

«Wer, glaubst du, hat Maria kaputtgemacht, von Falk? Als wir noch klein waren?»

«Ich glaube gar nichts. Ich weiß, dass das Peter war! Ich war in Meldorf und hab mit dem alten Pastor geredet.»

«Mit Schnibben? Du hast mit Schnibben geredet?»

«Ja. Und ich weiß, wer den verdammten Traktor gefahren hat. Ich geh davon aus, dass du ihn seit dem Tag gehasst hast.»

«Peter! Dieses eingebildete Arschloch aus der großen

Superstadt! Meldorf ... alles, was wir hatten, was wir machten, war bloß lächerlich. Wir waren lächerlich!»

«Über Maria hat er wohl nicht so viel gelacht?»

«Er hat sie ausgenutzt.» Hans Magnus Gies heulte wieder los, hielt aber die große Glasscherbe immer noch in festem Griff. «Wenn wir abends im Bett waren, hat er mir immer erzählt ...»

«Ich weiß, wie schrecklich das für dich war», sagte ich. Ich hörte mich an wie ein leichtgläubiger Sozialarbeiter, aber dagegen konnte ich nichts machen. Ich hätte jede Rolle gespielt, um zu verhindern, dass er mir die Kehle durchsäbelte. «Aber in jeder Minute, die du mich hier festhältst, kann Bauer weiter aus Hamburg weg kommen. Und er hat Maria umgebracht! Es bringt dir doch, verdammt noch mal, nichts, wenn er entkommen kann?»

Aber Logik und Vernunft war jetzt kein Weg für jemanden, der Gies erreichen wollte. Sein Blick war fern und als er weiterredete, sprach er ebenso zu sich wie zu mir.

«Als er Maria kaputtgemacht hat, hab ich beschlossen ihn fertig zu machen. Niemand wusste das, aber an dem Tag hab ich ihn zum Tode verurteilt. Und ich konnte warten. Ich kann sehr gut warten.»

Ich fragte: «Warum glaubst du, dass Maria mir eine ganz andre Version davon erzählt hat, was an dem Tag mit dem Traktor geschehen ist?»

«Ich glaube, Peter hatte sie genau dahin gekriegt, wo er sie haben wollte.»

«Liebe», hatte Susanne als Antwort auf die Frage angedeutet, warum Maria mich in diesem Punkt angelogen hatte. Und das konnte natürlich stimmen. Jedenfalls musste zwischen ihr und Peter eine starke Bindung bestanden haben. Ich glaubte nicht an Peter als eine gefühllose Zerstörungsmaschine. Dass er sich auf seine verkorkste Weise um sie gekümmert hatte, sprach doch trotz allem für ihn. Auch Bauer sah ich jetzt in einem anderen Licht. Er musste sich jedenfalls überlegt haben, dass Gies in den Mord an Peter verwickelt sein könnte. Ich konnte keinen anderen Grund dafür sehen, dass er mir verschwiegen hatte, dass Gies bei ihm wohnte.

«Erzähl von dem Abend, als es passiert ist», bat ich. «Dem Abend, als du Peter Feld umgebracht hast. Du standst in der Dunkelheit und sahst Hayer und Hesse aus dem *Marlene* kommen.»

«Ich bin Maria nach Hamburg gefolgt. Ich habe Peter verfolgt. Ich hatte das schon zweimal gemacht ohne an ihn herankommen zu können. Ich wollte, dass es hier in Hamburg passierte. Weit weg von Maria. Natürlich wusste ich, dass Onkel Gerhard und Peter irgendwas am Laufen hatten. Das hatte schon angefangen, als Onkel Gerhard noch im Knast war. Ich wusste auch, dass dieses Geschäft, oder was das nun war, im Hotel Marlene ablief. Ich glaube, Peter hat da gewohnt, weil er offiziell nicht mehr in Hamburg war. Das Hauptgeschäft wurde nämlich im Hotel Atlantic abgewickelt, da bin ich mir ziemlich sicher. Es kam ihm dann gelegen sich ein paar Tage im Hotel Marlene zu verkriechen, während er darauf wartete, dass Onkel Gerhard seine Ware für ihn ablieferte. Ich glaube, er hat ihn so ausgenutzt wie alle anderen. Ich glaube nicht, dass Onkel Gerhard . . .»

«Aber Peter muss doch gewusst haben, dass du ihm an den Fersen hingst?»

«Nein. Onkel Gerhard wusste, dass wir nicht gut miteinander konnten. Er hat nicht gesagt, dass ich hier war und er wusste natürlich auch nicht, warum ich hier war. Er ließ mich hier wohnen. Und Onkel Gerhard wusste nicht, dass ich alles wusste. Am Abend, bevor es passiert ist . . . ich war schon im Bett. Es war spät. Ich hörte im

Wohnzimmer Stimmen. Onkel Gerhard redete mit irgendwem. Er wirkte schrecklich aufgeregt. Das waren beide, aber Onkel Gerhard besonders. Sie tranken. Sie waren lauter, als ihnen bewusst war. Ich hörte, dass Peter immer wieder erwähnt wurde, deshalb stand ich auf und horchte an der Tür. So habe ich mitbekommen, dass am nächsten Tag jemand ins Hotel kommen und Peter einen Denkzettel verpassen würde. Onkel Gerhard und dieser andere stritten sich, meinten dann aber, sie könnten gegen diese Leute nichts ausrichten. Sie müssen Onkel Gerhard auf irgendeine Weise in der Hand gehabt haben.»

«Stimmt», würgte ich heraus. «Und du hast auch gehört, wann das passieren sollte?»

«Nein. Nur, dass sie am Abend kommen wollten. Ich glaube, das war Onkel Gerhards Vorschlag. Er kannte Peters Angewohnheiten. Er sagte zu dem anderen Typen, er würde die Hintertür offen lassen, damit sie rein könnten. Als ich gegen fünf kam, hatte er schon aufgeschlossen. Ich musste zwei Stunden im Dunkeln unter der Treppe warten, ehe sie auftauchten. Ich hatte das Buschmesser mit. Das hab ich von Marias Vater geschenkt bekommen.»

Wie symbolisch, dachte ich. Fast rührend! Du verfluchter Metzger!

«Als sie danach aus dem Haus gestürzt waren, hab ich noch eine Weile gewartet, ehe ich hochgegangen bin. Es war ganz still im Haus. Ich versuchte alle Türen im zweiten Stock, und seine war die einzige offene. Also bin ich reingegangen und hab ihn umgebracht.»

Sie hatten ihn als Idioten, als einfältigen Bauernbengel bezeichnet. Und das war auch mein Eindruck gewesen. Aber wir hatten uns alle geirrt. Er hatte zwar ein tierisches Schwein gehabt, dass er nicht sofort erwischt worden war, aber was er mir hier erzählte, war ja trotz allem ein vorsätzlicher Mord. Der Hass hatte ihn zerstört, der Bauernbengel war zu einem zynischen Teufel geworden, zu einem Roboter, der seine Gefühle abschalten konnte.

Als ob er meine Gedanken lesen könnte, sagte er jetzt: «Ich hab nichts gefühlt, als ich ihn erledigt habe. Ich hab zu Hause in Meldorf Schweine geschlachtet und das war schlimmer. Er lag einfach ganz still da. War ohnmächtig nach all den Prügeln. Er blutete ein bisschen. Nicht sehr. Ich versuchte ihn wachzuschütteln, ich wollte, dass er wusste, dass ich ihn jetzt umbringen würde. Aber er war total weg. So hatte ich mir das nicht vorgestellt.»

Er drückte fester auf die Glasscherbe. «Wieso seid ihr hierher gekommen?»

«Maria glaubte, Bauer hätte Feld umgebracht. Und sie wusste, dass er in Felds Geschäfte verwickelt war. Sie dachte, sie könnte mit einem Schlag reich werden. Vielleicht freut es dich ja, dass sie das mehr beschäftigte als ihre Trauer um Peter.»

«Und du? Wolltest du auch reich werden?»

«Ich war nicht mit ihr zusammen! Ich bin erst gekommen, als alles vorbei war. Ich bin hergekommen, weil ich das Gefühl hatte, sie würde mit Bauer zu hoch pokern. Und ich war sicher, dass ihre Karten nicht gut genug waren. Ich wusste, dass Bauer nicht noch mehr Druck ertragen könnte.»

Er drückte noch fester. Ich spürte, wie das Glas meine Haut zerschnitt. «Du lügst, von Falk! Du hast sie umgebracht, nicht Onkel Gerhard!»

Mein Glück, dass er die Beherrschung verlor und losschrie.

Denn sonst hätte er Hans Dose gehört, der ins Zimmer gestürzt kam.

Hans Dose als der Sendbote der Engel! Es war nicht zu glauben. Ich glaubte es nicht. Ich dachte, ich hätte Halluzinationen. Denn während Gies immer tiefer in sein blindes Selbstmitleid glitt und den Druck auf meine Kehle verstärkte, verlor ich mehr und mehr den Kontakt mit der Wirklichkeit. Es war zweifellos nur eine Frage von Sekunden, bis dieser Irre meine Halsschlagadern zerschneiden würde.

Hans Dose war sehr gut im gemeinen Nahkampf. Er wurde nicht von kleinbürgerlichen Hemmungen behindert. Mit einem Sprung hatte er uns erreicht. Sein Stiefel traf Gies in der rechten Niere, mit einem Geräusch, von dem mir schlecht geworden wäre, wenn ich nicht ohnehin schon längst kotzreif gewesen wäre. Grunzend ließ Gies die Glasscherbe fallen. Ich sah, dass sein Blick weich wurde, ehe er ganz weg war. Er hatte schon das Bewusstsein verloren, als Hans sich an die linke Niere machte. Dann fiel er. Voll auf mich. Die Glasscherbe zerbrach an meinem Brustkasten.

Ich schob den schweren Körper von mir und setzte mich auf. Hans war schon wieder mit seinen Stiefeln am Werk.

«Hör auf! Du bringst ihn ja um! Und wenn du das tust, kriegst du doch keine Lebensrettungsmedaille!»

«Was zum Teufel ist denn hier passiert?» Seine Hände zitterten, als er zwei Zigaretten aus der Packung schüttelte, beide anzündete und mir eine in den Mund steckte. «Die ganze Butze sieht ja aus wie ein Schlachthaus! Wo steckt Bauer?»

«Danke», sagte ich und inhalierte. «Herzlichen Dank, mein Junge. Ich werde dich mein Leben lang nie mehr als versoffenen Zuhälter bezeichnen.»

Ich erzählte ihm kurz, wie mein Leben und das diverser wichtiger Personen in den letzten Stunden verlaufen war.

«Der alte Idiot!», sagte er, als ich fertig war. «Dieser verdammte alte Idiot! Und dieser verdammte Bauer!» Er trat Gies gegens Schienbein. Er konnte sich nicht beherrschen und ich hatte einfach nicht das Herz ihn auszuschimpfen.

Stattdessen erhob ich mich mühsam aus dem Glashaufen. Ein kalter Luftzug strömte durch das zerbrochene Fenster ins Zimmer. Ich war klebrig vom Blut und nass von der Pisse, aber ich lebte und dafür war ich dankbar. Ich ging in die Küche und wusch mir mit eiskaltem Wasser das Gesicht, während ich zuhörte, wie Dose über dem zusammengetretenen Gies einen Spruch nach dem anderen brachte. Danach trocknete ich mich mit einem fettigen Küchenhandtuch ab und riss eine Wäscheleine von der Wand. Zwei Meter grünes Nylon. Das musste reichen. Ich ging ins Schlafzimmer zurück, zog Gies mit Hilfe von Hans Dose aus dem Glas und fesselte seine Arme und Beine.

«Wieso bist du hergekommen, Hans?»

«Der Alte hat vor zwei Stunden angerufen. Sagte, er brauchte bei irgendwas Hilfe. Das war alles. Der verdammte Trottel! Stell dir vor, ich wäre gekommen, als er die Puppe gerade auseinander rupfte! Gut, ich steck bis zu den Eiern in dieser Soße. Aber wenn ich früher gekommen wäre, dann würde ich jetzt bis zu den Ohren drinhängen!»

«Ja. Ganz zu schweigen davon, wie tief ich in der Scheiße stecken würde, wenn du ein bisschen später gekommen wärst. Komm, wir müssen weg hier. Bist du mit der Karre?»

«Hab eine geliehen. Wo willst du denn hin? Auf die Jagd nach Bauer, mit halb abgesägtem Hals und Pisse in den Schuhen?» Er grinste ganz leicht.

«Nach Hause. Fahr mich nach Hause und verpiss dich dann. Ich werd mir alle Mühe geben, dich so weit wie möglich am Rand der Sache zu lassen, wenn sie in ein oder zwei Stunden bei den Bullen ankommt. Aber zuerst muss ich kurz nach Hause. Da sitzt eine und kaut an den Fingernägeln. Und ich brauch eine Dusche und einen Schnaps.»

«Heißt das, dass Bauer dich nicht mehr interessiert?» Er sah mich ungläubig an.

«Ich bin bezahlt worden, um Peter Felds Mörder zu finden. Und der liegt hier. Bauer kassieren ist eine Aufgabe für das Gesetz. Außerdem rechne ich damit, dass ich in der nächsten Zeit in irgendeinem Verhörzimmer meinen festen Wohnsitz haben werde. Ich kann nicht behaupten, dass ich mich darauf freue.»

«So schlimm wird's wohl nicht. Du hast doch allerhand für sie.»

«Genau das macht mir ja Kopfschmerzen. Ich seh ein Protokoll von 500 Seiten vor mir. Und diese Typen schreiben verdammt langsam auf der Maschine und nehmen's so tierisch genau mit der Grammatik.»

Im Büro in der Bremer Reihe hatte Susanne Kurt zu Besuch bekommen. Sie lasen Corto Maltese und tranken den Genever, mit dem ich es mir am Heiligen Abend hatte gemütlich machen wollen. Sie waren halb voll und albern und Susanne wurde sentimental, als sie meinen Zustand sah.

«Alles in Ordnung», sagte ich. «Es ist vorbei.»

«Überhaupt nicht alles in Ordnung», widersprach sie. «Ich hol dir ein Glas.»

«Im Medizinschränkchen findest du eine Flasche Jod und Verbandszeug», sagte ich. «Ich glaub, das ist im Moment das Wichtigste.»

«Du Trottel!», sagte Kurt, als Susanne gegangen war. «Ich konnte sie fast nicht mehr zurückhalten. Sie wollte unbedingt zur Bullerei. Ich hab den Genever als reine Notlösung aufgemacht.»

«Hat irgendwer angerufen?», rief ich Susanne hinterher.

«Ein Bukowski oder so. Wollte wissen, wie der Fall steht. Ob es voran geht.»

«Galikowski», sagte ich. «Kann das stimmen?»

«Möglich.»

Sie kam zurück. «Und dann hatte ich noch einen Hayer an der Strippe. Wollte wissen, ob du es dir anders überlegt hättest. Ich hab gesagt, du würdest dir nie irgendwas anders überlegen. Hab seine Nummer notiert.»

Kurt stieß einen Pfiff aus. «Hayer und Galikowski!»

«Halt die Fresse», sagte ich. Ich wählte Hayers Nummer. Er nahm sofort ab.

«Hier ist Vic», sagte ich.

«Alles in Ordnung?» Hayers Stimme war unsicher, er war besoffen oder angeknallt.

«Nein. Aber ich hab unser Kaninchen gefunden. Weißt du noch, dass du mir vor ein paar Stunden einen Job angeboten hast?»

Schweigen.

«Jetzt hab ich einen für dich. Und ich bezahl das doppelte.»

«Klingt interessant. Wo? Wann?»

«Wenn ich bei der Polizei fertig bin. Das kann ein paar Tage dauern.»

«20000?»

«25. Wenn du's gut machst.»

«Also, du operierst hier mit Summen, bei denen mir glatt der Schweiß ausbricht. Ob du's glaubst oder nicht, aber ich bring nicht auf Bestellung Leute um.»

«Find ich gut. Denn wenn du das machst, dann kriegst du nur den Vorschuss. Ich ruf wieder an.»

Ich legte auf und ergab mich dem Genever und Kurts und Susannes Fragen und Fürsorge. Dann duschte ich und zog mich von Kopf bis Fuß neu an, ehe ich die wenigen Meter bis zur Ecke ging, wo die Polizei in St. Georg ihre Bleibe hat.

Und da kriegte ich Kaffee und Ärger.

Epilog

Die Marienkirche war menschenleer. Nur ein rotes Licht über der Tür eines der grau angestrichenen Beichtstühle wies darauf hin, dass ich nicht ganz allein war. In der finsteren Kammer saß ein Mensch und erzählte einem anderen Menschen über seine letzten Sünden, seine Zweifel und seine Reue. In einem wilden Moment hatte ich Lust, in einem der fünf anderen Beichtstühle Platz zu nehmen und meine eigene Grundsuppe auszugießen. Als Junge hatte mir das geholfen, das wusste ich noch. Die Anonymität, kombiniert mit der ruhigen Stimme des Pfarrers, hatte Knoten gelöst, hatte mich dazu gebracht, von meinen eigenen Fehltritten zu erzählen – und vielleicht auch von denen der Menschen, von denen ich täglich umgeben war. Ich war immer schon der Meinung gewesen, dass die katholische Kirche der Psychiatrie ins Handwerk pfuscht.

Aber als Junge hatte ich dem lauschenden Diener Gottes trotz allem nicht so viel erzählen können. Meine Berichte über verbotene Handbewegungen in der Dunkelheit unter der Bettdecke und sündhafte Gedanken in Verbindung mit Tante Klaras Besuch jeden zweiten Sonntag waren rasch erzählt und rasch vergeben. Jetzt würde ich nicht einmal wissen, wo ich anfangen sollte.

Außerdem hatte ich in den letzten fünf Tagen bei der Polizei ausgiebig Gelegenheit gehabt mein Herz auszuschütten. Es gab an diesem Fall kein einziges Detail, das sie nicht überaus interessant fanden. Ob sie mir für meine Sünden Absolution erteilen würden, stand noch nicht fest. Wir waren alles, was passiert war, von vorne und hinten durchgegangen. Ich hatte ihnen fast alles gegeben und geschickt an dem wenigen, was ich nicht so wichtig fand, vorbeibugsiert. 40 000 auf die Hand, zum Beispiel. Galikowski. Hans Dose hatte ich als Wildfang mit goldenem Herzen ausgegeben. Gerhard Bauer hatte sich gestellt, nachdem er nur einen Tag nach seiner hoffnungslosen Flucht sternhagelvoll in einer Kneipe auf St. Pauli gefunden worden war. Er weinte und flehte und würde vermutlich erst einmal Maria Dammerts Vater im Irrenhaus Gesellschaft leisten können.

Wie gesagt: Kaffee und Ärger. Aber vor allem Ersteres. Ich weiß, sie waren sehr zufrieden damit, dass die Spuren nicht höher hinauf in die Narkohierarchie wiesen. So blieben ihnen auch die Vorwürfe der Presse erspart, weil sie nichts herausbekamen. Ein verwirrter Trottel aus Meldorf und sein ebenso verwirrter Onkel passten ihnen sehr gut. Und da draußen, dachte ich, da draußen läuft alles wie gehabt. Leichen werden aus Klos und Hinterzimmern getragen und neues junges Blut wird in die Gossen von St. Georg gepumpt. Eine junge Frau, die einige kurze Wochen lang als «die mechanische Frau» bekannt gewesen war, war in Fetzen gerissen und auf den Müll geworfen worden. Das war alles. Man hätte sicher sehr viel Kluges sagen können, aber ich war nicht klug genug, um die richtigen Worte zu finden.

Ich ging zu den flackernden Kerzen und setzte mich auf die Bank, die den Kerzenständern gegenüber stand. Menschen mit irgendeiner Sehnsucht waren hergekommen und hatten eine Kerze für ihren toten Ehepartner, ihr Kind, ihren Vater oder ihre Mutter angezündet. Ich saß hier über eine Stunde und sah die Kerzen in dieser unschönen Kirche im Herzen des Stadtteils flackern, dem ich etwas widerwillig mein Herz geschenkt hatte. Ich kam oft hierher. Es war mein geheimer Zufluchtsort, eine Oase des Friedens in dem Chaos, das mich sonst immer umgab. Ich sprach kein Gebet, aber ich nahm jedes Mal etwas von hier mit.

Ehe ich ging, zündete ich drei Kerzen an.

Eine für Maria Dammert. Eine für Peter Feld.

Und eine für Christian Galikowski, für den Fall, dass Hayer ein bisschen zu eifrig ans Werk gehen würde.